새롭게 읽는
홍길동 내전(內戰)
②

새롭게 읽는 홍길동 내전(內戰) ②

2025년 2월 21일 제 1판 인쇄 발행

지 은 이 | 이상조
펴 낸 이 | 박종래
펴 낸 곳 | 도서출판 명성서림

등록번호 | 301-2014-013
주   소 | 04625 서울시 중구 필동로 6(2층·3층)
대표전화 | 02)2277-2800
팩   스 | 02)2277-8945
이 메 일 | msprint8944@naver.com

값 15,000원
ISBN 979-11-94200-64-2

※ 잘못 만들어진 책은 바꿔드립니다.
  이 책 내용의 일부 또는 전부를 재사용하려면
  반드시 저작권자의 동의를 얻어야 합니다.

새롭게 읽는
홍길동 내전(內戰)

이상조 장편소설

2권

팔중산(율도국) 향화기

도서출판 명성서림

머리말에 가늠하며

    홍길동은 널리 사람의 입에 잇따라 오르내리는 역사적 인물이다. 그는 세종 조에 태어났다. 그는 조선이라는 '신분 사회' 체제 속에서 얼자로 살았다. 당시 어렵고 힘든 환경에서 살아남기 위해 온갖 고통을 견디며, 몹시 몸부림쳤음 직하다. 그러기에 15c 당시를 산 진솔한 삶의 이야기가 있을 거라 믿었다.

    그가 현실이 관련되어 생존 위협이 스스로 행동이나 지각에 무의식적으로 크게 영향을 미쳤을 것이다. 신분 상승에 대한 갈망과 자신의 존엄을 지키기 위해 불합리한 명령이나 의사에 반한 행위를 그대로 따르는 것보다, 차라리 불평이나 울분, 괴로움과 아픔을 극복하려 애썼을 것이다. 이 책은 그가 감당하기 어려운 환경 속에서 있을 법한 처절한 인간다운 경험의 이야기다.

    당 시대 문화, 사회제도 아래 고전 속 실존 인물 행적을 더듬어 진지한 삶의 이야기로 엮었다. 새롭게 읽고 오늘을 성찰해 보고 싶은 창작물로 역사적 인식의 답이 되고자 함이다.

    처음에 홍길동 비평을 곁들인 개인 일생의 사적인 기록을 마음속에 두었다. 그가 삶을 건 생명 자취를 더듬어 역사적 이야기의 기록을 찾아갔다. 다소 자료의 분량이 필요한 만큼 나름의 기준에 미치지 못했다. 그가 남긴 흔적이 믿음성이 적었다.

    이 책에서 진정한 역사적 이야기를 통하여 이해와 관심을 끌어내

즐거움을 찾고자 애썼다. 묻혀 있는 정보를 새롭게 발견하여, 다시 읽는 역사 속 홍길동과 주변 인물들을 만나기를 기대했다.

서투르지만 인물의 비평과 당시를 산 사람의 살림살이 형세를 고려한 대화를 곁들여 소설 요소가 접목됐다. 글의 구성은 조선에서 활동과 유구의 삶을 1·2부로 나누어 다루었다.

서술 형식은 연대순으로 기술한 역사 편찬 성격으로 접근했다. 한 인물 이야기를 탐색하여, 그의 건전하고 진실하며 인간적 모습과 올바른 사회의식을 최대한 끌어내려 했다.

자료는 여러 판본 내용을 조합하였다. 거기에다가 좀 더 새롭고 친근한 고전문학 연구회 자료 '정우락 본' 내용을 토대로 전개해 보려 했다. 또한 관련 참고문헌을 활용하여 역사적 사건 이야기와 부족한 자료 이야기를 허구로 재구성하였다.

홍길동이 사회적 환경에서 고독하고 불우했던 삶의 이야기가 현실의 아픔을 극복하는 과정이 있을 법하다. 역사적 흔적을 담아 심중과 경험을 좇아 찾아가려 했다. 우리 역사에 대한 이해와 관심으로 즐거움을 느끼는 분들이 보람을 찾았으면 한다.

15세기를 산 한 인물의 삶의 행적을 찾아 역사적 진실에 근거를 두고, 출생에서 죽음에 이르기까지 성격, 업적, 사상 등을 소개하여, 당시 신분에 대한 사회상을 통하여 실체를 독자들에게 알리고, 얼자로서 삶의 역정을 통하여 감동적 이야기와 교훈을 얻고자 함이었다.
　실존 인물로서 홍길동이 과연 진짜 삶의 이야기가 실체적 진실에 접근할 수 있는 걸까? 기존에 이야기가 좀 더 구체화 될 수 있을까? 하는 궁금증에 답답했다. 나무를 보지 말고 숲을 보란 말이 있듯이 부족한 홍길동의 삶의 기록보다는 그가 살았던 시대의 삶 이야기로 접근했다.
　그들의 활동 무대인 숲속 생활의 이야기를 통하여 이해의 폭을 넓히는 것이 길이라고 생각했다. 부족한 부분은 허구로 메우고 자료의 재해석으로 홍길동 삶의 이야기를 수집, 정리하기로 맘먹었다.
　세종 조에 태어나 연산 조에 길동의 무리가 남해로 유배된 기록을 확인하였다. 그리고 그 후 종적을 감추었다. 그때가 길동이 60세였다. 그 이후 '해동 이적'에 10년 더 살았다는 근거에 의존했다.
　그는 강제로 유구로 이주 되었다는 가능성을 실제 문헌에서 찾아보았다. 왕조실록에서 삼천 리 밖으로 470여 명이 탄 인물들이 유구로 떠난 기록이 시선에 확 들어왔다.
　조선에서 삼천리 유배지는 과연 어디인가? 그 거리는 인천 국제 공항에서 유구까지 거리가 일천이백 km쯤 되었다. 유구로 가는 길은 표류하여 간 인물의 이동 경로가 중심이었다. 나하 섬 지역에 바로 이르는 것이 아니라, 자료의 흔적이 최남단부터 입항 순서에 따라 움직이는 것으로 간주했다.

그 이유가 제주지역에서 표류하던 쿠루시오 난류(黑潮:흑조)와 계절풍에 따라 왕래의 흔적이 남아 있다. 이와 관련된 깊은 연관성으로 충분한 가능성이 있을 것이라 긍정하였다.

일본의 사서 1729년 구메촌久米村의 정병철의 '유로설전'에 '적봉'이 홍길동일 가능성을 열어 놓았다. 또한 유구에서 '적봉'이라고 불리는 홍길동의 흔적이 비문으로 남아 있다.

그들의 뱃길은 유구 본도 수리성 '나하'가 아니었다. 본도의 통치력이 제대로 미치지 않는 명이 관할 하는 지역으로 허술한 유구의 최남단 섬 '파조간도'로 들어갔다. 그 해로를 통하여 우회하여 본도 나하로 접근하는 바닷길이었다. 조선 남해에서 석원도까지 거리가 약 천이백 km 곧 삼천리이었다.

어떤 과정을 거쳐 왜 그곳에 갔는가? 가서 무엇을 보고 느꼈는가? 주민 사이의 관계와 삶의 갈등이 정착 과정에서 어떠했는가? 그 사회에 적응하여 환경을 이겨내고 굴복시키는 과정이 궁금했다.

당시 신분제도의 사회 구조 틀 속에서, 가난은 윤리나 규범마저 마구 삼킨다. 생존할 수 있는 수단을 애써 찾으려고 저절로 분노의 에너지가 표출됐을 것이다.

가난은 무엇이든 할 수 있게 만드는 미친병이었다. 얼자라는 천한 몸으로 불한당 또는 명화적이라는 이름으로 녹림당 무리를 조직하여 지배계층에 맞섰다. 당시 사회적 환경 속에서 알력과 대립적 싸움으로 말미암아, 때론 무력 투쟁으로 종래의 권위나 방식에서 벗어나 새로운 세계를 갈망하여 극심한 경쟁과 혼란에 휩쓸리기도 했다.

그 무리는 공동체 안에서 벌어지는 일들을 함께 공유하며 인간다운 삶을 누리려는 몸부림으로 지배권력에 맞섰다. 이런 행위는 삶이 녹록하지 못한 쪼들림 때문이었다. 정도가 어지간하여도 스스로 생존 문제를 해결하지 못했다.

지배계층은 가난마저 훔쳤다. 자기를 구하려는 방법과 꾀는 진정 질긴 생명력을 가진 잡초처럼 삶마저 훔치기 위해 힘을 다했다. 때지어 돌아다니며 마구잡이로 재물을 빼앗는 파렴치한 무리였다. 이들은 경위나 도리를 변별할 줄 알면서도 부당한 짓을 했다. 이들이 사는 환경은 나쁜 자들의 세상이었다.

곧 불한당 깐부로 함께 나눌 수 있는 사이로 행동할 때 백성과 더불어 짝이 되는 사람이었다. 그의 처절한 몸부림으로 백성마저 훔친 홍길동 내전內戰이라 할 수 있다.

그의 삶은 악전고투 끝에 권력에 맞서 백성의 맘을 장악해 갔다. 인생의 노정이 지배계층의 억압에서부터 벗어나 '백성'이 중심이 되는 '율도 사회'를 건설하려는 투쟁 의지가 반영된 것이 아닌가? 곧 규율과 법도가 바로 선 가난한 이들이 잘 사는 사회였다.

길동은 '왕조실록'에 따르면 조선에서 삼강오상三綱五常에 어긋나는 행위를 하여 강상죄를 지은 죄인이었다. 그는 당상관의 복장으로 벼슬아치 행세를 하며 지방 말단 관리들을 농락했다. 조선으로 봐서 골치 아픈 껄끄러운 존재였다. 조선에서 비행으로 말미암아 영원히 떼어 놓음으로써 유구로 격리됐다.

새 삶을 찾아 시련 끝에 팔중산 지역에 터를 잡았다. 그곳에서 백성을 섬겨 유구 전투에서 승리로 이끌었다. 그 지역에 향화하는 과정을 밟았을 것이다.

그곳도 중국의 영향권 속에서 살아갔다. 사람들의 귀화 과정은 3년마다 이루어지는 경우가 있었다. 가족과 함께 3년 후에 당당한 유구인 일원으로 되었다. 출생은 조선이 1440년이요, 유구에 흔적은 1443년이었다.

자료 근거에 바탕을 두고 귀화한 것으로 판단하였다.

글을 쓰는데 조선왕조실록 '태백산 본'을 비롯하여 홍길동전 여러 판본, 국외 및 국내 연구 논문, 관련 저술 및 도움이 되는 자료를 참고로 활용하였다.

신분제 아래 화적이란 이름으로 산 그의 삶은 달랐다. 생존을 위한 존재의 몸부림이었다. 어떤 불행한 처지에서도 속박당하지도 마음이

쏠려 잊지 못하고 매달리지 않음은 물론 모든 변화를 전혀 두려워하지 않고 끊임없는 체험을 확대해 나가는 능동적이고 도전적 삶을 살았다.

다른 사람과의 관계에서도 서로 주고 나누며, 백성과 함께 관심을 가지고 무슨 일이라도 대처하는 생명력 있는 삶을 형성하였다. 그것은 바로 존재에 대해 긍정하는 삶을 산 것이다. 바로 그가 바라던 생명 중시의 철학에 바탕을 둔 것이었다. 그는 진정 사람과의 관계를 중시하는 자였다. 그는 인간 존재의 의미를 가르쳐주었다.

그의 현실 세계에 대한 흔적은 적고 가공 세계의 단서는 있을 법했다. 자료의 증거로 밝혀내는 과정은 미비하지만 '길동의 인간다운 삶의 꿈'은 온전히 나의 밑그림이 되었다.

역사적 이야기는 사실에 바탕을 두고 밑그림을 현실적 개연성을 찾아가는 것이 자연스러운 현상이라 믿었다. 기사의 형식을 빌린 연대기적 구성 방식을 좇아 기술하였다. 15C 당시 '길동'의 진정한 삶의 모습은 어떤 것이었을까? 가늠해 보고 싶었다.

훗날, 혹 역사적 인물의 이야기가 등장함으로써 독자와 연관된 인물의 해석이 다를 수 있다는 점을 밝힘이다. 필자의 지식과 식견, 사실적 경험 인식이 바탕이 된 실록뿐만 아니라 참고문헌을 밑바탕으로 서사적 이야기로 구성하였다.

그러나, 소설로서 사실에서 벗어나서 만들어진 형태나 요소도 개입되어 있음을 헤아려 주시기를 바랍니다.

찾은 자료의 미비나 오류는 다음 연구자와 서술자, 그리고 독자의 노력으로 점차 채워지리라 기대합니다. '삶의 꿈'은 성취한 사람보다는 보람 있는 생명력을 찾아가는 사람이 좋은 이유는 뭘까? 새로우며 흥미롭고 아기자기한 내용이 즐거운 맛이나 발견의 기쁨이 드는 이야기가 되길 바랍니다.

이 글의 집필에 대해 부족한 역량을 발휘할 수 있도록 많은 자료, 참고문헌과 논문, 기록, 사진, 등 기초적인 완성은 2023년 말이었다. 도움을 주신 모든 분께 진심으로 감사드립니다.

2025년. 정월. 초순

이상조

[차례]

2권
팔중산(율도국) 향화기

- 14 경험이 축적되는 삶의 표류
- 23 신세계
- 49 홍길동의 와주 엄귀손
- 63 쫓고 쫓기는 강도 소탕령
- 110 깡패 집단의 준동
- 134 사법재판裁判
- 157 무오사화 이후의 정치적, 사회적 상황
- 164 유구 사신의 서계書契의 진위
- 178 기회의 섬으로 떠나는 길동
- 194 조선에서 벗어난 유구국의 표정
- 209 오키나와에 남은 조선의 흔적
- 217 평화로운 기회의 땅
- 224 녹림호객綠林豪客 홍길동 야에야마(팔중산) 제도를 훔치다
- 234 새로운 삶의 출발
- 239 길동의 해상왕국 건설 흔적
- 248 길동의 율도국律道國이란?
- 256 백성을 우상으로 섬겨라
- 273 백성에게 올린 출사표
- 295 진정한 율도국인으로 태어난 개척자

- 306 참고자료

2권

팔중산(율도국) 향화기

경험이 축적되는 삶의 표류

길동의 삶은 차근차근 축적되고 있었다.

청년기와 장년기를 거치면서 불길같이 맹렬한 인생의 수련기로서 삶을 살았다.

1469년 11월 중순 무렵 관군에 쫓겨 전라도 영광 법성포 근처 영평 곶에서 배를 타고 나주 현 신안군 압해도 쪽으로 활동 근거지를 옮기게 된 날이었다. 이때부터 활동 범위가 육지에서 바다로 바뀌게 되었다. 이는 훗날 뱃길로 3천 리나 떨어진 일본 오키나와의 미야코지마(宮古島)에 입성하였다. 이른바 '율도국'이라는 백성의 나라를 건설하는 계기가 되었다. 특히, 이 시기에는 낮이면 개인으로 때론 집단공동체 생활을 하면서 직접 농사도 짓고 물고기를 잡으며 염전도 경작했다.

대체로 섬 지역은 만호 관리 지역이었으나 선군도 작은 섬이나 왜구와 해적이 출현하는 지역은 기피 했다. 비교적 작은 섬들은 공권력이 비교적 덜 미치는 지역들이었다. '공도정책'이 영향을 주었다. 어업활동도 했다. 시장에서의 장사를 하며 상업 활동까지 꾸려 나갔다. 그러면서 부패한 정부와 관료를 상대로 '녹림당'이란 이름으로 반봉건 투쟁을 벌였다.

그가 꿈꾸는 세상에 대한 실증적 체험을 몸으로 맞으며 확대해 갔다. 국내에서는 신분의 차별이 있는 사회적 모순을 척결하는 것은 민중의 속으로 들어가 백성의 마음을 얻는 일이었다. 차별 없는 사회란 신분이 구분 없는 사회가 되는 것이 아니라 인간으로서 인권이 보장되고 직업인으로 균등한 기회가 생겨서 제한받지 않는 사회였다. 생존이 보장되는 하나의 소사회를 경영하는 것을 꿈꿨다. 그러나 훗날 이상사회가 실현되는 것은 예측하지 못했다. 섬과 섬으로 이루어진 유구 사회는 통치가 원활하지 못한 소규모 집단사회였다.

그는 해외 진출로 이상 국가 건설하여 불합리한 사회를 도려내고 적서 차별 없는 세상을 꿈꿔 왔다. 한때 동에 번쩍 서에 번쩍 신출귀몰하면서 조정을 조롱하기도 했다. 그건 백성들의 존엄성이 외면되는 신분사회에 대한 불신에서 비롯되었다. 도술이 그를 구한 것이 아니라 백성들의 지지와 도움 때문에 조정을 농락할 수 있었다. 사회에 대한 반사회적 생각으로는 커다란 조직을 움직이기는 힘들다고 생각했다. 백성 속에 들어가 함께 아픔을 느끼고 호흡하며 진정한 호소에 귀를 기울이는 것이라고 믿었다.

그의 나이 45세 때 명예욕이 강했던 전라도 절도사 한 건이 이들을 폭도로 몰아 강경 진압을 결행했다. 그들을 관아에 끌고 가 매질하여 죽이는 사태가 발생했다. 홍길동 집단은 흥분했다. 동병상련의 마음이었다. 그들은 생업을 뒤로한 채 재무장 투쟁에 나서게 되었다. 때로는 생존을 위한 강경 투쟁이 전개되기도 했다.

그 이후 홍길동 집단은 물론, 생계유지를 위해 어민들이 주로 이용하던 거도선[1]을 활용하였다. 그것마저도 금지하는 명령을 내렸다. 생계 위협을 받는 상황에서 배의 이동이 제한됐다. 그 무리의 목통을 조여 왔다. 질식할 지경이었다.

조정에서 해상 통행증이 발급됐다. 홍길동과 집단을 색출하려는 방편이었다. 바다를 왕래하는 사람을 상대로 통행증을 발급했다. 그들의 활동을 원칙적으로 봉쇄하였다. 그들은 육지가 아닌 바다 위에서조차 활동을 제한하여 발길을 묶었다. 쫓기는 자들은 합법적이고 정상적인 방법으로 양지에서 활동하기가 쉽지 않았다. 신분을 숨기거나 다른 사람의 이름을 도용하여 합법을 가장하여 활동했다. 수배가 내려져 방이 붙어도 인상착의로는 진짜를 구분하기 쉽지 않았다. 공선을 이용할 수 없어 해적이나 불법 활동을 하는 부류의 배들을 이용할 수밖에 없었다.

길동이 바다 인근과 염전을 옮겨 다니면서 몸소 체험하였다. 해변과 섬들은 그들의 은신처가 되기도 하였다. 그런 취약지역은 공권력이 미치기에는 허술한 구석이 있었다. 왜구와 해적의 활동무대가 된 한 지역이었다. 산업 경영의 한 사람이 되어 취약지역을 좇아 그 사회를 살았다.

호조에서 사선 시행과 관선 조운의 폐단을 시정하는 조건을 정하여 아뢰었다.

조정의 벼슬아치들이 차례로 임금에게 정치에 관한 의견을 아뢰었

---

[1] 바닥이 평평하고 근거리 이동에 용이한 배

다. 관선으로 현물로 받아들인 각 지방의 조세를 서울까지 배로 운반했다. 그 법이 세워진 뒤부터 국가의 이익은 하나였고, 백성의 폐해는 많았다. 그 이익이란 세곡을 선박으로 운반할 때 내던 부가세를 주지 않는 것이었다. 또 다른 두려움이 기다리고 있었다. 배 만드는 곳마다 천여 명의 일꾼이 겨울철 부역을 했다. 비바람을 맞고 노천에서 찬 이슬 위에서 잠을 청하였다. 부역이 굶주리고 헐벗어 배고픈 상황에 노출되어 추위에 몸을 던지는 것이었다.

조선 장인이 부실한 군인에게 뇌물을 받고 문부에 등록된 그들을 마음대로 놓아주었다. 그리고 연해 주민과 염전에서 소금을 만드는 일꾼을 함부로 심부름시켰다. 그들은 인근 주민과 일꾼들에게 끊임없이 침범하여 해를 끼쳤다.

그 일이 마침 농사철이 겹쳤다. 형조, 한성부, 사헌부에 관련된 물품들을 배에 실었다. 군인들이 선적에 동원되었다. 부근 여러 고을의 볏섬을 져 나르는데 봄갈이 때를 놓치게 되었다. 큰 고을이면 50~60명, 작은 고을이면 3~40명이 내왕하는 곳으로 농번기 20~30일 사이에 이루어졌다.

곡물을 출납하고 간수하는 일을 맡아보던 구실아치와 중요한 임무를 위하여 파견하던 임시 벼슬의 수행원이 서류 없이 발급을 대가로 군인에게 뇌물을 받았다. 사사로이 필해야 할 역役을 마친 것을 증명하는 문서를 발급했다. 그것이 민폐였다.

배를 운행할 때 연해 여러 고을의 후한 증여를 하고서야 무사히 경내를 지날 수 있었다. 통과 증명을 발급해 주었다. 그것이 그 증명이 누구에게는 폐였고 누구에게는 수입원이 되었다. 음지와 양지가 있었다.

지방의 조세를 서울까지 배로 운반할 때 물품의 일부를 상납했다. 담당 벼슬아치와 노비들에 나누어 줄 것을 예상하고 거두는 미곡을 뱃사공의 일을 돕는 사람에게 징수하였다. 불법이든 합법이든 힘이 있는 자는 약한 자를 제물로 삼았다. 상당수가 부정거래를 일삼았다. 이로 말미암아 일꾼이 한 집안의 재물이나 재산이 거덜 나기도 하였다. 그 피해가 일족에게까지 미치었다. 심지어 도산하여 자손이 끊어져 상속자가 없어지게 된 자도 많았다. 조운한 뒤에 전곡 출납의 실무를 맡거나 무관 감독이 군인을 많이 거느리고 공사를 빙자하여 멋대로 사욕을 차리었다. 합법적인 관원이든 아니든 부당거래는 생활 속에 있었다. 오히려 관원들의 행패가 심했다. 사람들은 마치 종사품의 '무관 벼슬 만호' 같다고 하였다.

지난날 개인 배로 물건을 실어 날랐다. 폐단이 발생하여 세조 이후 공적인 용무에 쓰는 선박이 보급되었다. 지난날 주로 사선으로 나르던 때를 곰곰이 뒤돌아보았다. 본래 일체 통제 장치 없이 앞서거니, 뒤서거니, 혹은 운임을 탐하여 과중하게 짐을 싣는 경우가 많았다. 초과 승선으로 배가 부서져 미곡을 잃기도 하였다. 그뿐만 아니라, 나쁜 꾀를 내어 거짓으로 남의 비위를 맞추기도 하였다. 그런 행태가 많아 허비하는 숫자가 2만여 석 이상이었다.

세조께서 관선을 창립하여 시행한 이후 수십여 년이 되도록 폐단 없이 조운하였다. 그 제도를 다시 고치는 것은 불가했다. 다만 그 배 만드는 일꾼들이 추운 겨울에는 작업 환경이 열악해서 노역에 시달렸다. 부역하게 되는 폐단은 모든 조운하는 데 쓰던 배를 농번기에 인력을 동원하는 데 사용했다는 것이다. 매년 배 바닥의 널빤지를 갈거나 나무못을 박아 배를 수리했다. 혹 해가 오래되어 썩어서 못쓰게 되는 경우가 있었다. 풍랑을 만나 부서진 배만을 부득이 겨울철의 농한기를 이용해 가까운 고을의 백성을 동원하여 수리하고 개조하는 것이 적폐였다.

 군사를 뽑아 부역할 때 부자는 면하게 되고, 가난한 자만 생고생하게 될 것이 뻔했다. 이후로부터 군사를 뽑는 것은 반드시 부실한 인부를 써서 굶주리고 헐벗어 배고프고 추위에 떨게 하지 말도록 했다. 관찰사와 경차관이 혹시 공정치 못하게 군사로 쓸 사람을 강제로 뽑아 모으는 것을 막고 부당행위를 하면 검거하고 엄벌하라고 영이 내렸다. 그 수령守令을 신하가 글로 임금에게 아뢰어 물러나게 했다. 그 배 만드는 장인이 연해 주민을 침범하여 해를 끼치는 폐단에 대해서도 단속하라 했다. 배를 만들 때 전곡의 손실을 파악하고, 민정 감독관에게 친히 그 노동을 감독하게 하였다.

 또 군인들이 딱한 사정을 하소연하는 것을 허락하였다. 만약 실제로 부합하는 자가 있으면 법에 따라 먼 변방의 군사로 충당케 하였다. 그 볏섬 따위를 져 나르는 군인이 봄갈이 때를 잃는 것을 보상하는 차원에서 뇌물을 받아 증명하는 사사로이 '帖(체)' 자를 새긴 관인을 발급하는 폐단이 있었다. 짐꾼 군인을 비록 지난날의 사선을 두루 이용할 때도 부득이 부근의 주민들로 선정하였다.

다만 전일 군왕의 명령 내에, 조운의 배에 실을 때에 부근 여러 고을의 일꾼을 관찰사가 나눠 정한 뒤에 여러 고을에서 일제히 명부에 일일이 점을 찍어 가며 사람의 수를 조사하였다. 보내지 않는 경우나 죄인을 데리고 오는 경우 관리가 뇌물을 받았다. 군인의 명단을 즉시 올리지 않는 자는 관찰사에게 검거하도록 하였다. 이를 어긴 자는 죄를 묻고, 수령은 파면하라고 하였다.

  이후로는 이 임금의 명령에 따라 고찰을 거듭 가하고, 또 앞으로 곡물을 출납하고 보관하는 일을 맡아보던 구실아치와 수행인이 뇌물을 받는 경우 범법자는 5년 동안 한하여 다른 도로 전출하였다. 그곳은 낡고 헐어서 변변하지 못한 관의 역참에 속한 구실아치로 임명케 하였다. 배를 빼앗아 호송하는 관원이 증여받고 함부로 증명을 발급하는 폐단은 간혹 있는 것이니 엄히 징계하라 하였다. 금후로는 공물을 상납하는 일을 맡아보던 구실아치와 수군이 조운선 20~30척을 거느리던 수병의 우두머리와 일에 매우 익숙하게 사정을 말하여 하소연하도록 허락하였다.

  그 행위는 법에 따라 논죄하였다. 먼 변방에 죄를 범한 자를 벌로 군역에 복무하게 하고, 그 줄 것을 예상하고 거두는 미곡을 뱃사공의 일을 돕는 사람에게 징수하는 폐단은, 대개 새로 짓거나 수리하는 관원이 뱃사공을 도와 함께 남의 물건이나 명의를 몰래 사용하면 으레 마땅히 나누어 거두어야 했다. 다만 수령이 징수의 독촉을 매우 심하게 해서 간혹 과잉 징수를 하는 자가 있었다. 혹은 가까운 마을과 먼 가족에게까지 아울러 징수하는 자도 있었다. 관찰사에게 엄히 금지토록 하였다.

이를 범하는 자는 법률에 따라 죄를 논하여 형을 적용하라는 명이 떨어졌다. 그 배를 지키고 감독하는 자가 공사를 빙자하여 사욕을 채우려는 폐단은 관할 수령과 만호가 엄히 검거하라. 또 군인이 사정을 하소연하도록 허락하여 율에 따라 논죄하고 먼 변방으로 보내게 하라고 했다. 그대로 시행하도록 했다.

그러나 엄격한 명령과 율문만 있었고, 현실은 부정과 부패가 도사리고 있었다. 법과 명령은 백성의 부담이 힘에 벅차게 되는 꼴이었다. 길거리를 떠도는 자와 범법자는 늘어나도 행정력으로 적절하게 처리되기가 어려웠다. 죽으라고 일해도 꿈이 이루어지기가 어려운 현실이었다.

그해 가을에는 평안도 축성 순찰사 이극균이 도둑을 잡기 위해 군관을 더 배정해 줄 것을 청하였다.

그가 임금에게 청하기를,

"황해도에서는 도둑들이 무리를 지어 신계 옥獄을 둘러싸고서는 옥을 부수고 죄수들을 내놓았었는데, 이자연이란 자가 신계에 당도했다가 도둑을 쏘려고 했다. 거기 사는 백성들이 만류하며 하는 말이 '만일 쏘게 되면 우리는 씨가 없게 될 것이라.' 하므로, 이 자연이 쏘지 않았는데, 도둑의 말이 '우리는 죽을 생각을 하고 있으니, 만일 화살을 쏴 맞히게 된다면 너에게 이롭지 못하게 되지 않겠느냐?'고 했습니다. 그 전에 장영기張永奇는 난폭하고 비록 사물이나 현상을 이해하고 대응하는 용기가 없는 사람이었지만, 모든 수단을 동원하여 함께 죽을힘을 다하여도 잡기가 매우 어려웠습니다. 신의 군관(軍官)이 단지 세 사람뿐이니, 군대를 더 배정해 주기를 청합니다." 하였다.
　임금께서 명령을 내리기를,
"내가 듣건대 군관들이 폐단을 일으키는 일이 매우 많다고 들었다. 단지 한 사람만 더 배정하는 것은 가능하다. 경은 적들의 기세를 헤아려 보아 잘 처리하라. 만에 하나라도 위급한 일이 있어 적들에게 모욕당한다면 조정의 체모에 흠이 생기게 될 것이니 경은 잘 살펴서 시행하라." 하였다.
　전국이 도둑 문제로 살벌하였다. 길동도 해상 봉쇄령이 내려진 이후의 삶은 지쳐 있었다. 남해 인근 크고 작은 섬을 넘나들며 위기를 모면하여 도피하기가 일쑤였다. 때론 서해 조도, 죽암도, 노루섬. 목과섬. 호도. 애도. 사도 법성포 인근 지역을 지나 위도, 칠산도 송이도, 각이도 이웃한 가까운 곳과 서해안 지역 염전 등으로 멀리 압해도, 위도에 이르기까지 도피처로 삼고 전전했다.
　송이도에서 각이도 사이에는 바닷물이 갈라지는 '모세의 기적'이 나타나기도 했다. 바닷길이 열리면 각이 섬에 이르기까지 도보로 왕복할 수 있었다. 물이 빠지면 새우, 참새우, 참조개 등이 많이 잡혀 피난처로 좋고 생계유지에 도움 되는 곳이었다. 도피처 자취를 더듬어 피해 멀리 옮겨 다닌 세월이 수년이 흘렀다. 점점 먼 낯선 곳에 어떤 세계가 있을까? 동경하는 꿈을 키웠다. 길동은 온갖 시련이 그의 앞에 늘 예측하기 어려운 두려움이 있었다. 경험이 축적되며 그의 삶이 표류하고 있었다. 때마침 황해도 지역 도둑 떼가 창궐한 시급한 문제로 길동의 활동 이야기는 이해나 생각이 미치는 범위 밖으로 멀어졌다.

신세계

 비바람으로 풍랑이 몹시 이는 날이었다. 길동의 삶은 늘 괴로움과 어려움이 연속 몰아쳤다. 관군의 추적으로 쫓기는 신세가 되어 지쳐 있었다. 남해는 섬이 많은 곳이었다. 해풍을 만나 엎친 데 덮친 격으로 몸을 맡길 겨를이 없었다. 그는 다급한 마음으로 몸을 지키려 애썼다. 처음 표류한 날로부터 상당한 시간 동안 방향감을 잃고 헤맸다. 여기가 어딘지 분간치 못하였다. 풍랑이 잦아들고서야 비로소 안정을 찾게 됐다.

 바닷물이 맑지 않고 흐리기가 뜨물과 같았다. 혼란한 상황을 수습하고 배에 몸을 맡겼다. 아마 이레나 여드레까지 밤낮을 더 갔다. 아흐레쯤 날에 또 남서풍을 만나서 남쪽을 향하여 표류해 갔다. 어느 사이 물결이 잔잔해지고 바닷물이 맑고 푸르렀다.

 한 사흘쯤에 더 가서야 작은 섬을 바라보게 되었다. 미처 기슭에 대이지 못하여 키가 부러지고 배가 파손되어 남은 사람은 일부였고 일부는 물에 빠져 죽었다. 여러 가지 장비와 식량 일부도 모두 물에 빠져 잃어버렸다.

 다행히도 그들의 시야에 두 척의 배가 들어왔다. 각기 4명 5명이 갑판 위에 올라타고 앉아 있는 모습이 발견되었다. 그들은 관선으로 보이는 선군을 태우고 북쪽으로 항해하고 있었다. 시야의 그들 이외에 여러 명이 무장을 하고 있었다. 제법 쌀쌀한 날씨에 바람마저 회오리쳐 댔다. 방한복으로 짐승 가죽옷을 입은 자도 있기는 하였으나 언 몸이 바람에 젖어 옷이 찬 기운을 막아내는 것이 어려웠다.

이들은 제주를 출항하여 변산반도 쪽으로 항해하고 있었다. 심한 풍랑을 만나 조난되었다. 이즈음 인부들은 두 척 배에 나눠 탔다. 조정에 진상할 감자, 갯장어 포, 무늬목, 노루 가죽, 물감 원료, 해조류, 옥돔, 전복, 귤 등을 싣고 공경하는 마음으로 삼가 받아 출발하였다. 갑자기 불어오는 거센 샛바람을 만나 서쪽으로 향하여 표류하기 시작했다. 풍랑은 승선자를 두려움에 떨게 했다. 일부는 항해로 재난을 당하고 일부는 몸에 상처를 입었다. 진상품도 소실되었다. 기약 없이 바다 위를 정처 없이 떠다니다가 간신히 수습하기에 이르렀다. 일부 손실은 있었으나 바람이 잦아들자 어지러운 마음을 다잡아 계속 항해하고 있었다. 도움을 요청하려는 마음을 감히 갖기 어려운 지친 상태였다.

얼마간 시간이 흘렀다. 김비을개, 강무, 이정 일행도 '자신들이 제주 사람으로 지난 2월에 진상할 감자를 받아서 그 제주 사람인 현지인 여러 명 등과 거룻배 같게 만든 작은 병선 비거도선을 타고, 추자도에 이르렀을 때 거센 풍랑을 만났다. 서쪽을 향하여 바닷물에 떠서 흘러가다가, 한 주째에는 남쪽으로 향하여 표류하였다.

열흘째에는 한 명이 굶주림 끝에 병들어 죽었다. 누가 열흘 굶어 군자 없다고 했던가? 모두 2주째쯤 아침에는 장차 한 섬에 머무르려고 하다가 배가 부서졌다. 4명은 물에 빠져 죽고, 우리는 죽기 아니면 살기로 높은 고지를 점령하려는 정신으로 발악했다. 무엇이든 끌어 잡아서 죽지 않았다. 마침 지치고 피로한 상태로 무엇이라도 만나면 도움을 요청하리라는 맘뿐이었다. 인근에 섬이 희미하게 들어왔다. 누군가 수상 막 안으로 신고 들어가서 죽을 끓이어 먹이었다. 보름 정도쯤 되어 그 집으로 데리고 가서 돌아가며 차례로 밥 먹여 주었다. 섬 이름은 '윤이도'라 했다.

해풍 이후 길동 무리가 바닷바람이 강하게 불어 일어나는 파도로 어수선한 중이었다. 길동의 시야에 뭔가 들어왔다. 그들도 방향을 잃고 바다에서 바람이 강하게 불어 일어나는 물결에 따라 흐르는 난파선이었다. 그들은 서로 지쳤으며 외롭고 고달픈 처지에서 만났다. 항해의 방향은 그들의 의지와 상관없이 남쪽으로 흘러가고 있었다. 마주 보는 모습이 얼굴빛과 생김새는 닮았으나 의복은 달랐다. 서로 경계의 빛을 늦추지 않았다. 모두가 도움이 필요한 듯하였다. 서로 경계를 풀었다. 한쪽 배에는 필요한 물품이 더 많았다. 그쪽은 관복을 입은 자도 있었다. 길동의 무리가 그 배로 오르려 하다 주춤하였다. 약탈과 위협은 없었다. 서로 의지하며 힘을 모아야 할 처지였다. 이들은 서로 운명적인 만남이었다. 길동의 무리는 도피 중에 조난되었다. 일행은 공선이 인명과 재산의 손실로 파손된 배로는 어찌할 수 없는 처지였다. 이러지도 저러지도 못하는 상황이었다. 그러나 동병상련의 애틋한 맘들이었다.

길동 일행도 바람과 파도에 의해 9명 중 3명을 잃고 6명의 선원이 정처 없이 헤매어 떠도는 사이에 마침 공 선인 것처럼 보이는 배를 만났다. 서로의 인명 손실이 있었다. 물품을 배가 좀 더 온전한 배로 옮겨 올라탔다. 우리 일행을 그들의 배에 거두어 6명을 싣고 가서 섬 기슭에 이르렀다. 마주친 첫인상은 섬사람의 복장과 용모는 마치 조선인과 서로 비슷했다. 말을 걸어 보니, 조선말을 했다. 서로 위로하며 조난의 경위를 서로 주고받았다. 혼자 '이것이 운명이구나.' 하고 생각했다. 이즈음 바라보니 그는 나이가 지긋하게 들어 보였다. 경륜이 어느 정도 쌓이고 나라를 다스리는 데 필요한 경험과 능력이 있을 정도의 기운을 내뿜을 정도였다. 지쳤지만 씩씩하고 굳센 기운을 품은 채 무엇이든 겁내지 않는 기개가 있어보였다.

길동과 그 일행은 바람의 흐름에 따라 배를 맡겼다. 생소한 체험이 어떤 세상인지 분간하지 못했다. 해류와 바람에 맡긴 끝에 허기지고 지친 상태에서 어느 섬에 도달했다. 섬사람의 첫인상은 마치 조선과 유사했으나 언어는 달랐다.

섬 주민들은 조난자들의 배 위에 친 찢어진 천막 안으로 음식과 물을 가지고 들어가서 부드러운 음식을 끓여 먹였다. 조난자들을 진심으로 보살펴 주었다. 우선 인심은 후한 편으로 인간다움이 있는 인정을 잠시 느끼는 순간이었다. 응급상황이 어느 정도 수습되고서야 일행에게 그들의 집으로 데리고 가서 돌아가는 차례로 밥을 먹여 주었다.

인가가 섬을 둘러 살고 있고, 둘레는 이틀 길이 될 듯하였다. 섬 주민을 만났다. 남녀 모두 다 맨발로 신을 신지 않았다. 행색은 귀를 뚫어 푸르고 작은 구슬로써 꿰어 2, 3마디쯤 드리웠다. 남녀 구슬을 꿰어

목에 3, 4겹을 둘러서 1자쯤 드리웠다.

그러나 나이가 들어 보이는 사람은 하지 않았다. 남성은 머리를 꼬아 곱쳐서 포개어 삼베 끈으로 묶어서 상투를 틀었다. 조선처럼 망건을 쓰지 않았다. 어림잡아 긴 수염이 목 부분을 지나갈 정도였다. 머리털은 꼬아서 상투를 틀어 두어 겹을 둘렀다. 부인의 머리채도 길었다. 서면 발뒤꿈치까지 미치고 짧은 것은 무릎에 이르렀다. 쪽을 찌지 않고 머리 위에 둘렀으며, 옆으로 나무 빗을 귀밑머리에 꽂았다.

섬사람은 대강 짐작으로 헤아려 남녀 1백여 명 정도였다. 풀을 베어 바닷가에 거처하는 초막을 만들어서 우리를 머물게 하였다. 머물면서 지난 여정의 생생한 장면들을 떠올렸다.

일행이 조선에서 출발할 때 큰바람이 물결을 일으켜 파도가 얼굴까지 치며 위로 솟구쳤다. 갑자기 물이 배 가운데 꽤 찼다. 뱃전이 잠기지 않은 것은 두어 판자 조각뿐이었다. 일행 중 일부는 바가지를 가지고 물을 퍼냈다. 일행들은 노를 번갈아 잡았다. 나머지 거의 다 뱃멀미가 심하여 누워 있었다. 서로 지친 몸으로 밥을 지을 수가 없는 상태였다. 한 방울의 물도 입에 넣지 못한 지가 제법 되었으나 비로 인하여 목을 축였다. 몸을 맡긴 지 무릇 보름이나 되었다. 기진맥진 생사를 넘나들 때였다. 천운으로 섬사람이 미음과 마늘을 가지고 와서 정성껏 먹였다.

그날 저녁부터는 처음으로 쌀밥 및 막걸리와 마른 바닷물고기도 먹을 수 있었다. 조선보다는 먹을 것이 풍부하다고 생각했다. 물고기 이름은 다 알지 못했습니다. 가마, 솥, 수저, 소반, 밥그릇, 자기, 토기는 없었다. 즉석에서 흙을 뭉쳐서 솥을 만들어 햇볕에 쪼그라들게 말렸다. 짚불로 태워 밥을 지었다. 대엿새 지나면 갑자기 솥이 터져버렸다. 쌀을 주로 사용하고, 비록 조粟가 있더라도 심기를 즐겨하지 않았다. 밥은 대나무 상자에 담아서 손으로 뭉쳐 주먹밥을 만들었다. 밥상은 없이 작은 나무 탁상을 사용하여 각각 사람 앞에 놓았다. 밥을 먹을 때마다 한 부인이 상자를 맡아서 이를 한 덩어리씩 나누어 주었다. 나뭇잎을 손바닥 가운데 놓고 밥 덩이를 그 연꽃잎과 같은 나뭇잎 위에 얹어 놓고 먹었다. 한 덩어리를 다 먹으면 또 한 덩어리를 나누어 주어 세 덩어리로 한도를 삼았다. 먹을 수 있는 자에게 덩어리 수를 계산하지 않고 후하게 다 실컷 먹도록 주었다. 정말 물산이 넘치고 인심이 좋고 너그럽고 여유로웠다.

쌀을 불려 디딜방아에 찧어서 이를 야자나무 잎의 크기만큼 뭉쳐 떡을 만들어 나뭇잎에 싸서 짚으로 묶어서 삶아 먹었다. 소금과 간장은 없었다. 바닷물에 채소를 넣어서 국을 끓이었다. 그릇은 표주박 바가지를 사용하거나 혹은 나무의 속을 파내서 그릇을 만들었다.

술은 흐린 술은 있으나 맑은 술은 없었다. 아녀자는 쌀을 물에 불려서 씹을 수 있도록 죽같이 만들었다. 누룩을 사용하지 않고 나무통에서 빚었다. 많이 마신 연후에야 조금 취하였다. 술잔으로 바가지를 사용하였다. 무릇 마실 때는 사람이 한 개의 바가지를 가지고 마시기도 하는데 주량에 따라 멈추기도 하였다. 양에 따라 마시며 서로 잔을 주고받지 않았다. 마실 수 있는 자에게는 더 첨잔하였다. 그 술맛은 매우 담담하며, 빚은 뒤 사나흘이면 익고 오래되면 쉬어서 먹지 않았다. 먹지 않는 것이 이상했다.

　나물 한 가지를 안주로 하였다. 혹 마른 물고기를 쓰기도 하였다. 또는 신선한 물고기를 잘게 토막 내 날고기로 만들어 마늘과 나물을 무쳐 먹기도 했다. 무릇 술과 밥은 하루 세끼였다.

　초칠일을 머문 뒤 인가에 옮겨 두고서 차례로 돌려가며 대접하였다. 한 마을에서 대접이 끝나면 갑자기 다음 동네로 보내졌다. 한 달 남짓 뒤에는 우리를 여러 마을에 나누어 두고 역시 차례로 돌려가며 대접했다. 그 거처는 모두 사무를 분담해서 처리하는 관련 부서를 설치했다. 내실이 따로 없고 창이 없으며, 앞면은 조금 높이 들려 있고, 뒤는 처마가 땅에 드리워져 있으며, 대개 띠풀(茅)을 사용하여 기와는 얹지 않았다.

　밖에는 울타리가 없고 잠자리는 나무 침상을 사용하였다. 이불과 요가 없고 사무를 분담해서 처리하였다. 침상은 부들로 만든 자리를 깔아서 사용하였다. 사는 집 앞에 따로 창고를 지어 수확한 벼를 쌓아 두었다. 조선에서 같으면 우리 같은 무리가 그냥 지나칠 수 없었다. 또 쌀로 군역이나 세금 문제 모든 어려움을 해결해 줄 뿐 아니라 가족들의 생계 걱정 따위는 필요하지 않았다. 도대체 여기는 모두가 이런 생활이 가능한 것인가? 바로 이곳이 꿈꾸는 이상세계란 말인가? 의혹은 점점 쌓여 갔다.

　대나 목화를 심지 않아 삼베나, 목면이 없었다. 누에치기도 하지 않았다. 오직 모시를 짜서 베 만들고, 옷을 만들되 깃이 곧고 뻣뻣하며 소매가 넓었다. 옷깃과 주름은 없고 소매는 짧고 넓으며, 염색은 쪽빛 물감을 사용하고, 속옷은 흰 모시 세 폭을 써서 궁둥이에 매었다. 부인의 옷도 같았다. 다만 속치마를 입고 속옷이 없었다. 치마도 푸른빛으로 물을 들였다. 관대가 없고 더우면 혹 종려나무 잎을 사용하여 마치 삿갓 모양 같이 만들었다. 어쩌면 조선 승려의 삿갓과 같았다.

베를 짤 때 기구, 베틀에 달린 날을 고르는 제구인 바디를 사용하는데 모양은 조선과 비슷했다. 그 밖에 다른 기계는 같지 않았지만, 베 및 무명, 비단 등의 날 형태가 수인 승수升數와 굵고 가는 추세麤細도 조선과 닮았다.

집에는 특이하게 가축처럼 쥐와 고양이를 기르고 있었다. 소는 무소로서 그 소와 닭의 고기를 먹지 않았다. 소는 가죽으로 활용하고 죽으면 곧바로 묻었다.

"소와 닭의 고기는 먹을 만한데 왜 묻는 것이냐?"라고 궁금하여 물었다. 조선의 상식과는 다른 행동을 했다. 그들은 침을 뱉으면서 비웃는 듯했다.

쇠로 도구를 만드는 대장간이 있었다. 그곳에서는 쟁기 같은 농기구는 만들지 않고 낫이나 삽을 만들었다. 밭을 갈고 농사짓는데 쟁기 없이 작은 삽이나 낫을 사용하였다. 밭을 파헤치고 풀을 제거하여 조를 심는데, 낫이나 삽보다 쟁기가 더 유용하지 않을까? 생각했다. 무논은 12월 사이에 소를 사용하여 논을 삶아 파종하고, 정월 사이 옮겨 모내기하되 풀을 베지 않았다. 2월이 되니 벼가 무성하여 높이가 한 자쯤 되고, 4월에 무르익는데, 올벼는 4월에 수확을 마치고 늦벼는 5월에 추수를 끝냈다. 벤 뒤에는 뿌리에서 다시 자라나 처음보다 더 무성하며, 7, 8월에 한 번 더 수확해 이모작을 했다.

  수확기 전에는 사람들이 모두 몸가짐을 조심하고 지나치지 않도록 하며, 비록 말할 때 소리를 크게 하지 아니하였다. 입을 오므려 휘파람을 불지 않고, 혹 풀잎을 말아서 불면 이를 막대기로 금하였다. 수확을 한 뒤에야 작은 피리를 부는데, 소리가 매우 가늘었다. 한번 수확한 벼는 이삭을 연달아 묶어서 다락에 두고, 대나무 막대기로 이를 털어서 디딜방아로 찧었다.

  풀과 벼를 베는 데에는 낫을 쓰고, 쪼개거나 찍는 데에는 도끼와 나무를 깎아 다듬는 데 쓰는 자귀 연장을 사용하였다. 또 작은 칼을 사용하며, 활과 화살 그리고 도끼(斧)와 두 가닥 창(戟)은 없었다. 사람들은 작은 솥을 가지고 일상생활을 하며 놓지를 아니하였다.

  기온은 따뜻하여 겨울에도 서리와 눈이 없고 초목이 푸르고 또 얼음이나 눈은 상상도 못 했다. 섬사람들은 홑옷 두 벌을 입고 여름에는 다만 하나를 입는데 남녀가 똑같이 같았다.

  채소로는 마늘, 생강, 토란, 참외, 등을 재배했다. 가지는 줄기 높이가 1미터 안팎이나 되고 한 번 심으면 자손에게까지 전하였다. 결실은 처음과 같고, 너무 늙으면 가운데를 찍어 버렸다. 그래도 또 움이 나서 열매를 맺었다. 아열대 기후여서 과실로는 망고, 파인애플, 귤과 작은 밤이 있는데, 푸른 귤은 계절 구분 없이 꽃이 핀다.

  일상생활에서는 등불과 촛불이 없고, 밤이면 대나무를 묶어서 횃불을 만들어 비추었다. 집에는 뒷간(溷廁:화장실)이 없고 들판에다 그냥 자연스레 볼일을 봤다. 땅을 파서 작은 우물을 만들고 물을 기를 때는 바가지와 액체 등을 담는 아가리가 좁은 그릇 같은 항아리를 사용하고 있었다.

배는 방향을 잡는 키와 바람에 의지하여 돛대만 있고 노는 없었다. 바람에 의존하여 순하게 부는 바람에만 돛을 달 뿐이었다.

풍속이 무척 좋아 도적이 없었다. 길바닥에 무엇이 떨어져도 줍지 아니하였다. 서로 꾸짖거나 큰 소리로 싸우지 아니하였다. 예쁘고 사랑스럽다고 어린아이를 어루만지려다 실패했다. 비록 울더라도 손을 대지 아니하였다. 모두가 인심이 좋고 너그러웠다.

그들의 문화에 공동체를 통솔하고 대표하던 우두머리가 없었다. 대체로 주민들은 문자를 읽지 못했다. 일본어와 유구어를 사용하여 우리 언어와 통하지 않았다. 그러나 오랫동안 그 땅에 머물러 있으니, 조금은 손짓 몸짓으로 말하는 바를 알게 되었다.

그 섬사람이 새 벼의 줄기를 뽑아서 지난 벼와 비교해 보이고는 동쪽으로 던지며 점을 쳤다. 그 뜻은 대개 새 벼가 옛 벼와 같이 익으면 마땅히 함께 출발하여 돌아가게 되리라는 것을 강한 소망으로 기대하는 듯했다. 이모작 삼모작 하는 듯했다.

여섯 달을 머물고, 7월 그믐에 이르러 남풍이 불어오는 때를 기다려서 섬사람 십여 명이 우리와 같이 양식과 막걸리를 준비해서 함께 한 척의 배를 타고서 하루 반을 갔다. 어느 섬에 이르렀다. 목적지까지 데려다주는 그들은 일주일 남짓 동안을 머물다가 본섬으로 돌아갔다. 이 섬은 좁으면서도 길게 뻗어있었다. 둘레는 네 닷새 일정이 될 만하였다.

그 언어, 음식, 옷, 거처하는 방, 지역의 기후와 토지의 상태는 대개 앞서 섬과 비슷했으며, 일행을 맞이하는 것도 여전히 따뜻했다.

오랜 낯선 생활에 지치기도 하였으나 따뜻한 환대에 친근감을 느끼고 호기심도 생겼다. 가족과 고향이 그리워 마음이 답답하고 쓸쓸하기도 했다.

어떤 여인은 쪽으로 뚫어 조그마한 검은 나무를 꿰었는데, 모양이 마치 검은 머리는 삼각형임. 몸빛은 녹색 또는 황갈색, 앞다리 끝의 돌기가 낫처럼 되어 사마귀 모양 같았다. 정강이에는 조그마한 쪽빛 구슬을 둘러 장식하였다.

들판의 풍경은 수확한 나락을 가까이 있는 빈터에 쌓아 두었다. 높이가 모두 두 길쯤 되었다. 같은 마을 사람은 한곳에 모여서 사는데 많은 것은 사오십여 곳에 이르렀다.

산에는 멧돼지가 있었다. 섬사람이 짐승을 잡으려고 창을 가지고 개를 끌고 가서 사냥했다. 사냥한 동물의 털을 태우고, 여러 부위별로 나누어 베어서 삶아 먹으나, 사냥한 자만 먹고 비록 지극히 친한 자일지라도 주지 않았다. 그 행위가 의아했다. 만일 사냥이 쉽지 않은 듯 남에게 주면 다음을 기약하여 잡기가 어렵다고 말하였다. 힘들게 노동한 자만 먹었다. '하루라도 일하지 않으면 먹지도 말라.' 하는 가르침이 떠올랐다.

산에는 재목이 많아서 그걸 실어내어 다른 섬에 무역하기도 했다. 또 동백나무가 있는데 높이가 두어 길丈이며 꽃이 붉게 피어 시선을 자극하였다.

뱀과 달팽이가 서식하고 있었다. 그들 습속에는 달팽이를 삶아서 먹었다. 큰 뱀이 있었는데 길이는 꽤 길쭉한 구렁이 정도 되고 굵기는 서까래 정도 길이었다. 아이를 안고 있는 여자가 구렁이를 보고서 아이의 발을 구렁이 등에 올려놓고 구렁이의 꼬리를 어루만졌다. 두려워하지 않는 걸로 봐 아마 독이 없는 듯하였다. 너무 커서 쉽게 집어 들어 다룰 수가 없었다.

일행들은 대개 5달을 머물다가, 섣달그믐께 이르러서 북진하기 위해 마파람이 불기를 또 기다렸다. 섬사람 5명이 우리와 동행하여 한 척의 작은 배를 타고 하루 나절 갔다. 한 섬에 이르게 되었다. 그 섬의 땅은 평평하고 넓어서 산이 없는 구릉지였다. 모두 다 모래와 돌로 된 땅이었고, 둘레는 소내도所乃島보다 조금 작았다.

논이 없어 벼의 수확이 없어서 대신 밀, 보리, 기장, 조가 있었다. 듣기로는 소내도로 무역해 온다고 하였다. 밀, 보리를 심고, 가을이 되면 쇠똥을 사용하되 손으로 움켜서 밭에 넣고, 삽을 사용하여 흙을 일으켜서 덮었다. 그러자 2, 3월에 푸른 싹이 고개를 치밀어 꼿꼿이 섰다. 메말라 가는 이삭에 감사를 마치고 난 뒤에 밭을 다시 일구어 작물을 심는데 아홉 종류의 곡식을 심었다. 또 10월 사이에 파종하여 2, 3월에 수확해서 마치고, 다시 심어서 7, 8월에 또 수확하였다.

집을 지을 때는 재목은 없어 모두 다 인근 섬 군락지에서 가지고 와서 짓는다고 하였다. 인근에는 과일나무도 없었다.

일정한 기간을 두고 남쪽에서 불어오는 마파람을 기다려 항해는 계속되었다. 섬이 수없이 많아 조선을 기준으로 최남단 파조간도를 거쳐 갔다. 북상하려면 남풍을 기다릴 수밖에 없었다. 호송인은 다음날에 본섬으로 돌아갔다. 그 땅은 평평하고 넓어 산이 없고, 둘레는 2일 정도 걸릴 만하였다. 인가人家는 겨우 40호 남짓하고, 우리를 대접하는 것이 풍습으로 봐 대개 이동해 온 다른 섬들과 비슷했다.

한 달을 머물다가 남풍이 불기를 기다려 섬사람 5명이 우리들을 데리고 같이 작은 배에 올라서 하루 정도 동안을 가니, 한 섬에 이르게 되었다. 섬에 도착하자 우리를 안내한 호송인은 다음날에 본섬으로 돌아갔다. 땅은 평평하고 넓어 산이 없고, 둘레는 하루 일정이 될 만하였다.

바람은 섬사람들의 생활에 주요한 변수가 되었다. 수 없는 세월을 견뎌내며 한 달을 더 머물다가 남풍이 불기를 기다려 섬사람 15명이 우리를 데리고 같이 한 척의 배를 타고 거의 2주야 반을 가서 본도에 이르게 되었다. 곧 유구 왕이 머무는 곳으로 도착하였다. 바닷물의 기세가 용솟음치고, 파도가 기후 등이 험하고 사나워, 섬사람도 모두 배를 탔을 때 어지럽고 메스꺼워 구역질하는 현상이 심한 사람도 있었다. 그런 여정을 거처 국왕 앞에 서게 되었다.

슈리 왕부 국왕國王이 조난자들을 안전하게 호송한 것을 인정하여 호송인에게 포상하였다. 호의적인 대우에 무척 놀랐다. 임금이 백성에게 각각 청홍색 면포를 내리셨다. 조선에서는 오색(청, 홍, 황, 흑, 백)을 사용하는데 청과 홍은 친근한 색이었다. 느낌이 조선의 문화와 생활상이 유사한 구석이 있는 듯했다. 술과 밥을 후하게 먹이어 종일토록 취한 상태로 보였다. 그 사람들은 하사받은 면포로 옷을 만들어 입고 한 달을 머물다가 돌아갔다.

나라 사람과 통역사가 와서 우리에게 물었다.

"너희들은 어느 나라 사람이냐?" 하기에,

우리는 대답하기를,

"조선 사람이다."라고 하니,

또 묻기를,

"너희는 고기잡이하다가 표류하여 여기까지 이르렀느냐?" 하므로,

우리는 눈치를 살피다가 마치 같이 의논한 것처럼 대답하기를,

"다 함께 조선국 바다 남쪽 사람인데, 진상할 쌀, 옥돔, 해산물 감자 등을 싣고 한양으로 향해가다가 바람을 만나서 여기에 이르렀다."라고 둘러댔다. 통사는 우리가 한 말을 써서 국왕에게 아뢰었다. 조금 있다가 두어 관인을 보내어 와서 우리를 맞아주며 한 객사에 머물게 하였다. 조선말을 통역하는 사람이 있다는 것이 신기했다. 이 집은 바다와의 거리는 5리 곧 2킬로미터가 되지 못했는데, 나무가 풍부한 듯 판자로써 집을 덮었고, 집으로 드나드는 문과 굴뚝 바람벽이 있었다. 돌담장이 설치되어 있었다. 높이가 두 길이나 되었다. 담장에 문이 있어 밤에는 자물쇠가 걸리었다. 또 관사가 곁에 있었다. 수령 두 사람과 정부의 재정 부서에서 돈과 곡식 출납의 실무를 맡거나, 지방의 세금을 감독하는 두 사람이 있었다. 따로 하나의 창고를 두어 재물과 돈, 해산물을 저장해 두었다. 출납하는 데에는 수령이 이를 감독하였다.

통역사가 이르기를,

"이것은 너희 나라 군읍 관청이 있는 것과 같다."라고 가리키며 알

려줬다. 아하! 이곳에 우리나라 공관의 역할이 있는 듯하였다. 정말 놀라웠다. 이곳까지 오간 사람들이 꽤 있었구나! 어떻게 연줄이 닿았을까? 궁금하였다. 우리를 대접하는 데에는 매일 세 끼이고, 술도 있었다. 축복이었다.

한 집에서 5일분 양식으로 쓰는 쌀과 막걸리 같은 술이며 생선 젓갈을 관청에서 받아 대접하였다. 이를 마치면, 다음 집에서 또 받아서 순서에 따라 대접하였다. 대개 한 주일가량 수령이 한 번 우리를 찾아와 술과 안주를 대접했다. 또 관인에게 당부하여 상시로 풍족하고 넉넉하게 대접하도록 하였다.

일행들은 마침 국왕의 어머니가 다른 곳으로 나가서 노는 것을 엿보게 되었다. 옻칠한 가마를 타고 사면으로 발을 드리운 채 행차하였다. 가마를 멘 자가 약 수십 인으로 모두가 흰 모시옷을 입고 비단으로 머리를 쌌다. 군사는 긴 칼을 가지고 활과 화살을 찼는데, 앞뒤를 소중하게 보호하고 든든히 지킨 자가 거의 백여 명 정도이었다. 행차 때 두 뿔과 마치 목관악기처럼 아래 끝에는 깔때기 모양의 놋쇠를 달고, 부리에는 갈대 재료로 만든, 피리와 같은 목관악기의 부리처럼 서를 끼워 불고 다니며, 축포를 쏘아댔다.

아름다운 부인 네댓 명이 여러 가지의 비단옷을 입고, 겉에는 흰 모시 긴 옷을 입었다. 일행들이 길 곁에 나가서 사람을 찾아가 뵈니, 가마를 멈추었다. 두 개의 납과 주석으로 합금이 된 금속 병에다 술을 담고 거무스레한 옻칠한 나무 그릇에다 음식을 우리에게 건넸다. 그 맛이 조선 것과 같았다.

어떤 어린 여자아이가 조금 뒤에 따로 갔는데, 나이는 10여 세가 될 만하고 얼굴이 매우 아름다웠다. 머리를 뒤로 드리우고 땋지 않았으며, 붉은 비단옷을 입고 띠를 묶었으며, 살찐 말을 탔다. 보통 인물은 아닌 듯했다. 말굴레를 잡은 자는 모두 다 흰옷을 입었고, 말을 타고 앞에서 인도하는 자가 네댓 명이며, 좌우左右에서 도와 끌어 잡는 자도 매우 많았다. 지키는 자로서 긴 칼을 가진 자가 수십여 명이요, 양산을 지닌 자 말을 나란히 타고 가면서 햇빛을 가리었다. 우리가 또한 찾아가 뵈니, 어린 젊은이가 말에서 내리니 병에다 술을 담아서 대접하였다. 그러자 마시기를 마치니 어린 젊은이는 말을 타고 올라서 갔다.

궁궐이 분주했다. 국왕이 붕어[2]했다고 웅성거렸다. 왕위를 이은 임금의 나이가 어리기 때문에 왕의 어머니가 조회에 떠맡아 제 직무를 보게 되었다.

어떤 이가 이르기를,

"어린 젊은이가 나이가 들면 마땅히 국왕이 될 것이다."라 하였다.

음력 칠월 보름날 곧 백중날에는 모든 사찰에서 기를 만들었다. 재료는 비단을 썼다. 혹은 고운 빛깔의 비단도 사용하였다. 그 위에 인형 및 새와 짐승의 형상을 만들어 왕궁에 보냈다. 일정한 지역에 사는 주민으로, 남자 가운데 젊고 힘센 자를 뽑았다. 황금 가면을 쓰고 피리를 불고 북을 치면서 왕궁으로 나아갔다. 피리는 조선의 작은 피리(管)와 같았다. 북 모양도 조선 것과 비슷했다. 그날 밤에는 크게 여러 가지

---

2) 임금이 세상을 떠남. 선어(仙馭). 안가(晏駕).

잡스러운 장난이나 놀이를 벌이고 모후가 임석하여 관람하였다. 남녀 노소가 다가가서 보려는 사람들이 길을 메우고 거리에 넘쳤다. 재물을 말에 싣고 왕궁으로 나아가는 자도 많았다.

해안에서 슈리 궁과 거리는 10여 리 4킬로쯤 되었다. 일행들이 멀리 바라보았다. 한 궁전과 누각이 매우 높으므로 물어보았다. 곧 국왕의 거처라고 하였다. 사람들이 사는 집은 간혹 기와였으나 주로 판잣집이 매우 많았다. 조선은 띠풀 집이 많은데, 이는 아열대 지역이라 나무들이 많아 쉽게 목재를 구해서 이용했을 거라 여겼다.

남녀가 상투를 이마의 가장자리에 틀어 올렸다. 비단으로 싸고, 서민은 모두 다 흰 모시옷을 입었다. 부인은 머리 뒤에 머리카락을 쪽지어 올렸다. 모두 다 흰 모시의 적삼과 하얀 모시 치마를 입었다. 혹은 흰 모시의 여자들이 나들이할 때 얼굴을 가리느라고 머리에서부터 길게 내려쓰던 옷을 입었다. 그중에 귀한 자는 또한 붉은빛과 푸른빛의 울긋불긋한 비단을 입었다. 어린아이 옷과 치마도 있었다. 그 수령은 또렷하지 않고 흐리게 아른거리는 점 모양 무늬가 생기게 물들인 비단을 사용하여 상투를 싸고 올이 가는 흰 모시를 입었다. 갖추어 입는 옷차림은 붉은 물감으로 물들인 비단이었다. 나갈 때는 말을 타며 따르는 자가 두어 명이었다.

논과 밭은 서로 반반 정도이었는데, 밭이 조금 많고 논은 겨울에 파종해서 오월에는 벼가 다 익어 수확을 마쳤다. 한편 소로서 논을 삶아 다시 파종해서 칠월에 이앙했다. 가을과 겨울 사이에 또 수확하였다. 밭은 작은 삽으로 이를 일구어서 조를 심었다. 그 또한 겨울에 처음으로 파종하고 오월에 수확하고, 유월에 다시 파종하면 팔월쯤 이삭을 아래로 고개 숙이고 익어갔다.

사찰은 판자로써 덮개를 하고, 안은 옻칠을 했으며, 불상이 있었다. 모두 다 눈부신 황금색이었다. 거주하는 승려는 머리를 깎았다. 승려가 입는 검은 물을 들인 옷도 입고 흰옷도 입었다. 그 가사는 조선의 치장과 같았다.

나라 안에 시장이 있는데, 온갖 비단, 명주 비단, 모시, 생모시, 빗, 가위, 바늘, 채소, 생선과 고기, 소금, 젓갈 등 다양했다. 남만국의 또렷하지 않고 흐리게 아른거리는 비단, 일종의 향나무인 단향목, 등 다양한 물건이 좌판에 널려 있었다.

중국 사람이 장사로 왔다가 계속해서 사는 자가 있었다. 그 집은 모두 다 기와로 덮었고 규모도 크고 화려하며 안에는 단청을 칠하였다. 대청마루 가운데에는 모두 다 의자를 설치하였다. 그 사람들은 모두 의관 감투를 쓰고 옷은 유구국과 같은 차림이었다. 우리에게 갓이 없는 것을 보고서는 탕건과 비슷하며 턱이 없이 울퉁불퉁하지 않고 평평하며 비스듬하게 머리에 쓰던 옛 의관의 하나로 감투를 주었다.

통사는 반드시 유구 사람으로 그 나라에 있는 자로 하게 하였다.

강남인江南人 및 남만국南蠻國 사람도 모두 와서 장사하여 왕래가 끊이지 아니하였다. 우리도 모두 다 보았다. 남만인은 상투를 틀어 올렸다. 그 빛이 매우 검어서 보통 사람보다 특이하였다. 그 의복은 유구국과 같았으나 다만 비단으로 머리를 싸지 아니하였다.

군사는 가죽에 옻칠을 입힌 걸 사용했다. 정강이를 무겁게 보이는 철로써 싸맸다. 마치 바지나 남자가 여름 한복 홑바지인 고의를 입을 때 정강이에 감아 무릎 아래 매는 물건과 같았다.

해충으로는 모기와 파리가 조선보다 번거롭게 굴어 괴롭고 귀찮았다. 아마 아열대 더운 날씨로 모기가 더 성가셨다. 다양한 종류의 유익한 벌레와 해충 등이 있었다. 또한 메뚜기와 비슷하며 큰 것을 사람들이 식용으로 잘 먹었다. 조선에서는 활성화되지 못했으나 이곳 시장에는 다소 거래되었다. 그 곤충을 팔기도 하였다. 동굴에는 박쥐도 있었다.

일행 중 일부는 무릇 여러 달을 머무니 가족과 고향 생각이 난다고 했다. 통사에 전하여 조선으로 돌아가게 해주기를 청하였다. 통역사가 국왕에게 전달했다.

국왕이 대답하기를,

"이곳 사람은 성질이 나빠서 '너희들'을 온전하게 보호해서 지킬 수가 없으니, 너희들을 강남江南으로 보내고자 한다."라고 하였다. 이곳에서 강남이라 하는 것은 유구의 남단을 의미함이었다. 죄지은 자들의 유배지로 먼 곳이었다. 우리는 이보다 앞서 통사에 물었다. 그랬더니 일본은 가깝고 강남은 멀다는 것을 알고 있었다. 이 말을 듣고, 일본으로 갈 것을 요청하였다. 그래야 조선에 돌아갈 기회가 열리는 것이라 믿었다.

마침 일본 구주지방의 사람 신사랑新四郎 등이 무역하러 와서 국왕에게 청하기를,

"우리는 조선과 서로 통하여 우정을 맺고 있습니다. 이 사람들을 데

리고 가서 보호하여 가고자 하는 목적지까지 돌아갈 수 있기를 바랍니다." 하였다.

국왕이 이를 허락하고, 또 이르기를,

"도중에 어려운 처지에 있는 일행을 불쌍히 여겨 위로하고 물질적으로 도와 잘 돌려보내도록 하라." 하였다. 이어 우리에게 돈 1만 5천 문, 후추 1백 50근, 푸른 염색 포, 당 무명 각 3필을 주고, 또 석 달 치의 양식쌀 5백 근, 소금과 간장, 생선 젓갈, 왕골자리, 칠목기, 밥상 등의 물건을 주었다.

8월 초하루 날에 신사랑 등 1백여 인이 우리를 데리고 한 척의 큰 배를 같이 타고서 일본으로 출항했다. 나흘 밤낮을 가다가 어느 섬에 이르렀다. 기슭을 오르는 데에 파도가 매우 사나워서 겨우 바다를 건넜다. 다다른 곳의 형세가 탐라와 같았다. 그것은 오랜 낯선 생활에서 오는 가족과 고향에 대한 그리움 때문이라 여겼다. 배에 올라 이동 중에 대선과 대박이 두 사람이 두통이 생겨서 낫지 않았다.

유구국 어느 섬 근처에 이르렀다. 두통은 더욱 심해졌다. 국왕이 이를 알고 예측하여 남만국의 술을 미리 준비해주었다. 신사랑 등도 이를 보고 또 쑥으로 뜸을 뜨는 등 곡진히 치료해 주었다. 배 가운데에 있어서는 대변이나 소변 때에 사랑이 매양 그를 따르는 자에게는 붙들어 주게 하였다. 이는 뱃머리에서 추락할까? 걱정해서 그랬다. 어느덧 속을 비어내며 어느 섬에 도착하였다. 시간이 지나 안정이 되자 멀미가 즉시 나았다.

한 달을 머물다가 9월에 이르러 남풍이 불기를 기다렸다. 고기랑 등이 보통 것보다 특별히 잘 만든 배를 사서 우리를 데리고서 같이 타고 연안으로 항해해서 무릇 사흘 끝에 어느 포구에 이르러 하선했다. 신사랑 등은 말을 타고서 우리를 데리고 육로로 왔다. 일행 중 한 명이 향수병이 들었다가 일어나기는 하였으나 기력이 충분하지 못하였다.

그런 사정에도 불구하고 말을 구하여 타게 하고 남은 두 사람은 도보로 2일을 더 갔다. 산골짜기가 매우 험했다. 도착 지점에 이르니, 이미 알고 있는 사이인 듯한 사람이 뱃삯을 마련해서 배가 다니는 길을 거쳐 지나 이미 먼저 도착해 있었다. 인가가 조밀한 모습이 조선의 한양같이 사람이 꽤 많았다.

그 가운데 시장이 서 있는 것도 조선과 유사했으나 조선보다 활기가 있었다. 신사랑 등은 우리를 데리고 그 집에 머물게 하였다. 대접하는 술, 안주, 밥, 반찬은 매우 풍부하였다. 상관과 부관 두 사람이 차례로 하루 세 끼씩 대접해 주었다. 인심이 후하고 급한 구석이 없으며 물산이 풍부하였다.

거처하는 기와집은 매우 깨끗하고 컸다. 뜰 아래에 윗사람을 모시고 서 있는 자 여러 명은 모두 다 무장하고 있었다. 문밖의 그 집을 지키는 자가 수를 가늠할 수 없었다.

며칠만 싸움에 이기고 돌아왔는데 머리 6급을 베어서 장대 끝에 목을 베어 매달았다. 혹 어떤 사람은 그 이빨을 살펴서 그 사람의 귀함과 천한 신분을 미리 보이는 낌새를 경험하는 듯하였다. 이는 대개 벼슬이 있는 자는 이빨을 물들였기 때문이라 했다.

왕부 병란兵亂이 아직 그치지 않았다. 유구는 당시 제2기 상씨 가에 아버지가 죽고 어린 아들이 있었는데 왕의 동생이 자리를 가로채어, 어린 아들이 왕위를 계승하지 못하였다. 그리고 슈리 왕부는 남부지역이 중앙집권에 방해가 되어 크고 작은 전쟁이 일어났다. 그들은 도망하여 숨었던 자가 몰래 바다 가운데 있는 섬에 숨어 있다가 나와서 노략질할까 두려워하였다. 피신하여 사는 삶도 위험과 피로에 지쳐갔다. 몇 달을 머물다가 병란이 평정되기를 기다렸다.

유구는 중앙집권화하려는 노력으로 크고 작은 전쟁이 일어났다. 여러 섬으로 이루어져 있어 통제권이 제대로 미치지 못하는 곳도 일부 있었다. 귀국 중 무리 중 일부는 전쟁의 소용돌이에 말려 귀향이 어려웠다.

목적지가 다른 일행은 통사에 전하여 조선으로 돌아가게 해주기를 청하였다. 통역사가 국왕의 도움으로 다른 선택을 하게 되었다.

국왕의 언급에 의하면, 이곳에 있는 사람의 성향을 잘 알고 있는 듯 성질이 난폭하고 나빠서 '너희들'을 온전하게 보호해서 지킬 수가 없으니, 너희들을 강남江南으로 보내고자 한다고 하였다. 그들 중에는 죄인의 몸으로 무뢰한 자들도 포함된 자들도 있는 듯하였다. 강남은 유구의 남단을 의미함이었다. 그곳은 명나라를 일컬었다. 우리는 이보다 앞서 통사에 물어서 조선으로 봐서 일본은 가깝고 강남은 멀다는 것을 알고 있었다. 때문에, 일본으로 갈 것을 청하였다가 맘을 바꾸었다. 그래야 조선으로 돌아갈 기회가 열리는 길이 되는 것이었다.

길동의 일행은 다시 조선을 돌아갈 마음은 내키지 않았다. 더욱이 중국은 아니었다. 이곳에서 행복이란 것을 조금은 체험하고 자유를 누리고 있었다. 무리의 일부는 너희들 중 '온전히 보호해 줄 수 없는 사람'은 우리이었는지 모를 일이었다. 아이러니하게도 고국으로 돌아가야 할 자들은 공선 타고 온 사람들이었다.

길동과 함께했던 일부 넷은 그곳에 머물면서 주민들 속으로 숨어들었다. 일부는 안전하게 피신했다가 2월에 이르러 그들을 데리고 배에 올라 15리쯤(6km) 되는 작은 섬으로 떠났다.

현지 사정으로 그곳에서 머물면서 많은 밤 견뎌내고 기다렸다. 길동에게는 마음의 빚이 있는 조선에 다시 돌아가기는 부담이 있었다. 함께 한 네 명이 거의 같은 맘이었다. 조선에서는 그들을 따뜻하게 맞아 줄 사람은 없어 보였다.

어느 날 아침 일찍이 눈을 떴다. 바다로 출범하여 돛을 올렸으나 안개가 자욱하여 앞을 구분할 수가 없었다. 바람은 없어 잔잔하였으나 출항은 잠시 연기되었다. 오래 기다리니 환대해 주던 주민들이 어렴풋이 나타나 손짓하는 듯하였다. 그러나 가족과 고향이 그리운 그들은 결국 그곳을 벗어나 조선으로 종적을 감추었다.

조선에서 고립되어 구원받을 데가 없는 상태에서 이곳까지 온 것은 주마등처럼 지난날 기억들이 스쳐 지나갔다.

유구 촌에 새로운 삶이 시작되었다. 기껏 살아 버틴 것은 녹림당이라 불리는 도둑, 화적의 괴수로 어려움에 빠진 백성들을 생각하며 활빈당 활동을 할 때를 염두에 두고 살았다. 이곳에는 이웃의 도움을 받고 현지인과 함께 더불어 살아가는 법을 터득해야 했다. 이 지역은 조선에 비해 도피해 살거나 신분제에 따른 죄를 짓지 않고 살아도 될 것으로 여겼다.

　아열대 기후라 우선 먹는 문제와 자는 문제는 절박하지는 않았다. 하루하루 이웃의 눈 눈치를 살펴 그들의 마음을 사는 일이 과제였다. 조선에서 배워 익힌 것은 관의 체계를 흔들거나 괴롭히는 것이었다. 이런 행동은 이력이 나 있었다. 무리를 지휘하고 관리하는 방법이라든지 이웃과 어찌하면 빨리 접근할 수 있는지를 알고 있었다. 배를 타 위험을 겪어 본 경험, 다른 세력들과 부딪혀 극복해 가는 법, 바다에서 살아가는 법은 어느 정도 터득되어 있었다.

　그가 머무는 지역은 왕부가 형성되어 있었다. 북산. 중산, 남산의 세 지역이 언어나 문화가 통일되어 있지 않았다. 왕부가 어느 정도 안정은 되어 있었으나 전 지역을 관리하기에는 어려움을 겪고 있는 처지였다.

　유구촌 사람은 인간과 신을 연결하는 축제인 '마츠리'를 통해서 여러 신들에게 풍년을 기원하고 감사를 표현했다 이 행사에서 사용했던 밧줄을 끊어 집에 걸어두면 자족이 모두 건강하고 집안의 복도 불러온다고 믿고 있었다.

　'우타키'는 '중국으로 가는 길을 지켜주는 성역'으로, 오키나와 전역에서 볼 수 있는 민속 종교의 성역이었다. 촌락에서 제사를 지낼 때 핵심을 이룬다. 지역에 따라 달랐다. 아마미 제도는 오가미마야, 미야코(궁고) 제도는 구스, 야에야마 제도는 온 또는 우간, 와 등으로 불렸다. 그가 머무는 지역은 미야코 곧 궁고 섬과 야에야마 이른바 팔중산 제도의 일부 지역이었다.

이들 지역은 본섬 슈리 왕부와 종교적 견해가 차이가 있었다. 왕부에 세금을 바치라는 청하는 관계였다. 본래 슈리 왕부는 제정일치의 사회로 제사를 중요시했다, 이런 제사를 주관하는 사람은 여성으로서 신녀가 있었다. 신녀는 주로 왕족이 중심이었다. 그녀들의 영향력도 컸다. 그들의 제사 정책에 따라 행하는 의식 행위에 참여했다. 경건한 마음으로 빌었다. 그 지방 세력은 슈리 왕부에 복종하며 지냈다.
　주민들 속에 끼어들어 살아온 지가 꽤 오래됐다. 서서히 그곳에 뿌리를 내리려 주민들과 서로 믿음을 쌓아가는 중이었다.
　그가 사는 야에야마 팔중산 지역에 길동과 함께한 주민들이 슈리 왕부에 일종의 종교적 신념에 의해 반발하여 난이 발생하기에 이르렀다. 결국 믿음이 다르다고 하여 신녀 '군남풍'을 파견하였다. 주민들과 길동은 위기를 맞았다. 그 갈등으로 교전이 발발해서 함께 무장하여 싸웠다. 결국 세력의 열세와 경험이 부족하고 전투에 필요한 양이나 기준에 미치지 못함으로써 패전하였다. 언행이 수선스럽지 않고 썩 얌전하게 길동의 무리는 낮은 구릉지로 종적을 감추었다.
　이곳에서의 일 처리를 잘못해서 뜻대로 풀리지 않게 되어 일을 그르쳤다. 허나, 훗날 좋은 경험으로 쌓이게 되었다. 재기의 계기가 되었다. 조선에서 삶의 체험도 많이 모이게 되는 일이 되었다. 이전보다는 한편 노련하고 묵직하게 무게가 있었다. 여러 해 동안 쌓은 경륜으로 이루어진 숙련의 정도가 묻어나게 되었다. 관군의 '해상봉쇄작전'으로 고립에 빠져 유구로 표류 되었던 길동은 주민들 속에서 보고 들으며 지혜와 견문을 넓히는 틀이 마련되었다. 신세계는 실제로 겪고 뼈 아픈 패배가 소중한 자산이 되어 그의 에너지로 활력을 되찾거나 실력을 기르게 되었다.

홍길동의 와주 엄귀손

'엄 와주'와 관련된 일에 대해 신하가 임금에게 아뢰던 간단한 서식의 상소문을 올리는 일이 있었다.

사헌부 대사헌 유순 등이 깊은 생각을 끝에 간절하게 바람을 밝혔다.

귀손이 비록 새 지식을 얻지 못해서 내용에 대해 별로 아는 바가 없었다. 좋은 인연으로 벼슬길은 열려 있었다. 그렇다 하더라도 그에게는 행운만 찾아오는 것이 아니었다. 오랫동안 하늘과 땅의 기운이 상쾌하게 맑은 공기로 가득 찬 조정에, '귀손'에 대하여 무거운 이야기가 논의되기에 이르렀다. 그의 벼슬이 이제 당상관堂上官에 이르렀는데도, 또한 일의 옳고 그름을 판단하는데 무리가 있어 대강 듣고 있었다. 요즈음 행하는 태도가 제멋대로 부리는 행동에 대해 꺼리거나 삼가는 마음이 미치지 못했다. 또한 무례하고 건방짐이 심하다고 느끼는 사람이 있었다. 결국 어떤 문제점에 대해 지적하는 사태에 이르렀다.

더군다나 '심방心方'이라는 여자가 부유한 과부로 있다는 것을 듣고는 장가들어 첩으로 삼으려고 하는 지적이 있었다. 그녀를 찾아갈 핑계가 없으므로 거짓으로 그 어미가 병을 핑계 삼아 휴가를 받았다. 그

어미의 병든 사실을 숨기고 몰래 휴가를 청한 단자[3]를 고치기에 이르
렀다. 거짓으로 어미의 병을 일컬은 죄를 면하려고 하여 몹시 더운 날
에 먼 길을 70살이 넘은 어미를 불러서 오게 하였다. 그 말과 행동이
임금과 부모를 속이는 지극히 간교하고 바르지 못함을 갖추었다. 대
사헌은 법관의 자리에 있으면서 조정 기강을 바로잡으려고 사헌부 뜰
에 잡아다가 그 실정을 국문하기를 청하였다. 전하께서 청을 허락하
지 아니하셨다. 단어를 표시한 글자인 단자를 지워서 고친 사실을 밝
히기를 청하였으나, 그조차도 허락하시지 아니하였다.

  귀손은 두려워함을 알지 못하였다. 나라의 축하할 만한 기쁜 일을
당하여 죄수를 석방할 때였다. 임금이 내리던 글이 반포되기 전이었
다. 본부에 자신의 지지 세력을 늘려 넓게 펼치거나 뻗게 하여 죄를 용
서받아 보답받으려고 하였다.

  그런데, 얼마 있지 아니하여 첨지僉知 중추부사 벼슬을 받았다. 마치
뒷배가 있는 듯했다.

  귀손이 행하는 바를 볼 때, 병조에 부탁하여 벼슬을 내린 것이 틀림
없다고 생각했다. 게다가 지금 내린 나라의 축하할 만한 기쁜 일을 맞
아 죄인을 석방했다. 이때 임금이 내린 글이 다른 사면 내용과 달리 이
전의 사례와 같지 아니했다. 의정부에서 상벌에 관한 임금의 명을 맡
은 관아에 전달하던 일을 받아서 여러 중앙 군사 조직의 편제 단위 사
司에 일반에게 널리 알리고, 여러 사에서는 다시 임금에게 아뢰어 죄

---

3) 단자(單字) ① 단어를 표시한 글자. ② 한자의 낱낱의 글자.

를 용서해 주는 것이 예사였다. 아직 임금에게 의견을 아뢰기 이전 병조에서 엄귀손 청탁을 듣고는 바로 추천하여 첨지로 삼았다. 이는 귀손이 조정에 대하여 남을 속여 업신여기고 법관을 교만한 마음으로 남을 깔보는 것이며, 병조에서도 법관을 건방진 마음으로 남을 낮추보거나 하찮게 여기는 것이었다.

  귀손의 죄가 있었으나 비록 사면 전의 일조차도 다스리지 아니하였다. 그 사람됨이 탐욕스럽고 교만 방자하였다. 하루라도 군사를 거느리는 직에 두지 못할 것은 아주 분명하였다. 신들이 청컨대, 각 지방에 있는 사당으로서 기능을 하는 큰 목재 건조물을 수호하던 수관 벼슬은 물론 첨지僉知까지 갈아치웠다. 아울러 병조의 관리 허물을 어떤 사실을 자세히 캐며 꾸짖어 묻고 깊이 생각하고 연구하여 조정의 기강을 바로잡을 수 있는 선비의 기풍을 가다듬길 청하였다. 결국 듣지 아니하였다.

  또한 '귀손'이 하는 짓이 분수에 지나칠 정도였다. 역마를 타고 다니며, 한 군인의 집단 으뜸 장수 '조극치'와 협력하지 않는다고 하여 결국 귀손을 벼슬에서 갈아 치운 적이 있었다.

그 후 7개월 후 성종 24년 2월 기사에
  이조와 병조에 명하여 귀손을 등용하게 하였다.
  그는 한때 도원수 허종과 함께 북벌에 참여한 적도 있었다. 예전에는, 신분이 낮았더라도 공을 세움으로 벼슬을 얻기도 했다. 그도 험난한 땅에 가서 오랑캐를 물리치는 공도 세웠다. 그는 공과가 있었다. 그러나 세상 사람의 입에 오르내리는 일도 많았다. 때론 홍길동 와주로 뇌물을 받거나 장물을 거래하는 부정적 일에 연루되기도 하였다.

　길동은 얼자로 태어나 도둑의 소굴을 헤매고 살아 험난한 땅에 가서 군공을 세운 적이 없었다. 한편 귀손은 아는 것이 별로 없었으나 군공을 쌓았다. 그에 비하여 길동은 두드러진 군공이 없었다, 천역도 벼슬의 길이 전혀 막힌 것이 아니었다. 군공이 있는 경우 당상관에 임용되기도 한 시기였다. 그에게는 기회가 주어지지 않았다. 기회를 활용하지 못한 자신에게 천추의 한이 되기도 하였다. 그를 쫓던 포도대장 양생도 얼자 출신이었다. 군공이 있어 당상관에 올랐다. 그는 당시 국내에서 포도장이 되어 도둑을 체포하는 공을 세웠다. 뿐만 아니라 북쪽 험지에 가 오랑캐를 물리치는 전공을 세운 바가 있다. 그는 쫓는 자가 되어 도둑을 추적하는 사람이었다. 하지만, 한때 길동은 꽁무니를 내리고 쫓기는 자의 신세가 되기도 했었다. 때로는 든든한 도우미가 되어 입술이 없으면 이가 시린 것처럼 서로 이해관계가 맞지는 않을 때도 있었다. 눈길이 뜻이나 생각이 깊어 썩 가깝게 맞닿아 있는 사이가 되기도 했다.

　길동은 귀손을 소굴의 우두머리로 모시고 살았다.

　의금부의 위관 한치형이 임금에게 아뢰기를,

　"강도 홍길동洪吉同이 옥정자玉頂子와 홍대紅帶 차림으로 중추부의 정3품 관직인 첨지僉知라 자칭하며 대낮에 떼를 지어 무기를 가지고 조정에 맘대로 드나드니 어렵게 여기어 거리낌 없는 행동을 자행하였습니다. 그 권농이나 이정이 유향소의 품관들이 어찌 이를 몰랐겠습니까? 그런데 체포하여 고발하지 아니하였으니 징계하지 않을 수 없습니다. 이들을 모두 변방으로 옮기는 것이 어떠하신지요?"고 하니,

명령을 내리기를, "알았다."라고 간단하고 분명하게 답했다.

그에 대한 부러움의 행위로 당상관의 복장으로 허세를 부리기도 하였다. 와주 귀손의 모습에 견주어 신분 상승에 대한 품계는 높고 직이 낮은 녹봉이 없는 당하관 무인으로서 간절한 꿈의 실현을 위한 연출이었는지도 모르는 일이었다. 결국 사람이 지켜야 할 도리를 저버린 '강상죄'로 의금부에 가두어 넣는 수모도 당했다.

계성군 이양생이 임금에게 억울함을 아뢴 일이 있었다.

이양생은 최인崔潾이 그를 임금에게 고자질하였다고 믿고 있었다. 최인이 언급하길 양생이 뇌물을 받고, 도둑을 놓아주었다고 말하였다. 그 까닭으로 양생이 사헌부 탄핵을 받았다. 이는 분명 귀손이 말한 것은 최인이 들은 것이 분명했다. 양생이 춘천에 있는 귀손 첩(妾)의 아비 집을 수색한 바가 있었다. 귀손이 이 문제로 깊은 원망을 품고 있다고 말을 퍼뜨렸다. 신은 문자를 알지 못합니다. 귀손과 대질하게 해 달라고 청하였다.

임금이 명령하여 "좋다."라고 응하였다.

이전에 첨지중추부사 귀손이 면천에서 살다가 죽은 청평군의 첩 '심방心方'이 재산이 넉넉하다는 소문을 들었다. 그 후 홍천에 있는 병든 어미를 돌보러 간다고 핑계 대어 휴가를 청하고는 면천으로 가서 심방心方을 내통하였다. 이때 이르러 사헌부 지평 이중현이 와서 아뢰었다.

"본부에서 들으니, 귀손이 면천에서 첩을 얻었다고 하기에 귀손에게 물어봤다. 곧 대답하기를, '휴가를 받아 홀어미를 뵈러 갔다가 그 길로 면천에 가서 첩을 얻었다.'라고 했다.

중현의 생각으로는 휴가를 얻어 시집간 딸이 친정에 와서 친정 어버이를 뵙는 데는 정해진 햇수가 있는데, 홀어미를 뵈러 휴가를 얻는다는 예는 따로 없다고 했다.

귀손이 휴가를 청한 단자單子[4]에는 '홀어미를 뵌다.(偏母相見)'라고 썼는데, 편자偏字를 지웠고, 병조에 내린 상벌에 관한 임금의 명을 그 맡은 관아에 전달하는 글에는, '병든 어미를 뵌다(病母相見)'라고 했으니, 이는 반드시 귀손이 꾀를 부리려고 고친 것입니다. 곧 홀어머니 죄를 면하기 위하여 돈을 바치고, 병든 어미로 변경하였다.

청컨대 국문하소서." 하니, 전교하기를,

"승정원은 가깝고도 엄중하고 세밀한 곳인데 누가 감히 고쳐 썼겠는가? 병조에 임금의 명을 그 맡은 관아에 전달을 내릴 때 종칠품 주서가 잘못 쓴 것이 아닌가?" 물었다.

이중현이 다시 답하기를,

"이는 반드시 승정원의 서리들과 그른 일에 어울려 한통속이 되어서 한 짓일 것입니다." 하니,

다시 명하기를,

"국문해 보면 알 수 있을 것이다." 하였다.

---

4) 단어를 표시한 글자

또 귀손이 문서 위조 사건을 해명하였다.

"신이 받은 휴가 단자單子는 내금위 김한수를 시켜서 썼는데, 김한수가 편(偏:한쪽)자를 편(編:엮다)자로 잘못 썼기 때문에 신이 즉시 승정원의 담당 승지를 통하여 전달되는 왕명서를 지우게 하고 병든 어머니로 고쳐 쓰려고 하여 신이 종칠품 주서注書 최세걸에게 말하여 고쳐 써줄 것을 청하였다. 그랬더니, 최세걸 말이 '이미 써 놓은 것은 고칠 수 없고, 아버지가 죽거나 이혼해서 홀로된 어머니偏母나 병든 어머니病母가 다를 것이 없다.'라고 했기 때문에 신이 강요하지 못했습니다. 지금 사헌부에서 신이 승정원의 서리들과 사사로이 통하여 고쳐 썼다고 하면서 엄하게 국문하니, 신은 실로 매우 민망스럽습니다." 하니,

명하기를,

"이는 진실로 애매하니 국문하지 말라." 하였다.

경연에 나아가 글을 외기를 마치자, 장령 정광세가 아뢰기를,

"귀손이 받은 휴가 단자單子에 편編자를 고쳐 쓴 것은 반드시 곡절이 있습니다. 최세걸은 다만 '기억할 수 없다.'라고만 하나 역시 사정이 있으니, 지금 아울러 버려둠은 적당하지 못합니다." 하였다.

전교하기를,

"그 단자를 보니 과연 한 글씨로 뒷날 추가로 고친 것이 아니었고, 최세걸이 병病자를 잘못 쓴 것도 일시적인 과오였으니 무슨 사정이 있겠는가?" 물었다.

정광세가 다시 임금에게 잘못을 따져 아뢰었으나, 들어주지 않았다.

정광세가 또 아뢰기를,

이조 정랑 황계옥이 병으로 사직하자 한가한 관직으로 바꾸라 하시고, 이어 홍문관 교리로 옮겨 제수하셨다. 홍문관은 병을 요양하는 곳이 아닙니다. 하였다.

임금이 좌우左右에 의견을 물었다. 윤필상이 대답하기를,

"홍문관이 비록 일이 적은 것 같으나 맡은 일은 매우 중하니, 대간의 말이 매우 옳습니다." 하니,

임금이 말하기를,

"그 말이 옳다. 다른 직으로 바꾸어 제수하도록 하라." 하였다.

경연에 나아갔다. 강의를 마치자, 지평 서팽소가 아뢰었다.

"귀손이 편偏자를 고쳐 쓴 일로 본부本府에서 승정원의 서리 정강이를 때리며 캐물어 청하였다. 그러나, 임금이 신하의 청을 허락하지 않으셨습니다. 신의 생각으로는 3년에 한 번 시집간 딸이 친정에 와서 친정 어버이를 뵙는 것이 법도이니, 엄귀손이 '홀어미를 뵌다.'라고 단자單子를 써서 올렸으면 승정원에서는 마땅히 아뢰지 말았어야 할 것이 아니냐? 또 귀손은 그 어미가 홍천에 살고 있는 것으로 알고 있다. 그런데, 이어 면천으로 가서 첩을 얻었다니, 그 죄는 그냥 내버려둘 수 없지 않습니까?." 하셨다.

임금이 덧붙이기를,

"귀손이 대신의 첩을 몰래 훔쳤으니 그 죄를 다스려야 할 것인데, 하필 긴요하지 않은 일을 아울러 거론해서 자세히 캐며 꾸짖어 물을 것인가?" 물었다.

사헌부에서 아뢰기를,

"행부사직 귀손이 청평군 여인으로 정절을 지키는 종이 있었는데, 그가 첩이 된 여자 심방心方을 간통한 죄는 법률이 장 80대를 죄를 면하기 위하여 돈을 바치고 임명 사서 3등을 받은 것이, 마치 죽은 사람의 죄를 논하여 살았을 때 벼슬 이름을 깎아 없애는데 해당합니다." 하였다

명하여 영돈녕 이상과 의정부에 보이게 하였다.

심회는 의논하기를,

"심방心方의 어미가 이미 개가改嫁하도록 허락했다면, 귀손이 첩으로 삼았다고 해서 무슨 죄가 되겠습니까?"

하고, 윤필상이 여러 명과 의논하였다.

"중앙 관부에서 국왕에게 올리던 문서에 근거하여 시행하는 것이 어떠하겠습니까?" 하고,

손순효는 의논하기를,

"재상이 심방을 첩으로 삼고, 논밭과 노비를 주어 생활하도록 하였습니다. 그런데, 귀손이 버릇없이 윗사람에게 함부로 행동하여 같은 시대 함께 한 재상의 첩을 간통하였습니다. 예로부터 이 사회에 전해오는 의·식·주 및 그 밖의 모든 생활에 관한 습관이 남의 사정을 돌보지 않고 제 일만 생각하는 것이 마음이 악하고 인정이 없고 모지니, 이는 어떤 일이 생길 기미가 보이는 현상으로 절대 자라나게 할 수가 없습니다. 법률에 근거하여 집행하는 것이 어떠하겠습니까?" 하였다.

임금이 뜻을 물어

"그렇다면 승지들의 뜻은 어떠한가?" 하니,

승지들이 아뢰기를,

"귀손이 심방을 내통한 것은 재상이 상을 당한 지 3년이 지난 후의 일입니다. 엄하게 죄줄 수는 없는 듯합니다. 단지 그 어미를 보려고 휴가를 받고는 첩을 얻었으므로, 이것은 죄줄 수 있습니다. 이로써 죄를 처단하는 것이 어떠하겠습니까?" 하니,

듣고서 판단하기를,

"옳다." 하였다.

사헌부 대사헌 유순 등이 임금에게 올리던 간단한 서식의 상소문을 올리기를,

"신 등이 생각이 깊이 생각하기에, 귀손이 비록 배우지 못해 아는 것이 없다고 하더라도, 오랫동안 천지가 상쾌하게 맑은 공기로 가득 찬다는 시기에 한 조정에 있어서 벼슬이 당상관에 이르렀다. 또한 일의 옳고 그름을 대강 알 만한데, 요즈음 하는 바가 제멋대로 굴며 성질이나 행동이 몹시 난폭하고 방자함이 심합니다. 심방心方이 부유하고 과부로 있다는 것을 듣고는 장가들어 첩妾으로 삼으려고 하였다.

그러나 핑계가 아닌 거짓으로 그 어미의 병을 일컬어 휴가를 빌었다. 그 어미의 병든 사실을 없애려고 하여 몰래 휴가를 청한 단자單子를 고쳤다. 거짓으로 어미의 병을 일컬은 죄를 면하려고 하여 몹시 더운 때에 먼 길에 70살이 넘은 어미를 불러서 오게 하였습니다. 성상과 부모를 속임이 지극히 나쁜 꾀를 갖추었습니다.

신 등은 사간원·사헌부의 관원 자리에 있으면서 조정의 기율과 법

도를 바로잡아 사헌부 뜰에 잡아다가 그 실정을 역적 등의 중죄인을 신문해서 임시로 설치했던 관아서 신문했습니다. 그때 쓰던 몽둥이를 가하여 중죄인을 신문하기를 청하였습니다. 그러나 전하께서 윤허하지 아니하셨습니다. 단자單子를 지워서 고친 사실을 밝히기를 청하였으나 또 허락하시지 아니하였습니다.

 귀손은 두려워함을 알지 못하여 죄수를 석방할 때 임금이 내리던 글이 반포되기 이전 본부本府에 문서로 경계하여 죄를 용서해 주는 글을 받으려고 하였다. 그런데, 얼마 되지 아니하여 첨지僉知 중추부사 벼슬을 받았습니다. 엄귀손 하는 바를 보면, 병조에 청탁하여 벼슬을 얻은 것이 틀림없습니다. 더욱이 지금 내린 사면의 글은 다른 때의 사면하는 전례와 다릅니다. 의정부에서 왕명서를 전달받아 여러 관아에 포고하여 알리려고 합니다. 여러 사면 중에는 다시 성상께 아뢰어 죄를 용서하여 주는 것인데, 아직 임금에게 의견을 아뢰기 이전 병조에서 귀손의 청탁을 듣고는 바로 추천하여 첨지僉知로 삼았습니다. 이는 귀손이 남을 속여 넘기고 조정 관리를 깔보아 업신여기는 것이었다. 병조에서도 판관을 업신여기는 것입니다.

 귀손의 죄는 비록 사면 전의 일이므로 다스리지 못하였다. 그렇다고 하더라도 그 사람됨이 탐욕이 많고 잘난 척하고 뽐내며 주제넘은 태도 때문에 하루라도 군사를 거느리는 직책에 있지 못할 것은 아주 분명합니다. 청컨대 위장과 첨지를 갈고 아울러 병조의 관리를 지난 일을 돌이켜 생각하여 조정의 기강을 바로잡고 선비의 기상과 풍채를 가다듬게 하소서." 용서를 빌었으나 결국 들어주지 아니하였다.

결국 불똥이 튀었다.

홍길동을 도와준 귀손의 위법 행위에 논의가 되기에 이르렀다.

의금부가 아뢰기를,

"귀손은 죄가 마땅히 곤장 1백 대를 때려 3천 리 밖으로 유배하고 임명장을 모두 회수해야 합니다." 고하니,

정승들에게 의논하도록 하였다.

윤필상이 의견 내기를,

"포악하고 독한 무리끼리 작당하여 백성들에게 큰 해독을 끼쳤다. 그러니, 이 같은 도적들의 행태에 대하여 사람마다 분개할 것입니다. 누구든 언행을 보고 들었다면 의당 고발하여 체포해야 할 것인데, 귀손이 또한 길동의 행동거지가 황당한 줄을 알면서도 고발하지 않았다. 또한 따라서 '산업경영'까지 하게 기회를 주었습니다. 법으로도 마땅히 엄하게 다스려야 합니다. 죄가 법과 일치합니다." 문제에 대해 말하였다.

어세겸이 더하여 서로 의견을 서로 주고받기를,

"귀손이 비록 길동의 음식물을 받아먹었지만 이런 일은 사람들과의 관계에서 인간이 본디 가지고 있는 감정이나 심정에 보통 있는 일이다. 그다지 잘못 저지른 실수라 할 것이 아닙니다. 그러나 그는 역적 등의 중죄인을 신문하기 위하여 설치하던 임시 관아에서 죄인을 신문할 때 쓰던 몽둥이를 가하였다. 중죄인으로서 신문을 당하고도 승복하지 않았다고 잘난 체하며 오만스러운 기운을 보였다. 생각한 바와는 달리 갑자기 급하게 법률문의 의견을 내었다. '실정을 알고도 죄인

을 숨겨준 조문'을 적용한다는 것은 온당하지 않을까 합니다." 주장이 나오기도 했다.

또 한치형이 언급하기를,

"귀손은 본래 탐욕이 많은 사람으로, 선왕先王 때에 포도대장 양생이 홍천에 있는 귀손의 본가에 가서 황당한 일을 당하였습니다. 그 일에 관련된 사람이나 물건, 장소를 골라 수색해 냈으나 그때 어려움을 겨우 피할 수 있었습니다.

그런데 새롭게 길동의 음식물 갖다주어 받은 것, 또 일찍이 두루 힘써 가옥을 사준 것을 밝혀냈습니다. 그 사안을 자신 길동이 범한 짓을 어찌 모르겠습니까?

밝혀진 죄가 범죄자에게 제재를 가함을 더하여 실제의 사정이나 정세를 알아내어 죄를 결정하는 것이 어떻게 생각 합니까?" 하고 물었다.

성준은 귀손의 범죄 사실이 법률에 근거하여 서로 부합한다고 주장하고 나섰다.

또 이극균은 언급하기를,

"귀손이 다만 길동의 행동거지가 말이나 행동이 헛되고 황당하며 미덥지 못하고 터무니없는 것을 알면서도 주선하여 모른 척 눈감아 주었다면 적용한 법이 너무도 꼭 알맞은 판단이겠지요. 만약 길동이 '장물'을 부탁하여 '맡겨 둔 일'이 있다고 한다면, 이러한 법을 적용할 수밖에 없습니다. 길동의 죄나 잘못을 따져 묻거나 심문이 끝나기를 기다려 죄를 결정하는 것이 어떻게 생각 합니까?" 하고 제안하였다. 한

치형도 의논대로 따랐다.

　홍문관 부제학 등이 아뢰기를,

"별관이나 분관이든 하여간에, 주가 되는 건물은 맡은 바 임무가 중한만큼 해당자를 뽑아서, 그 직무에 따라 임무를 맡기는 것이 역시 중합니다. 그런데 박사은은 부친의 초상이 난 날에 근신하지 않고 눈치 없이 고기 먹기를 평상시와 같이 하였습니다. 또 삼년상이 다 지났는데도 그때까지도 그 부친을 장사하지 않고 있습니다. 그리고 부수찬은 소년 시절부터 부친의 집에서 묵으면서 밥을 얻어먹고 지내고 있었습니다.

　그런데 귀손이 도둑 소굴의 우두머리 된 것을 알면서도 그 집을 떠나지 않고 머무르고 있었습니다. 그 처신이 너무도 황당하였다. 그의 행동거지나 성질이 고상하지 못하고 순수하지 못하거나 인색하다고 사림에서 그의 잘못을 손가락질하여 비난하고 욕하니, 차마 동료가 될 수 없습니다."라고 회고하여 말하였다.

　무모한 행동으로 도둑고양이가 재상에 오른다고 했다.

　귀손이 비행이 드러났다. 사람의 됨됨이나 인품과 언행에 관한 논란을 가져왔다. 마침내 홍길동도 남이 저지른 범죄에 연루되어 그의 죄를 불러내는 지경에 이르렀다. 끝내 여론의 뭇매를 맞아 그들은 의금부에 문초를 받았다.

쫓고 쫓기는 강도 소탕령

　예종 1년(1469년) 10월 23일 기사에 형조 판서 강희맹이 전라도와 경상도에 도적이 활개를 치고 있다는 것을 아뢰었다. 임금이 원상院相[5] 등 신하를 은밀히 불러들여 도적을 체포할 도리에 맞아 마땅히 의논하게 하였다.
　영의정 홍윤성이 아뢰었다.
　신이 들은 바에 의하면, 전라도 지방에서 도적들이 저희끼리 불러 모아 집단을 조직하여 재물을 약탈한다고 합니다. 이 형세를 심각하게 진단하여 깊이 새길만합니다.
　보성 군수가 궁중 지기 선상근에게 도둑을 잡고, 금품과 곡식 출납하며 창고의 물품을 보살피고 지키는 일을 맡겼다. 선상근이 도적을 쫓아다니다가 장막을 치고 뚜껑을 덮은 수상한 가마를 발견했다. 가마에 탄 자를 유심히 살폈다. 그녀가 진주 목사의 부인이라고 하였다. 선상근 등이 그가 도적인 걸 알고서 체포하려고 하자, 도적들이 갑자기 공격하여 선상근 등 셋을 죽이고 그들의 머리를 잘라 가는 간 큰 끔

---

5) 조선 때, 왕이 죽은 뒤부터 졸곡卒哭까지의 스무엿새 동안 어린 임금을 보좌하여 정무를 맡아보던 임시 벼슬(중망이 높은 원로 재상급에서 임명함)

찍한 사건이 발생했다.

또 함평 현에 사는 좌랑 송씨가 사위를 맞고자 예식 준비하고 있었다. 그런데, 결혼식을 올리기 며칠 전에 도적무리들이 집을 습격하여 순식간에 여자를 잡아가는 일이 발생했다. 끔찍한 일이었다. 근래 도적의 무리가 경상도의 진주, 화개, 살천 등지로 주둔지를 옮겨가면 활개를 치고 다닌다는 소문이 돌았다. 그 소문 확인차 구례 현감이 도둑의 뒤를 밟아 쫓았다.

그러나, 체포하지 못하였다. 만약에 지금의 우환과 두려움을 제거하지 못한다면, 강도의 형세가 더욱 기승을 부려 제때 제어하지 못하면 백성과 조정이 더욱 어려움과 공포에 빠질 것이 뻔했다. 전 조정 말기에도 국토 관리의 취약성으로 '우리나라 사람으로서' 왜구라 일컫고 도둑질을 한 자가 자못 많았다. 이제 이런 도둑을 체포하는 것은 늦출 수 없었다. 다양한 사건이 비가 온 뒤에 여기저기 많이 솟는 죽순 격으로 이곳저곳에서 터져 나왔다.

임금이 질책하였다.

"백성의 고통과 원성이 심각한데 관련 병부는 어떻게 대처해야 하느냐?" 물으니

홍윤성이 대답하기를,

"장수 중에서 두터운 신망이 있는 자를 선발하여 현지로 출동하여 체포하도록 하겠습니다." 하였다.

임금이 또 이르기를,

"조만간 모든 원상과 더불어 같이 의논하여 방안을 마련하여 아뢰

도록 하라." 명하였다.

고령군 신숙주, 영성군 최항崔恒, 좌의정, 도승지 권감과 홍윤성 등과 함께 의논하였다. 관청의 일에 관하여 정한 규칙에 기초하여 한 마디씩 아뢰었다. 그 정한 규칙 목록은 다음과 같이 제안하였다.

"하나 전라도와 경상도의 각 주장과 부장 각 한 명을 각각 지휘자가 되어 서울의 군관 십오 인과 종사관 한 명을 거느리게 하소서.

둘. 각각 그 도道의 절도사는 서울장수(허종)의 지휘를 듣도록 하소서.

셋. 서울의 군관은 역마를 타고, 각기 자기 소유의 전쟁에 쓰는 전쟁에 쓰는 말을 가지되, 말을 먹일 사료는 관에서 지급하게 하소서.

넷. 서울의 장수에게는 각각 말에 관한 일을 맡아보던 사복시의 전마 5필을 주소서.

다섯. 전라도와 경상도의 사이에서 도적들이 만약 서로 도 경계를 넘어 도피하면, 두 도의 주장이 힘을 합하여 체포하되, 도둑이 만약 충청도로 도망하여 들어가면 또한 따라가서 체포하되, 충청도의 군사를 쓰고자 하면 충청도의 절도사도 협조할 수 있도록 또한 그 명령에 따르게 하소서.

임금이 대신들의 제안을 그대로 따랐다. 박원종의 아버지 평양군 박중선을 전라도 주장으로 삼고, 행호군 김치원을 부장으로 삼았으며, 문성군 유수를 경상도 주장으로 삼고, 행호군 변포를 부장으로 삼았

다. 두 부장에게 내린 서한에 이르기를,

"내가 들으니, 전라도와 경상도 등지에서 원한, 불만, 불평 따위를 품고 어떤 구속받지 않고 제 마음대로 행동하는 무리가 저희끼리 불러 모아서 무리를 조직하여 도둑질하되, 양민에게 훔치거나 빼앗는 짓을 하여 해를 입히고 산과 들로 도망하여 돌아다니면서 부딪혀 관군에 맞서기도 하였다, 이제 마땅히 그들의 근본 뿌리를 송두리째 뽑아야 한다. 경들을 보낼 테니 군사를 거느리고 가서 체포하여 백성들의 근심과 두려움을 덜고자 한다. 결국 죽임으로써 죽음을 멈추게 하는 것 뜻이지마는, 어떤 희생이 있더라도 실행치 아니할 수 있겠는가? 경들의 재량으로 처결할 수 있는 즉결 사항을 조목별로 다음에 열거하였다. 경들은 가서 죽기를 각오하고 성심껏 시행하라." 엄격하고 정중하게 전했다. 그리고 덧붙였다. 때맞추어 도둑을 잡기 위한 포도청이 생겨났다.

하나. 군사를 쓸 때 부장 이하 명령을 듣지 않는 자는 군법에 따라 다스리라.

둘. 도적무리들이 만약 관군을 맞아서 대적하면 기회를 보아서 체포하여 죽이되, 자수하는 자와 타인의 위협에 눌리어 복종한 자는 죄인을 잡아 가두고 임금에게 글로 아뢰어라.

셋. 군인과 민간인 가운데 도적을 포획한 자에게는 관직으로 상을 주되 세 자급을 올리고, 포로 상을 원하는 자는 면포 백 필을 주고, 천대받던 노비, 백정, 장인 바치 등은 천 역을 면제시키고, 향리와 역에서 일을 보던 사람은 그 역(役)을 면제시키는 등 논공을 따지되, 벼슬아치들의 근무 성적을 조사하여 등급을 매기던 것을 다 적군을 사로잡을 때도 이같이 적용하라.

넷. 도둑이 만일 숨어 있는 곳을 아뢰어 잡게 되면 그 죄를 면하고, 포상도 보통 사람같이 하라.

다섯. 부녀자와 노약자는 죽이지 말고 가두어 두고서 아뢰라." 하였다.

또 전라도와 경상도의 관리와 군인, 백성들에게 일러서 깨우쳐 주어 이르기를,

"내가 듣건대, 적도들이 도둑질의 이익을 보고 산과 들에 몰래 모이니, 우매한 백성이 혹은 굶주리고 헐벗어 배고프고 추움으로 인하여, 혹은 역을 면하기 위해 서로 모여서 무리를 이루어 백성의 집을 점령하기도 한다. 아주 야단스럽고 부산하게 소동을 일으키고 자녀를 노략질하며, 안 가는 곳 없이 설치고 다니면서 마침내 관군을 맞아서 적과 마주 대하기에 이르렀다. 이제 장수를 보내고 군사를 일으켜 체포하게 하였는데, 자수하는 자와 도둑에게 위협에 눌리어 복종한 자는 관군이 죄인을 잡아 가두고 보고하라. 그러면, 내가 정상을 참작하여 장차 용서하겠다.

그러나 만일 감히 맞서는 자가 있으면 군사에게 때에 따라서 잡아 즉결 처분 죽이도록 하고, 도적무리 가운데 스스로 관군에 내밀히 관군과 통하여 도적무리가 서로 고하여 체포하는 자가 있으면, 그의 죄

를 사면하라. 포상은 보통 사람에 기준으로 할 것이다. 그것을 속히 방을 붙여서 널리 세상에 알려 어리석은 백성에게 화가 바뀌어 오히려 복이 되게 하라.

관리와 군인과 백성이 능히 도둑을 체포하는 자는 관직으로 상을 주되, 세 자급을 급수나 등급을 올려 천거에 의하지 않고 임금이 직접 벼슬을 내렸다. 상을 원하는 자는 면포 백 필을 주고, 천대받던 노비, 백정, 장인 바치는 천 역을 면제하였다. 향리와 역자는 역을 면제하는 등 논공하는 등급을 매기는 것은 다 적군을 사로잡은 것과 똑같이 하겠다. 혹 적과 비밀히 서로 통하여 공모하여 관군의 일을 누설하거나, 혹은 도적의 체포를 태만한 자는 마땅히 군법으로써 다스릴 것이니, 너희들은 각각 살피도록 하라." 하였다.

처음에 무안 사람 장영기라는 자가 일정한 직업이 없이 돌아다니며 행실이나 성품이 나쁜 짓을 하는 자였다. 그의 사람됨이 성질이나 행동이 모질고 억세거나 생김새가 험상궂고 무서워 두려워하였다. 그러나 그의 능력은 많은 사람을 휘어잡는 능력이나 자질에 사람들 백여 인을 불러 모을 정도 인물이었다. 그런 자가 세력을 규합하여 경상도와 전라도에서 도둑질을 시작했다. 그는 관원들의 복식 규정으로 쓰는 여러 가지 물건이 재상과 서로 비슷하였다. 길 가는 사람을 만나면 즉석에서 죽이고 재물을 탈취하였다. 일찍이 초옥 이십여 간을 지리산에 지어, 낮에는 집에 모이게 하고 밤이면 모든 도적을 여러 곳으로 나누어 보내어, 불을 지르고 재물을 겁탈하였다. 이후로는 대낮에도 자신들의 일이나 행동 따위를 하는 데, 방해됨이 없이 활동하여 감히 반항하는 자가 있으면 즉각 해치니, 사람들이 그의 도당이 오는 것을 보면 집안 재물을 모두 주어서라도 책임을 회피하기 위해 죄를 꾀부려 벗어나기를 바랐다.

수령守令이 관군을 거느리고 여러 차례 그들과 싸웠으나, 번번이 불리하였으므로 여행하는 사람들이 오고감이 끊어졌다. 영기는 기골이 장대하고 튼튼하기가 보통 사람보다 뛰어났으며, 또 꾀가 많았다. 행동이 너무도 재빨라 어디서 와서 어디로 튈지를 알 수가 없었다. 많은 병사로 이루어진 군대가 뒤를 쫓아도 또한 귀신처럼 자유자재로 나타났다 사라져 잡지 못하였다. 이로 말미암아 영기는 더욱 날뛰어 감히 누가 어찌할 수가 없었다.

절도사 허종이 경상 전라의 책임자 되어 이곳에 나타났다. 한 도의 병마를 남의 의사는 존중하지 않고 동원하여 혼자서 일을 결정하면서도 그의 기세에 눌려 능히 제압하지 못하였다. 영기를 범과 같이 두려워하여 도둑 세력이 커져 서울의 각 병영의 문에 속해, 주로 임금을 호위하던 군사까지 괴롭히기에 이르렀다.

예종 1년(1469년) 11월 기사에 전라도 절도사 허종許琮이 도둑들의 이동 상황과 그 대비책을 급히 보고하였다.

"적당들은 군사를 일으켜 도둑을 체포한다는 말을 듣고 경상도로 도망하였으므로, 신이 경상우도 절도사에게 포고문을 보냈고, 또 경상도의 접경인 구례와 남원 그리고 운봉, 광양 등에 격문을 보내 고을에 군사를 모아서 체포하게 하였고, 또 도둑들이 본도로 향하여 돌아올까 염려하여 요충지마다 매복시켜 대비하였습니다. 10월 17일에 창평 현에서 보고하기를, '어젯밤에 도둑 남녀 합하여 백여 명이 옥과로 와서, 경계 감시소의 갑사 이진산 등 다섯 명을 죽이고, 정이하 등 여섯 명을 쏘아 맞혀 상처를 입히고, 곧 광주의 무등산 쪽으로 사라졌다.'

신이 선전관청의 무관 벼슬 선전관 유오와 더불어 끝까지 쫓아가 도둑의 무리를 덮쳐서 나주 출신인 김대 등 여섯 명을 잡았는데, 김대가 죄인이 범죄 사실을 진술에 이르기를,

"도적무리는 무안 사람 장영기 등 이십오 인이며, 처妻와 자녀를 합하여 총 사십이 인인데, 이제 관군의 끝까지 쫓아감으로 형세가 절박하여 처자들을 버리고 도망하여 흩어졌다." 하므로,

신이 적들의 용모와 나이를 본도의 여러 고을과 다른 도에 널리 알려 체포하게 하였으며, 또 도둑의 무리가 배를 탈취하여 물을 건너서 바다섬으로 도망하여 숨을까 염려하여 수군절도사와 만호에게 공적인 용무에 쓰는 선박과 개인 소유의 선박을 모아 바다에 띄워 대비하게 하였다.

이른바 도둑 체포령이 내려졌다. 신이 생각건대, 이들 무리는 사납고 무리를 이루어서 비단 사람을 많이 죽였을 뿐만이 아니라 관군에 맞서서 대항하였다. 그 죄가 다른 강도에 비교할 바가 아니었다. 청컨대, 강도무리를 안전하게 보호한 자와 정상을 알면서도 자수시키지 않은 자는 함께 강도 소굴의 우두머리 와주의 전례에 의하여 죄를 논하여 형刑을 적용하고, 관에 고하여 적당을 체포하게 하는 자는 강도를 체포한 사람의 상보다 등급을 높여 상을 주도록 하였다.

명을 승정원에 내려 의논하게 하였다.

승지 등이 아뢰었다. 도둑이 관군에게 맞서서 대적하는 것은 곧 반역反逆과 다름없으니, 한 사람의 범죄에 대해 특정 범위의 몇 사람이 연대 책임을 지고 처벌되는 사람들도, 법률 문에 의하여 구분하여 처리하길 바랐다.

곧 전라도 관찰사와 절도사에게 급히 알렸다.

강도들이 관군에게 맞선 것은 곧 반역과 같으니, 그에 호응한 자와 연루된 자를 함께 가두라고 일렀다.

토벌대장 허종이 또 보고했다.

구례 현감 박겸인이 군사를 일으켜 도둑을 체포하기 위하여 진주의 화개 현에 이르렀다. 그때, 도둑이 박겸인 군사 다섯 명을 쏘아 맞히고 두 명을 베어 죽였는데, 박겸인이 두려워서 퇴군하고는 이 사실을 숨기고 보고하지 않았다. 그 책임을 물어 파직시켰다.

영기가 장흥 부사 김순신의 노력으로 끝내 붙잡혔다. 그 공으로 김순신을 가선대부의 자급에 특진시키도록 명하고, 나머지 유공자들도 공을 논하여 차등이 있게 상을 주었다.

성종 1년(1470년) 2월 기사에

토벌군 총감독 전라도 병마절도사 허종이 영기를 잡았음을 알렸다.

싸움에서 승패를 좌우하는 것은 힘의 균형을 깨는 병기 활과 화살이었다. 군수 물자와 군의 수가 결정했다. 물론 다른 요인도 있지만, 관군이 승리했다. 그 순간 그들의 무리는 조직이나 계획이 무너져 흩어져 버리는 순간을 맞이했다.

　영기 등이 이달 중순에 장흥 땅에 이르렀으므로, 신이 부사 김순신과 더불어 군사를 거느리고 가서 포위하여 영기를 사로잡는 큰 성과를 얻었다. 그리고 그들의 무리 중에 '서불정'을 쏘아 죽이는 전과를 올렸다. 그런데, 다만 김순신이 도둑의 화살에 맞아 가슴을 상하는 조정군대가 피해를 얻게 되었다. 남은 무리들은 도망하여 달아났으므로, 다시 신원을 철저히 밝혀내어 끝까지 쫓아 잔당들을 잡게 하였다.

　성종 1년(1470) 2월 기사에
　전하께서 전라도 관찰사 오응과 절도사 허종에게 영기 등을 졸곡 후에 징벌하라고 명하였다.
　영기 등이 많은 도둑을 불러 모아서 공격적으로 위협을 자행하여 인물을 많이 죽이고, 마침내 관군에 순순히 복종하지 않고 맞서서 대항하여 적과 마주 대하기에 이르렀다. 이는 반역과 다를 것이 없다. 이미 잡힌 사람에게 각각 그 도당을 끝까지 캐어물었다.
　그 후 사람이 죽은 지 석 달 만의 정일 또는 해일에 지내는 제사 '삼우제'를 지낸 뒤 졸곡卒哭 후 법률에 따라 형을 집행하되 죄인 처형이 자기의 지덕知德을 연마하는데 도움이 되는 가르침이 되게 알리라. 또한 연좌인은 법문에 근거하여 도당에 참여하는 자가 부역이나 병역을 꺼리거나 싫어하여 도피한 사람, 도망친 노비 등을 찾아내어 본고장이나 본 주인에게 돌려보냈다. 그리고 임금에게 아뢰었다.

도둑과 맞닥뜨린 허종의 기사가 실렸다.

쫓는 자 허종과 이 양생 계층이었고, 쫓기는 자 강도 영기와 길동 무리이었다. 동시대에 함께 어려운 환경을 괴로워하고 애를 태운 인물이었다. 길동은 영기의 활동으로 말미암아 묻혀 지냈다. 그의 크고 놀라운 행동에 그저 작아 보였다. 허종의 강도 토벌로 잡혀 죽은 후에 활동이 두각을 보이기 시작한다. 굵직한 사건에 연루된 영기는 담대하고 겁이 없고, 허종은 무게가 있고 포부가 큰 사람으로 서로 대립하며 추적이 많았다. 악독한 성질을 함부로 부리고 행동이 몹시 거칠고 사나우며 겁이 없고 배짱이 두둑한 사건으로 관군과 맞서 서로 겨루었다. 그는 국가와 백성에 대해 큰 상처를 줬고 원성을 불러냈다.

길동은 포도대장 이양생과 서로 좀 더 우연히 서로 만남이 있었다. 상황 설정이 한 사람이 포도장 글자 그대로 도둑 잡는 공격수라면 한 사람은 쫓기는 도둑으로 자기를 지키는 수비수였다. 서로 쫓고 쫓기는 관계였다. 열악한 환경 속에서 누구를 형이라 하고 누구를 아우라 말하기 어려웠다.

두 인물의 낫고 못함은 물론 드러났으나, 흑백을 선택하거나 판단하지 못했다. 하나는 신분의 차별에서 오는 에너지가 도둑의 무리에서 드러났고, 다른 하나는 출사를 통해 국가 기관이나 공공 단체의 직무에 나서 굳건한 조정의 틀을 지키려는 힘을 믿고 쫓는 자들이었다. 그들은 서로 그 사회의 빛과 어둠이었다. 또한 양지와 음지였다.

쫓는 자 중에 백성을 사랑하고 총명한 지혜, 담대한 기질과 원대한 포부를 마음속에 지니고 앞날에 대한 계획이나 포부를 가진 출중한 인물이 있었다. 그는 허종으로 고려 시중 허공(許珙)의 후손이었다. 그는 심지와 기질이 성격, 마음, 목소리 따위가 가라앉고 무게가 있고 포부가 원대하였다. 젊어서 벗과 더불어 같이 지내고 있는데, 도둑이 들어 의복과 신을 다 가지고 갔다. 여러 사람이 그 도둑을 모두 원망했다. 그렇지만, 허종은 기꺼이 한 치도 마음에 두고 생각하지 않았다. 도둑과의 관계 속에서 사람됨을 보여주는 마음가짐이었다.

 허종과 장영기, 양생과 길동은 서로 한쪽이 득을 보면 반드시 다른 한쪽이 손해를 보는 상태로 게임을 하듯 하나가 흥하면 한쪽은 쇠하였다. 허종이 죽고 종적은 감추었으나 길동의 꿈은 차근차근 축적되어 가고 있었다.

 허종은 병자년 생원시에 합격하였다. 문과에 제3위로 합격하여 처음으로 의영고 직장에 제수되었다. 세조가 일찍이 천문을 익히도록 명하였다. 이때 마침 달이 태양의 일부나 전부를 가리는 그런 현상을 보고 허종이 그 변화 과정을 짐작으로 미루어 셈하여 올렸다. 아울러 그 소(疏)를 올림에 있어 임금은 전통이나 권위에 거슬리는 주장이나 이론을 배척하고 그에게 언로를 열어 주었다. 놀이 삼아 하는 사냥을 절제하고 경연에 자주 왕림하여 어떠한 주장이나 사실 따위를 밝히기 위하여 자신의 견해를 피력하고자 하였다. 그 말이 매우 경직되어 있었다.

 세조께서 명하여 불려 들어가매 잘못을 따져 나무랐다.

"십순(十旬)을 돌아가지 않았거나[6] 국수 면(麵)으로 희생[牲]을 대신하는 따위[7]의 내 과실이 없거늘, 네가 하나라의 태강 왕과 양나라 무제를 나에게 비유하는 것은 무슨 까닭이냐?"

하고 거짓 위엄과 노기를 부리면서 상투를 잡고 끌어내리어 곤장을 치도록 명하였다. 그런데도 허종이 조금도 두려워하는 빛이 없었다. 그의 사람됨이 그러하였다. 어그러져서 순서가 틀리고 앞뒤가 서로 맞지 아니함이 없이 응대하였다.

임금이 말하기를,

"참 장사로구나." 했다.

드디어 잔을 올리라 명하였다. 그 나아감과 물러서는 동작이나 몸가짐이 얌전하고 조용하므로, 갑자기 겸선전관을 제수하였다.

세조가 여러 명신에게 나누어 주어 불경을 읽게 하면서 말하기를,

"허종은 불도를 좋아하지 않으니 주지 말라."라고 한 때도 있었다.

---

6) 십순(十旬)을 돌아가지 않았거나 : 중국 고대 하(夏)의 임금 태강(太康)이 정사를 보지 않고 사냥과 놀이를 즐겨 멀리 낙수(洛水) 남쪽까지 가서 백일 간을 돌아오지 않은 고사를 지적하여 경계한 말임. 태강은 결국 유궁(有窮)나라 임금에 의해 폐위되었음. 십순(十旬)은 백일.

7) 면(麵)으로 희생[牲]을 대신하는 따위 : 중국 남북조(南北朝) 시대의 양(梁)의 개국주(開國主) 무제(武帝)는 성품이 인자하고 공검(恭儉)하였으며, 초정(初政)에서는 유교를 일으켰고 볼 만한 정치도 많았으나, 뒤에 불교에 침혹하여 세 번의 사신 수행(捨身修行)까지 하였으며, 종묘에 희생(犧牲)을 쓰지 않고 면(麵)으로 대신하기도 하였음. 무제는 뒤에 반란으로 굶어 죽고 나라를 잃었는데, 학식이 풍부하고 문장에도 능하여 많은 저술을 남겼음.

한명회가 평안도 순찰사가 되어 허종을 종사관으로 삼았다. 그런 일이 있을 때마다 임금에게 아뢰어서 교지를 받아야 했기에 반드시 허종을 보내곤 했다. 이해 겨울에 승정원 동부승지로 발탁 제수되었다.

을유년에 승진하여, 함길도 절도사에 제수되었다. 병술년 봄에 부친상을 당하여 강효문으로 대체하였다. 정해년 이시애가 강효문을 죽이고 반란을 일으키자[8] 기복(起復)[9]하여 다시 절도사가 되었다. 반역한 적을 평정하였다. 마침내 허종이 조용히 정국을 진정시켜 북방이 안정을 되찾게 되었다.

기축년 장영기란 도적이 전라도에서 일어나니, 허종을 절도사로 삼아 적을 사로잡았다. 소환된 지 얼마 안 되어 병조판서로 제수되었다.

신묘년에 건주야인이 요동을 침범해 들어가니, 허종에게 명하여 평안도를 순찰케 하였다.

무술년에 임금이 장차 왕비를 폐하려고 하는데도 아무도 감히 말하지 못하였는데, 유독 허종이 한나라 광무와 송나라 인종의 과실을 들어 그 불가함을 있는 힘을 다해 정성스럽게 글을 올렸다. 마침내 임금의 마음이 풀렸다.

---

8) 이시애의 난亂을 가리키는 것으로, 세조 13년에 영안도(함경도) 길주의 토호 이시애가 그 아우 이 시합과 더불어 지방적 세력을 배경으로 하여 군민을 선동하고는 마침 도내를 순찰 중이던 절도사 강효문을 죽이고 반란을 일으켰는데, 당시 이시애와 이시합 형제는 허종(許琮)의 휘하 군관 허유례의 계교로 자신들의 우위장인 이운로 등에게 사로잡히는 바 되어 형제가 함께 처형되었음.
9) 기복(起復) : 나라의 일이 있을 때 상중(喪中)에 있는 사람을 3년 상이 끝나기 전에 다시 벼슬에 임명하던 제도.

허종이 도원수 명을 받고 돌아가 각 부서에 여러 장수를 배치하여 오랑캐의 부락에 다다랐다. 오랑캐들이 두려워하여 모두 도망했다. 드디어 그들의 집과 여막을 모조리 불사르고 돌아오니,[10] 임금이 도승지 정경조를 보내어 신하에게 궁중의 술에 관한 일을 맡아보던 관아인 '사온서'에서 빚은 술을 내렸다. 그 술을 가지고 가서 영접해 위로하게 하였다.

임자년 의정부 우의정에 오르게 되었던 것인데, 이에 이르러 병이 위독함을 듣고 임금이 중관 안중경을 보내어 뒷일을 물으니, 허종이 이미 위중하여 눈을 뜨고 점차 기어드는 목구멍소리로 말하기를,

"원하건대 전하께서는 종말을 삼가기를 처음같이 하소서." 할 뿐이었다.

사신은 논하였다. 허종은 성품이 마음이 너그럽고 후덕하고 대쪽처럼 꼿꼿하며 인품이 무거우며 자태와 의표가 빼어나고 위대하고 늠름하였다. 수염 또한 아름다워서 바라보는 자 누구나 그가 대인군자임을 알았다. 아무리 급하게 생겨난 나이가 든 사람의 얼굴이 어린아이

---

[10] 신해 북정(辛亥北征)을 가리키는 것으로, 성종 22년(1491) 정월 12일에 올적합(兀狄哈):오랑캐 1천여 인이 영안도(永安道:함경도) 조산보(造山堡)를 에워싸고 군사 3인을 사살하고 26인을 다치게 하였으므로, 경원 부사(慶源府使) 나사종(羅嗣宗)이 군사를 거느리고 추격하여 두만강을 건너가 싸웠으나, 나사종은 전사하고 많은 사상을 입은 일이 있었는데, 이것을 계기로 북정(北征)이 논의되고 영안도 관찰사 허종(許琮)을 도원수(都元帥)로 하여 10월에 정벌하기로 정하고 각도의 군사 2만을 징발하여 10월 15일에 5천의 정병(精兵)이 강을 건너 소굴을 분탕하고 11월 2일 강을 건너 돌아왔음.

같은 해도 조급한 말이나 장황한 안색을 짓지 않았다. 일에 임하여서는 임금의 기쁨과 노여움에 의해 끌려가지 않고 확고한 소신대로 하였다. 서적을 널리 보았고 잡예도 능통하였으며, 더욱 성리학에 조예가 깊었다.

평생 산업을 다스리지 않아 거처하는 곳이 좁고 누추한데도 태연하게 지냈다. 문무의 재능을 겸비하여 장상으로서 우러러보는 명망이 중하여 그 한 몸이 국가의 가벼움과 무거움에 밀접한 관련을 맺고 있다. 그런데, 임금에게 아뢰던 북벌의 조항에 대해 당시 논의를 애석해 하였다.

종은 초기에는 주로 함길도의 어려운 험지에서 줄곧 살아왔다.

길동 아버지도 함길도에서 공직 생활을 한 적이 있었다. 그러나 그는 아버지와 함께 살지 못했다. 도둑의 소굴을 찾아 이곳저곳을 전전했다.

허종은 그곳에서 삶의 경험이 국사를 이끌어 가는데 자산이 되었다. 어려운 가운데서도 국가에 대한 희망을 주고 모순점을 해결하려는 성리학자요, 유교 사상, 학설이나 교리 등을 옳다고 믿고 받드는 사람이다. 그러나 세조의 어머니 원경왕후와 며느리 소헌왕후는 사찰을 찾는 불심이 깊은 분들이었다. 세조 역시 대군 시절 아버지 세종의 뜻에 따라 어머니의 명복을 빈다는 의미로 석가의 일대기를 노래한 정음의 시험이 있었다, 홍길동의 스승 등곡도 한글 창제와 불경 연구에 많은 도움을 준 승려였다.

길동 역시 그의 고민을 해결하기 위해 절간 근처를 많이 서성거렸다. 국시가 유교였지만 왕가에서는 여전히 불교와 관계를 맺고 있었다. 그러나 '허종'은 유교를 숭상하는 성리학자였다. 그럼에 불구하고 세조께서 허종에게 불경을 권하지 말라는 것도 서로 믿음이 분명 구분되는 것이 아니었겠는가? 그 시대를 함께 했으나 역할과 위치 따라 허종과 길동은 직접 만남은 적었으나 시스템이 어지러운 사회의 이익 추구는 서로 달랐다. 한쪽이 득을 보면 반드시 다른 한쪽이 손해를 보는 상태의 게임을 하듯 했다. 한 사람은 지키려 하였다면 한 사람은 사회적 질서를 무너뜨리는 역할을 하고 있었다. 하나가 흥하면 한쪽은 쇠하였다.

허종이 명분을 지키려 애쓰며 살고, 길동은 종적은 감추었으나 그의 꿈은 차근차근 축적되고 있었다.

길동이 20대 후반 예종 1년(1469) 10월 기사에
형조 판서 강희맹이 전라도와 경상도에 도적이 의기양양해 제 세상처럼 함부로 날뛰고 있다는 것을 아뢰었다.
임금이 원로 재상급 등 신하를 은밀히 불러들이어 도적을 체포할 것을 의논하게 하였다. 그리고 영의정 홍윤성이 들은 바를 아뢰었다.
"신이 듣건대, 전라도 지방에서 도적들이 저희끼리 불러 모아 재물을 약탈한다고 합니다." 보성 군수가 궁중을 지키고 임금을 호위하는 금위 일을 맡던 선상근을 도둑 잡는 벼슬아치로 임명하여 파견했다. 그런데 그가 도적을 쫓아다니다가 휘장을 치고 뚜껑을 덮은 가마를 탄 사람을 만났다. 얼떨결에 진주 목사의 부인이라고 둘러댔다. 선상

근 등이 그가 도적이라는 사실을 알고서 체포하려고 했다. 도적들이 선상근 등 3인을 죽이고 머리를 졸라매어서 도망갔다.

또 함평 현에 사는 좌랑 송씨가 사위를 맞고자 결혼식을 올렸다. 혼례식 며칠 전에 도둑들이 쳐들어와서 여자를 잡아갔다. 도적의 무리가 경상도의 진주, 화개, 살천 등지로 흩어져 평민의 삶을 살면서 주둔하였다. 구례 현감이 뒤를 쫓았으나, 체포하지 못하였다.

홍윤성이 "만약에 지금 그들을 제거하지 아니하면, 그 형세가 더욱 성해져서 제어하기 어려울 것입니다. 전조 말기에도 조선 사람으로서 왜구라 일컫고 도둑질을 한 자가 자못 많았으니, 이제 이 도둑을 체포하는 것은 늦출 수 없습니다." 하였다.

임금이 이르기를,

"어떻게 대처해야 하느냐?" 물으니,

홍윤성 등이 대답하기를,

"장수 중 매우 높은 명성과 두터운 신망이 있는 자를 보내어 체포하게 하소서." 하였다.

임금이 이르기를,

"모든 홍윤성 등 명성이 올바른 마음이나 인정이 많은 원로 재상과 더불어 같이 의논하여 아뢰도록 하라." 하였다.

홍윤성, 강희맹 등과 함께 의논하여 정한 규칙 초안을 잡아 아뢰었다. 그 정한 규칙은 이러하였다.

"하나. 전라도와 경상도의 각 우두머리가 되는 장수와 보좌하는 장수 각 1인이 각각 서울의 군관 15인과 종사관 1인을 거느리게 하소서.

둘. 각각 그 도의 절도사는 서울장수 지휘를 듣도록 하소서.

셋. 서울의 군관은 역마를 타고, 각기 자기 소유의 소요에 쓰는 말를 가지되, 말을 먹일 사료는 관에서 지급하게 하소서.

넷. 서울의 장수에게는 각각 사복시의 전마 5필을 주소서.

다섯. 전라도와 경상도의 사이에서 도적들이 만약 서로 도 경계를 넘어 도피하면, 2도道의 주장이 힘을 합하여 체포하되, 도둑이 만약 충청도로 도망하여 들어가면 또한 따라가서 체포하되, 충청도의 군사를 쓰고자 하면 충청도의 절도사도 또한 그 명령에 따르게 하소서."라고 정하였다.

임금이 그대로 따랐다.

평양군 박중선을 전라도 주장으로 삼고, 행호군 김치원을 부장으로 삼았으며, 문성군 유수를 경상도 주장으로 삼고, 행호군 변포를 부장으로 삼았다. 박중선과 유수 등에게 교서를 내렸다.

이르기를,

"내가 들으니, 전라도와 경상도 등지에서 원한, 불만, 불평 따위를 품는 자가 많다. 그들은 어떠한 구속받지 아니하고 제 마음대로 행동한 무리로서 저희끼리 불러 모아서 무리를 이루어 도둑질했다. 그리고 양민을 도둑질하여 해를 입히고 산과 들로 도망하여 달아나면서 관군에 맞섰다. 이제 마땅히 그들의 뿌리를 뽑아야 한다. 경들을 보내어 군사를 거느리고 가서 체포하게 하니, 죽임으로써 죽음을 끝장내게 하는 것이지마는, 어찌 마다할 수 있겠느냐? 경들의 재량으로 처결할 수 있는 사항을 조목별로 다음에 열거하였으니,

  경들은 가서 성심껏 시행하라.

  하나. 군사를 쏠 때 부장 이하 명령을 듣지 않는 자는 군법으로 다스리라.
  둘. 도둑 무리가 만약 관군을 맞아서 대적하면 기회를 보아서 체포하여 죽이되, 자수하는 자와 남의 위협에 못 이겨 복종한 자는 죄인을 잡아 가두고 글로 임금에게 아뢰라.
  셋. 군민 가운데 도적을 포획한 자에게는 관직으로 상을 주되 세 등급을 높이고, 포로 상을 원하는 자는 면포 1백 필을 주고, 천인에게는 천역을 면제시키고, 향리와 역무를 보던 사람은 그 역役을 면제시키는 등 논공하는 벼슬아치들의 근무 성적을 조사하여 등급을 매기던 일은 다 적군을 사로잡은 것과 동일하게 처리하라.
  넷. 도둑이 만일 있을 만한 곳을 알려 잡게 되면 그 죄를 면하고, 포상도 보통 사람과 같이하라.
  다섯. 부녀자와 노약자는 죽이지 말고 가두어 두고서 아뢰라. 하였다.

  또 전라도와 경상도의 관리와 군인, 백성에게 사실을 널리 알리기를,

  "내가 듣건대, 적도들이 도둑질의 이익을 보고 산과 들에 몰래 모이

니, 우매한 백성이 혹은 굶주리고 헐벗어 배고프고 추움으로 인하여, 혹은 특별히 맡은 소임을 피하기 위하여, 서로 모여서 무리를 이루어 백성의 집의 물건 따위를 약탈하거나 자녀子女를 노략질하며, 안 가는 곳 없이 설치고 다니면서 마침내 관군을 맞아서 대적하기에 이르렀다.

이제 장수를 보내고 군사를 일으켜 체포하기에 이르렀다. 자수하는 자와 도둑의 위협에 눌리어 복종한 자는 관군이 죄인을 잡아 가두어 보고하면, 내가 장차 용서하겠다. 그러나 만일 감히 맞서는 자가 있으면 군사에 명하여 때에 따라서 잡아 죽이도록 하라.

도적 가운데 스스로 "관군 내부에서 내밀히 적과 통하여" 도둑의 무리를 관에 고하여 체포되는 자가 있으면 그에게 죄를 사면하고 포상은 보통 사람들과 똑같이 할 것이다. 그 사실을 속히 방을 걸어서 널리 구두 또는 서면으로 백성에게 널리 알렸다. 어리석은 백성에 화가 오히려 복이 되게 하라.

관리와 군인과 백성이 능히 도둑을 체포하는 자는 관직으로 상을 주되, 세 자급을 뛰어넘어 제수하겠다. 상을 원하는 자는 면포 1백 필을 주고, 천한 자에게는 천 역을 면제하고, 향리와 역자는 역을 면제하였다. 공을 평가하여 벼슬아치들의 근무 성적을 조사하여 등급을 매겨 다 적군을 사로잡은 것같이 처리하겠다. 혹 적과 비밀히 서로 통하여 공모하여 관군의 일을 누설하거나, 도적 체포에 태만한 자는 마땅히 군법으로써 다스릴 것이니, 해당자들은 각각 알아 살피도록 하라." 하였다.

처음에 영기라는 자가 무뢰한 도당 1백여 인을 불러 모아, 경상도와 전라도에서 도둑질하였다. 그의 옷과 물품이 재상과 비교하여 볼 때 서로 비슷하였다. 길 가는 사람을 만나면 즉석에서 죽이고 재물을 탈취하였으며, 일찍이 초옥 20여 간을 지리산에 지어 살았다. 낮에는 집에 모이게 하고 밤이면 모든 도적을 여러 곳으로 나누어 보내어, 불을 지르고 재물을 겁탈하였다. 이후로는 대낮에도 거리낌 없이 활동하여 반항하는 자가 있으면 즉각 해치니, 사람들이 그의 도당이 오는 것을 보면 집안 재물을 모두 주어서라도 죽음을 모면하기를 바랐다.

수령이 관군을 거느리고 여러 차례 그들과 싸웠으나, 번번이 불리하였으므로 여행하는 사람들조차도 꺼려 인적이 끊어졌다. 장영기는 기골이 장대하고 튼튼하기가 보통 사람보다 뛰어났다. 또 꾀가 많았다. 행동이 너무도 재빨라 어디서 와서 어디로 가는지를 알 수가 없었다. 대군이 뒤를 쫓아도 또한 잡지 못하였다. 이로 말미암아 장영기는 더욱 날뛰어 감히 누가 함부로 할 수가 없었다.

예종 1년(1469)에 장영기와 그 일당에 대한 체포령이 내려졌다.
전라도 절도사 허종이 도둑들의 이동 상황과 그 대비책에 관한 내용을 임금에게 보고하기를,
"도둑 무리가 군사를 일으켰다. 도둑을 잡는 체포령이 떨어졌다는 말을 듣고 경상도 쪽으로 도망쳤다. 허종이 경상우도 절도사에게 공문을 보냈다. 또 경상도의 접경인 구례, 남원, 운봉, 광양 등의 고을에 군사를 모아서 체포하게 하였다. 또 도둑들이 본도로 향하여 돌아올

까 염려하여 길목마다 매복시켜 대비하였다."

 10월 늦가을 중순께 창평 현에서 도둑에 대한 보고서가 긴요한 내용이 급히 날라왔다.

 '어젯밤에 도둑 남녀 합하여 1백여 인이 옥과 쪽에 나타나서, 방호소 갑사 이진산 등 5인을 죽이고, 정이하 등 6인을 쏘아 맞히고, 곧 광주의 무등산으로 향하였다.' 하였다. 종이 선전관 유오와 더불어 끝까지 쫓아가 도둑 무리를 덮쳐서 나주 출신인 김대 등 6인을 잡았다.'

 김 대가 범죄 사실을 진술할 때 이르기를,

 '강도무리는 무안 사람 장영기 등 25인이며, 처와 자녀를 합하여 총 42인이나 됐다. 때마침 관군이 끝까지 쫓아감으로 형세가 절박하여 처자들을 버리고 도망하여 흩어졌다.' 하였다. 종이 적들의 용모와 나이를 본도의 여러 고을과 타도에 공문을 보내어 체포하게 하였다. 또 도둑의 무리가 배를 탈취하여 물을 건너서 섬으로 도망하여 숨을까 염려하여 수군절도사와 만호에게 공선과 사선을 모아 바다에 띄워 대비하게 하였다. 종이 생각건대, 이들 무리는 잔인하고 사나웠다. 그들은 무리를 이루어서 셀 수 없을 정도로 사람을 많이 죽였다. 더구나 관군에 순순히 복종하지 않고 맞서서 대항하였으니, 다른 강도에 비교할 바가 아닙니다." 하였다.

 "청컨대, 적당을 안전하게 보호한 자와 정상을 알면서도 자수시키지 않은 자는 함께 강도 소굴 우두머리의 예에 의하여 죄를 논하여 형을 집행하고, 관에 고하여 이 도둑의 무리를 체포하게 하는 자는 강도를 체포한 사람의 상보다 등수를 높이어서 상을 주소서." 하였다.

승정원에 내리어 의논하게 하니, 승지 등이 아뢰기를,

"도둑이 관군에게 맞서서 대적하는 것은 곧 반역反逆과 같으니, 연좌에 관련된 사람들도, 청컨대 법에 따라 구분하여 처리하소서." 하니, 그대로 따랐다.

곧 전라도 관찰사와 절도사에게 서신을 보내기를,

"강도들이 관군에게 맞선 것은 곧 반역과 같으니, 그에 호응한 자와 연좌한 자를 함께 가두라." 하였다.

허종이 또 아뢰기를,

"구례 현감 박겸인이 군사를 일으켜 도둑을 체포하기 위하여 진주의 화개 현에 이르렀을 때, 도둑이 박겸인의 군사 5인을 쏘아 맞히고 2인을 베어 죽였습니다. 박겸인이 두려워서 퇴군하였습니다. 이 사실을 숨기고 보고하지 않았습니다. 결국 파직시켰습니다."라고 했다.

절도사 허종許琮이 한 도의 병마를 국가의 권력을 개인이 장악하고 그 개인의 의사에 따라 모든 일을 처리하면서도 겁을 먹고 능히 제압하지 못하였다. 장영기를 범과 같이 두려워하여 도둑이 세력이 커져 파견된 서울의 각 병영의 문에 속해, 주로 임금을 호위하던 군사를 괴롭히기에 이르렀다. 뒤에 장영기가 장흥 부사 김순신에게 잡혔다. 그를 가선대부로 등급을 특진시켰다. 나머지 유공자들도 공을 논하여 차등하여 상을 주었다.

성종 원년 6월에 장영기 잔당들이 체포되었다. 형조刑曹에서 심리가 열렸다. 마땅히 죽을죄에 해당하는 죄인을 세 번 심리를 하였다. 능성 죄수인 백정 손금동, 모구지, 산민, 모 을호리, 양계순, 손금생이 장영기와 함께 무리가 되어, 집에 불을 지르고 사람을 죽이고 강도질한 죄를 물어 법에 따라 그들에게 참형이 내려졌다.

성종께서 경기 관찰사 윤계겸에게 글을 내렸다.

글에 이르기를,

"경기도 광주에 사는 한덕만이 지난번 도둑질한 사람을 잡도록 고告하였다. 그런데, 도둑의 무리가 억울하고 원통한 마음을 쌓아 한덕만 집을 불태우고 그 아내와 자식까지 죽였다. 끔찍하게도 한덕만을 끝까지 찾아서 죽이고는 배를 갈랐다. 제멋대로 하고 거리낌 없음이 이와 같으니, 감히 나라에 기강이 있다고 말하겠느냐? 급히 광주, 양주, 용인, 과천 등의 관원에게 끝까지 근거를 찾게 하고, 비록 경내가 아니더라도 반드시 쫓아서 체포하도록 하라. 석 달 안으로 포획하지 못하면 그 수령을 파면시키고, 책임자와 해당 관리는 전 가족을 변방으로 옮기도록 할 것이다. 만약 그 도둑이 다른 고을로 도망해 숨어 있다가 뒤에 발각되면 소재지 수령 및 책임자와 해당 관리도 또한 이 예에 의하여 시행하게 할 것이다."

관찰사에게는 수령에게 경계하고 알아듣도록 잘 타일렀다. 덧붙여 날짜를 새겨 놓고 꼭 붙잡도록 하라. 만일 스스로 잡아서 고告하는 자가 있으면 그 상을 논하는 것은 장영기張永奇를 꼭 붙잡는 예에 의하여 시행하게 할 것을 명하였다.

장영기 이후에는 움츠렸던 길동의 활동 범위가 넓어졌고 그의 세력이 점차 확대되었으며 그의 명성도 높아졌다.

길동은 새도 날아서 넘기 힘든 조령으로 은신했다. 이곳에는 지금도 나그네의 숙소인 원터가 있다. 신구 경상도 관찰사가 관인을 주고받는 교귀정 터가 남아 있는 곳이었다. 이곳은 영남지방과 한양 간의 관문이자 군사적 요새지이었다. 이 길은 고려 초부터 중요한 교통로로 자리 잡았다. 유생들이 과거시험을 치르기 위해 이동하던 길이기도 했다. 과거 준비는 사람들의 개성과 형편에 따라 다양할 수밖에 없었다. 많은 경우에는 수십 명씩 집단이 특정한 곳에 모여서 공부하기도 하였다. 이를 합숙 훈련인 '거접居接'이라 하였다. 거접 장소로는 사찰이 대부분이었고, 원터도 한 역할 했다. 기간은 열흘 정도였다.

이 길은 사찰과 인적이 드문 한적한 곳으로 가진 자들이 과거를 보기 위해 다니거나 물류 이동로여서 도둑이 출현할 수 있는 좋은 조건을 갖추고 있었다. 원터나 사찰을 이용하여 장기간의 숙식 또한 가능했다. 잠시 몸을 의탁해 거주함에 필요한 생필품은 본가에서 수시로 보내 주지만 승려들이 유생들의 접대에 소홀히 하지도 않았다. 사찰과 승려들은 지방의 유력층인 양반들 보호가 절실했고, 유력 양반들은 종이나 짚신 등 일상생활에 필요한 용품을 승려나 사찰로부터 공급받기도 했다. 시험을 앞둔 유생들은 초조할 수밖에 없었다. 과거에 앞서 합격 여부를 점쳐 보거나 운세를 따져 이름을 바꾸기도 했다.

유생의 부모들은 길에 나선 아들의 급제를 간절히 기도하며, 한밤중에 몸을 씻고 하늘을 우러러 과거 길에 나선 아들의 급제를 간절히 기도하기도 하였다. 또 숨길 수 없는 이런저런 금기사항도 있었다. '낙落' 자를 꺼리거나 싫어하여 피하거나 가까운 죽령이나 추풍령 길을 굳이 마다하고 문경새재 길을 선택하기도 하였다. 추풍령과 죽령은 추풍낙

엽과 죽죽 미끄러지는 의미를 연상하는 데 반해, '문경聞慶'은 경사스러운 소식을 듣는 것으로 위안 삼을 수 있기 때문이라고 믿고 있었다.

또한 산이 깊어 새도 사람도 쉬어 넘는 고개로 사람과 적잖은 물류가 이동이 있는 곳이었다. 이런 곳에 도둑들의 활동지로는 적합한 곳이었다, 길동도 이곳을 무리와 함께 살아갈 환경으로 주요 활동지로 삼았다.

나라에 도둑이 많아 근심이 컸다. 한 몸이 한날한시에 팔도로 다니며 장난하는고. 이는 분명 평범한 도적이 아닐 거라 여겼다. 누가 능히 이 도적을 잡아 국가의 근심을 덜 인물이 나타나길 기대했다.

이런 문제를 해결할 관련 부서에 조직되어 해당하는 포도대장이 있었다. 그는 새재 가까운 곳에 출현한 것을 믿고 계곡 깊은 곳을 찾아 도둑들의 활동을 염탐했다. 출현은 있었으나 오랫동안 자신들을 숨기고 있었다, 그들은 낮에 평범한 향민이었다. 그러다가 목적이 생기면 도둑 집단이 되었다. 그들의 출현은 관아나 사찰이나 물류가 대량으로 이동하는 곳은 그들 관심지의 하나였다. 모두 바람 빠진 고무풍선처럼 오그라지는 소리를 하면서 귀신처럼 구속되거나 제한됨이 없이 자기 마음대로 나타났다 사라지는 둥 도둑무리 지략을 막지 못하였다.

조정의 근심을 논하는 자리에서 문득 한 사람이 나타났다. 출근하신 전하 앞에서 신하 중 먼저 말을 꺼내고 있었다.

"그들은 대수롭지 아니한 적이라. 비록 술법 있어도 조선 팔도를 비록 장난친다고 하오나 어찌 옥체를 염려하시겠습니까?. 신이 비록 보잘것없으나 한 무리의 병사를 주신다면 홍길동을 생포하여 나라 근심 덜까 합니다." 마치 뜻한 바를 이루어 만족한 마음이 얼굴에 드러내며 양양하게 말했다.

이가 포도대장 이양생이었다.

양생(1423~1488)은 지방에서 판관 종5품 벼슬을 한 이종직과 하녀 사이에서 태어났다. 그는 종모법에 따라 양인 어미에게 태어난 서자가 아니라 천인 어미에게서 태어난 '얼자孼子'였다. 양반의 자식으로 태어났으나 노비로 살며, 신발을 팔다가 군공을 세워 공신이 되고, 17년 동안 포도대장을 지내고 재상에까지 올랐다. 그는 입지전적 인물이었다.

당시 노비법에 따르면, 천인 어미가 양인 남편과 혼인할 경우는 그 자식도 양인이 될 수 있었다. 태종 14년(1414)부터는 노비 자식이 어미와 상관없이 아비의 신분을 따르는 종부법從父法이 적용됐기 때문이다. 이 법은 양인의 수를 늘리기 위한 특별한 조치였다. 고려 말 이래 귀족들의 노비가 많아지자, 조선왕조가 양인을 많이 확보하기 위해 노비법을 바꾸었다. 세금, 노동력, 군역을 부담하는 양인이 많아져야 나라가 안정되고 건실해질 수 있기 때문이었다.

양생은 종부법이 생긴 지 9년 뒤에 세종 5년(1423)에 태어났다. 아비의 신분에 따라 양인이 되는 것이 마땅했다. 그러나 양생은 호적에 양인으로 오르지 못했다. 당시 노비 주인들은 너나 할 것 없이 수단과 방법을 가리지 않고 노비 소생을 천인으로 삼았다. 양인을 확보하려는 국가의 노비정책에도 불구하고, 민간에서는 '일천즉천―賤則賤' 즉

부모 중 한 사람만 천인이면 모두 천인으로 만든 것이었다.

 나중 종모법에 따르면 어미의 신분이 노비법에 의거 얼자가 되었다. 당시에 얼자는 당상관까지는 오를 수 없었다. 유자광도 신분을 뛰어넘을 수 없었다. 그러나 큰 군공을 세워 이를 극복해 당상관의 자리에 오를 수 있었다. 그도 군공을 인정받아 오를 수 있었다. 양생도 여기에는 혈육이나 부자간, 형제간이 따로 없었다. 노비의 생산을 통한 재산 증식이 이미 고려 이래로 관행처럼 유지되다가 조선 초 경국대전에 의한 신분제도가 변화된 탓이었다.

 종부법의 시행은 '노비 파동'이라 일컬을 만큼, 양반의 큰 반발과 사회적 혼란을 초래하였다. 그러자 양생이 10살이 되던 해인 세종 14년(1432)에는 종부법 대신 종모법從母法으로 바꾸었다. 어미의 신분이 천인이면 그 자식을 모두 천인으로 삼도록 한 것이다. 18년 만에 노비법이 다시 원점으로 돌아간 셈이었다. 그러자 얼자 이양생은 양인이 될 기회를 끝내 얻지 못한 채, 노비로서의 삶이 시작되었다.

 양생이 6살이 되던 해, 부친 종직은 비리가 드러나 관직에서 쫓겨났다. 백성을 상대로 산업경영을 시켜 꿀벌을 크게 치면서 원성을 샀다. 그리고 관아에서 흉년 대비 백성에게 빌려줄 곡식을 개인 용도로 썼으며, 임신한 부녀자를 구타해 낙태시켜 장 1백 대와 얼굴이나 팔뚝의 살을 따고 흠을 내어 죄명을 찍어 넣던 벌인 자자형을 받은 적이 있었다. 그러나 당시 종직의 동생이 대사헌이었던 탓에 간신히 죄명을 찍어 넣던 형은 면하였다. 하지만 더 이상 관직에 복직하지는 못했다. 장 1백 대의 처벌받을 경우는 수령의 재임명이 금지된 탓도 있었다.

갑자기 부친의 벼슬길이 막히자, 가노 양생은 주인집의 생계를 위해 생산 활동에 나선 것으로 보인다. 도봉산 밑의 해등촌(현도봉구 방학동)에 살던 그는 어려서부터 '재인才人'과 '화척'이라 불린 백정과 어울렸다. 당시 떠돌이 생활하던 백정들은 버들잎으로 그릇을 만들거나 소나 말을 도살하고 거기서 얻는 가죽, 말갈기와 말총, 힘줄과 뿔 등으로 생활용품을 만들어 생계를 유지하였다. 어린 그가 백정들에게 배운 일은 가죽신을 만들어 파는 일이었다. 신발 장사를 택한 이유는 당시 나라에 가죽신이 크게 유행했기 때문이다. 나무나 가죽으로 바닥을 만들고 검정 또는 백색의 가죽을 사용해 장화 형태로 만든 신발 화靴와 목이 없는 가죽신 혜鞋를 제작하여 산업경영에 참여했다.

조선이 건국된 지 얼마 되지 않아 세종 때만 해도 의복제도가 제대로 갖춰지지 않았다. 신분에 따른 당상관과 당하관 등의 옷은 정해져 있었으나, 신발까지는 아니었다. 홍길동이 엄귀손 당상관 소굴 우두머리처럼 복식을 그대로 입고 다니다가 강상죄를 지었다. 이런 상황 속에서 만난 양생이 길동보다 17살이 많았다. 종이품 무관으로 범죄자를 잡아 다스리는 일을 맡아보는 포도대장이 되어 당상 벼슬이 되어 그의 앞에 나타났다. 결국 그들은 관군의 수장과 도둑으로 만나 쫓는 자와 쫓기는 자로 만났다.

한양 사람은 신분과 상관없이 천인까지도 목이 긴 가죽신 화靴와 목 없는 피초혜皮草鞋를 신었다. 6품 이상의 관리가 신는 덧신 투套까지 모두 착용할 정도였다. 짚신도 신지 못하는 현실 아래, 사실 천민까지 가죽신을 좋아한 까닭은 귀한 탓도 있지만, 1년 이상 신을 수 있기 때문이었다. 더구나 가죽신은 버선을 오래 신는 방법이기도 했다.

남녀노소 누구나 가죽신을 신고 다니자 여러 문제가 생겨났다. 의복으로 신분 구별이 안 된다는 우려와 함께 한양의 가죽 값이 껑충 뛰어오른 것이다. 때마침 농사를 위해 소를 함부로 잡지 못하는 도살 금지령이 내려진 상태라 가죽을 구하기가 어려운 상태였다. 그러자 몰래 소나 말을 훔치는 도적질까지 극성을 부렸다. 당시에 마소는 함부로 취급할 수 없는 품목이었다. 그러한 분위기 속에서 가죽신의 수요는 계속 늘어났다. 가죽신이 크게 유행하자, 어린 양생도 생산하는 일에 뛰어든 것이다. 그는 주로 발목 없는 가죽신 혜鞋를 만들어 장시에 내다 팔았다. 하지만 나라에서 얼마 안 되어 평민들의 가죽신 착용을 금지하는 조처가 내렸다. 날로 더욱 가죽신의 수요는 끊이지 않았다.

신발 장사를 하던 노비 양생에게 혼인은 뜻밖의 기회로 다가왔다. 양생이 참판 집의 하녀를 아내로 얻은 것이다. 그가 맞이한 하녀의 상전은 세조 비 정희왕후의 조카인 윤보尹甫였다. 그는 혼인한 뒤에도 윤보의 집에 이르면, 대문과 뜰을 쓸며 여기가 나의 본 주인이라며 깍듯이 예를 갖추었다. 노비였던 그가 혼인한 하녀의 상전 집안일에도 충실했다. 그 같은 배경 속에 양생은 윤보의 고모부인 수양대군을 돕게 되었다.

양생은 백정에게 신발 만드는 법과 무예를 배웠다. 백정들은 떠돌이 생활을 하며 사냥을 일삼았기에 말 타고 활 쏘는 무예에 능숙한 자가 많았다. 조정에서는 이들을 정착시키기 위해 무예가 뛰어난 자를 시위 패나 갑사로 뽑아 썼다.

수양대군은 1453년(단종 1년) 계유년 정란을 일으키기에 앞서 측근 인물과 무사, 그리고 천인을 끌어모았다. 이때 정희왕후 윤씨 집안 친인척들이 대거 참여하였고, 심지어 노비들도 가세하였다. 이때 양생도 수양대군을 돕는 노비 무리로 참여하였다. 후일 세조가 적개공신으로 책봉하였다.

 양생에 대하여, 일찍이 신발 장사를 하던 노비 양생에게 혼인은 뜻밖의 기회로 다가왔다. 양생이 참판 집의 하녀를 아내로 얻은 것이다. 그가 맞이한 하녀의 상전은 세조 비 정희왕후의 조카인 윤보尹甫였다. 그는 혼인한 뒤에도 윤보의 집에 이르면, 대문과 뜰을 쓸며 여기가 나의 본 주인이라며 깍듯이 예를 갖추었다. 노비였던 그가 혼인한 하녀의 상전 집안일에도 충실했다. 그 같은 배경 속에 양생은 윤보의 고모부인 수양대군을 돕게 되었다.

 양생은 백정에게 신발 만드는 법과 무예를 배웠다. 백정 중에는 떠돌이 생활을 하며 사냥을 일삼았기에 말 타고 활 쏘는 무예에 능숙한 자가 많았다. 조정에서는 이들을 정착시키기 위해 무예가 뛰어난 자를 시위 패나 갑사로 뽑아 쓰는 행운의 기회가 찾아왔다.

 수양대군은 1453년(단종1) 계유년 정란을 일으키기에 앞서 측근 인물과 무사, 그리고 천인들을 끌어모았다. 이때 정희왕후 윤씨 집안의 친인척들이 대거 참여하였다. 심지어 노비들도 가세하였다. 이때 양생도 수양대군을 돕는 노비 무리로 참여하였다. 후일 세조가 적개공신으로 책봉하였다. 이양생은 "일찍이 활시위를 쫓아다니며 솔선수범하는 일에 재능을 나타냈다."라고 칭찬한 사실은 이를 잘 뒷받침한다. 세조를 돕는 일에는 양생의 작은 아버지 이양직은 군수품의 출납 관아 판관으로 참여했다. 양생의 본가 쪽 집안의 인물들이 다수 참여한 것이다.

세조는 즉위한 뒤 노비 군대인 '장용대'를 만들었다. 1459년(세조 5년)에 설치한 '장용대'는 공사 천인 가운데 무예자 뽑는다고 했지만, 사실상 자신의 즉위를 도운 노비들을 우대하기 위해 만든 부대였다. 이때 세조를 도운 천인들 가운데는 시험 없이 들어간 자도 있지만, 대부분은 시험을 통해 선발되었다. 일찍이 백정들 틈에서 말타기와 활쏘기 등의 무예를 익혔던 양생도 '장용대'에 들어갔다. 그의 나이 37살이었다.

8년 뒤 1467년(세조 13) 5월 '이시애의 난'이 일어나자, 그는 토벌에 참여하였다. 이 난은 함경도 토호이자 회령 부사 '이시애'가 세조 집권 체제 강화에 반발하여 일으킨 사건이다. 양생은 4도 병마 도총사 귀성군 휘하로 참여하여 적진에서 목숨을 내걸고 싸웠다. 그 공으로 적개공신 3등에 봉해져 세조의 생일날 창덕궁 잔치에서 교서를 받았다.

노비로 산 지 45년 만에 그는 공신의 반열에 올랐다.

첫 포도대장에서 재상의 반열에 올랐다.

장용대에서 공신이 된 이후 그에게 내려진 관직은 겸사복이었다. 겸사복은 서반 종2품 아문 금군으로서, 내금위와 함께 최정예 기병 중심의 무사들이다. 왕의 신임을 받던 겸사복은 국왕의 최측근에서 왕의 신변 보호와 왕궁 호위를 책임 맡았다. 겸사복으로서 그의 첫 임무는 북악산에 들어온 호랑이를 잡는 일이었다. 호환虎患은 조선 건국 이래

도적과 함께 가장 큰 근심이었다. 호랑이는 한양은 물론이고 경기 일원의 왕릉 주변에 출현하여 사람과 말을 물어 호환의 피해가 생겼다.

특히 15세기 말에는 농토의 확보를 위해 저습지가 개간되고 벌목이 크게 이루어져 민가에 호랑이 출입이 잦았다. 이에 조정은 별도로 호랑이 잡는 부대인 '착호 갑사'를 설치하였다. 그러자 그는 세조 대에서 성종 대에 걸쳐 호랑이를 잡는 장수, 즉 착호장捉虎將으로 큰 명성을 날렸다.

"말 달리기와 활쏘기를 잘했으며, 그가 호랑이를 잡는 것은 풍부馮婦[11]라 할지라도 명성에 미치지 못할 정도였다"고 한 지적과 함께 "매양 호랑이를 잡고 도적을 잡을 일이 있으면, 조정에서는 이 사람에게 책임 지워 맡겼다".

위에 인용한 글은 성현이「용재총화」에서 그를 묘사한 대목이다. 이 사실은 당시 최고의 '착호장'으로서 양생의 역할을 짐작하게 한다. 또한 조선 후기 화가 이인문(1745~1821)의 수렵도에서 호랑이를 사냥하는 모습을 그린 모습에서 상황을 엿볼 수 있었다.

범을 잡기 위하여 선발하여 배치하던 군사인 착호갑사 활동과 함께 그는 도적 잡는데도 두각을 나타냈다. 당시 전국적으로 도적들이 기승을 부리자, 조정에서는 그를 첫 포도대장으로 임명하였다. 종래에는 도적이 발생하면 각 지역의 경비소에서 잡거나 군사를 파견해 잡아 포상하는 방식이었다. 하지만 이 대책은 도적을 막기에 역부족이

---

11) 진나라 장수로서 호랑이를 맨손으로 잡았다는 사람이다

었다. 때마침 도적 장영기가 지리산을 무대로 전라와 경상 지역을 제멋대로 행동하자 본격적인 포도 대책을 세웠다. 전문 장수를 임명해 도적을 잡는 '포도대장' 틀을 만드는 제도 도입이 제격이었다.

성종 1년(1470)에 이양생은 포도대장으로 임명되었다. 그는 경기, 강원, 황해 일대를 약탈하던 도적을 잡은 공로로 정3품 당상관에 올랐다. 그의 나이 48살이었다.

이어 1472년(성종 3)에는 관악산에 진을 친 강도 고도금, 말응귀, 가을마, 수을외를 잡았다. 한양의 코앞에서 벌어진 이 사건의 공으로 종2품 가선대부에 올라 계성군으로 봉해졌다. 도적을 잘 잡아 드디어 재상의 지위에 오른 것이었다.

하지만 글을 전혀 몰라 다른 관직에는 나갈 수 없었다. 그 결과 조정에서 그에게 주로 포도대장의 역할만 맡겼다.

성종 13년 진위 현 및 과천 광교산의 도적, 성종 14년 경기·충청·강원도의 도적, 성종 16년 경기도 양주의 강도, 성종 17년의 평안도와 황해도 강도 등은 다 사오 년에 걸쳐 그가 잡아 공을 세웠다. 하지만 도적 잡는 일에 다 성공한 것만 아니었다. 한때 홍길동을 쫓기도 했지만, 잡는 데는 실패하였다. 어떻든 양생은 죽기 두 해 전까지 장장 17년간 포도대장을 역임하였다.

그 사이에 도성과 경기 일원을 범위로 하는 포도 조목과 좌우의 두 대장이 맡는 포도대장 제도의 틀이 완성되었다. 글자 그대로 도둑을 잡는 대장이었다. 포도대장 역할을 그토록 오래 한 배경에는 남다른 능력이 있었기 때문이다. 그는 재상이 된 뒤에도 장터를 지나다가 옛

친구를 만나면 반드시 말에서 내려 회포를 푼 다음에야 길을 떠났다. 옛 백정 친구로부터 새로운 정보를 입수하고 도적들의 동향을 파악하는 기회로 삼은 것이다. 그로 인해 도적을 잘 잡기로 소문이 났다. 그러자 당시에 "사람의 안색을 보고서 도적을 분변하여 열에 하나라도 실수가 없었으니, 송대의 점을 잘 치기로 유명한 '소옹'이라도 이만하지는 못하였을 것이다."라고 할 정도였다.

그는 민간에 떠도는 정보를 사전에 입수한 후에 도둑을 잡았다. 그 결과 '열에 하나'뿐 아니라 '백에 하나라도 실수가 없었다.'라는 평가와 함께 도둑이 무리의 세력이 점차 꺾이었다. 포도장으로서 활동은 그가 죽은 뒤 오랫동안 남의 입에 오르내리었다. 그의 사후에 도적 잡는 일이 매우 더뎌 잘 나아가지 않자, "양생이 포도장으로 임명되었을 때, 재인과 백정을 끌어들여 도적의 소재를 파악하는 것이 귀신같이 적발하였다.

지금은 장수 된 자가 이 방법을 알지 못하고 또 포도의 이름을 부끄럽게 여겨 마음을 쓰지 않으니, 만약 장차 마땅한 사람을 얻는다면 거의 도적이 없게 될 것이다."라고 지적한 것이다. 그의 포도 활동이 뒷날까지 본받을 만한 모범이 되었음을 잘 보여준다.

포도대장 양생은 폭력조직, 도둑들 비밀조직이라 할 수 있는 '검계'를 소탕하는 것을 명받았다.

성종께서 종2품 해당하는 각각 대장 1인, 종사관(종6품) 3인과 부장 4인, 무료부장 26인, 가설 부장 12인, 서원 4명 임명하시어 군사 수백을 주셔 경상도에 파견되었다.

이르시기를,

"경이 도적을 잡아 나라의 근심을 청소하라." 하셨다.

양생이 드디어 왕명을 받들어 자리 앞에 하직 인사를 하였다.

바로 그날 길을 떠나 각처로 군사를 흩어 보내며

"모년 모일 몇 시까지 문경으로 모이라." 했다.

홀로 행하여 병사 오십 명이 나왔다. 날이 어두워지자 주점을 찾아 묵었다. 갑자기 한 젊은이가 나귀를 타고 들어왔다. 이 포도장이 일어나 예하고 좌정하였다. 그 후 그 젊은이 문득 탄식하거늘,

이 포도장 묻기를,

"그대 무슨 근심이 있기에 이렇듯 슬퍼하나요?"

홍대장 답하길,

"반도의 하늘과 바다가 왕의 땅이 아닌 곳이 없고, 백성이 왕의 신하가 아닌 사람이 없음'이라 하니, 내 비록 나라를 위하여 근심하나니, 이제 홍길동이란 도적이 방방곡곡에 다니며 장난함이 각 읍이 사람들이 놀라거나 흥분하여 시끄럽게 야단법석 떨고 있습니다. 상감이 근심하시어 도적을 잡으라 하시나 능히 잡을 자가 없었다. 그 상황을 걱정합니다." 하였다.

이 포도장 나서며 이르기를,

"그대 기골이 장대하고 말씀이 감사하니 내 그대를 따라 협력하여 도적을 잡을까 합니다." 하였다.

홍 대장 대답하기를,

"그 도적이 꼼꼼히 마음을 써서 일에 빈틈이 없고 재주가 뛰어난 자

로 말 다루는 솜씨와 술법을 사용함이 출중하다 하니, 그대와 함께 합력하면 잡을 수 있을 것이오. 만일 그렇지 아니하면 도리어 해를 입을까 염려하오."

이 포장이 담담하게 이르길,

"대장부 한 번 언약한 후 어찌 신용을 잃을 수 있겠소."

홍 대장 이르길,

"내 본래 잡고자 하는 욕망이 큰 사람을 얻지 못하였으니, 이제 그대가 나를 따르고자 할진대 그윽한 곳에 가 재주를 시험하리라." 하고 일어나 나갔다.

이 포장 그 젊은이를 따라 한 곳에 이르렀다. 그 대장이 높은 바위에 올라앉으며 이르길,

"그대 힘을 다하여 날 발로 차 날리어라." 하였다.

낭떠러지 끝에 나가 앉더니, 이 포도대장이 가만히 생각하되,

'제아무리 용맹이 있다고 한들 한 번 차면 제 어찌 아니 떨어지겠는가?' 하고

젖 먹던 힘까지 다하여 두 발로 세게 걷어찼다.

그 젊은이 갑자기 태연하게 돌아앉으며 이르기를,

"그대 정말 대단한 장사로구나! 내 여러 사람을 시험하였으되, 날을 요동치게 하는 자가 없었다. 오늘에서야 그대에 차이어 그대에 차이어 오장이 아리고 욱신욱신하게 아프구나. 그대 날을 따라오면 길동을 잡을 수 있을 것이다." 하였다.

첩첩한 산골짜기로 들어가다가 돌아서며 당부하기를,

"이곳이 길동의 옛 거주지이다. 내 먼저 들어가 탐지하고 올 것이니 그대는 여기서 기다리라." 하였다.

이 포도대장이 이르기를,

"내 그대와 함께 죽고 사는 것을 한 가지로 하고자 하거늘, 어찌 날을 이곳 승냥이와 이리의 해를 당하라 하려는가?."

홍 대장 웃으며 이르기를,

"장부 어찌 이리와 승냥이를 두려워하오. 그대 실로 두렵거든 먼저 들어가 도적의 종적을 수사하고 탐지하시오." 하였다.

포도대장이 말하기를,

"그대 말이 시원스럽고 마음이 넓으니 빨리 알고 오시오. 이 도적을 잡으면 대공을 세울 것이오." 하였다.

젊은이 웃으면서 대답 없이 정색하여 얼굴에 엄격하고 공정한 빛을 드러내며 의젓하고 당당하게 산골짜기 사이로 들어갔다. 잠시 시간이 흘렀다. 할 일 없어서 큰 나무를 안고 앉아 기다리라 하더니, 갑자기 뭘 목격했는지 주눅이 들어 꼼짝할 수 없는 궁지에 몰리게 되는 기색이었다. 갑자기 산골짜기 사이에서 떠다니는 소리 요란스럽게 들렸다. 동시에 수십 군졸이 내려왔다. 포장이 크게 당황하여 주위를 보니 군사의 얼굴 생김새가 성질이 악하고 모질어 보였다. 진정으로 피하고자 하였다. 상대의 기습으로 결국 그 군사가 좌우로 둘러싸고 병졸들을 결박하였다.

홍 대장 꾸짖어 외치기를,

"너 포도대장 이양생인가? 우리 무리가 지부 명을 받아 너를 잡으러

왔다." 하며

갑자기 기를 쓰며 소리를 냅다 지르며 소리쳤다.

노끈을 꼬아서 만든 줄을 안쪽으로 조금 휘감자마자 마치 비바람같이 몰아가듯 했다. 포장이 미처 생각하지 않았다가 갑자기 생긴 뜻하지 않은 좋지 않은 일을 당하여 갑작스러운 재앙을 만나 정신을 놓아 버렸다. 얼떨결에 수리 밖으로 달아났다. 그러다가 한 곳에 다다라 성문을 넘어가니, 천지 넓고 아득하고 경치 빼어나게 아름다운 곳이 있었다.

온갖 생각이나 느낌 따위가 갑자기 떠올랐다.

'내 무리여 이곳에 왔으니 어찌 다시 세상으로 돌아갈 수 있겠는가?'

그의 유인책에 말려들었다. 잠시 정신을 진정하여 눈을 떠보니, 무수한 군사의 모습과 위엄 있는 태도로 서 있는 엄숙한 분위기에 주눅이 들었다. 의기양양하던 소탕 작전은 허사가 되었다.

이 포도장 생각하되,

'내 살아 육신이 왔는가?, 죽어 혼백이 왔는가?' 뜻밖의 일에 자지러질 정도로 깜짝 놀라 바싹 엎드렸다. 문득 소리가 길게 났다. 나졸이 내달아 잡혀 와 계단 아래 무릎을 꿇었다.

홍 대장이 쪽빛 옷을 차려입고 근사하게 잘 지은 집의 좌식 탁자에 앉아 의젓하고 당당하게 소리쳤다.

"너는 변변치 못한 사람으로 외람되게 홍 장군을 잡으려 하는가? 산신이 진노하였다. 시왕전에 고하여 그대를 잡아 죄를 묻겠다. 하는 짓이 분수에 지나치니 제대로 다스려 모든 걸 올바르게 시작하고자 한다. 좌우는 이 사람을 달아나지 못하도록 엄중하게 가두라." 명하였다.

무리가 달려들어 이 포장을 결박하였다.

그가 희망을 잃은 듯 다리의 가장자리를 잡고 크게 후회하며 이르길,

"나는 어릴 때는 신을 삼아 저잣거리에 내어 팔아 생활하였다. 비록 책은 읽지 못하였으나 무예에 능하여 장용위의 군졸이 되었다."라고 중얼거렸다.

양생은 1467년(세조 13) 5월 이시애의 난이 일어나자, 토벌군으로 출전하여 공을 세워 적개공신 3등에 채집하여 기록되고, 계성군에 봉해졌다. 그리고 '행호분위중부사직'으로 기마병으로 편성한 금군으로 100명씩으로 편성한 두 부대가 임금의 신변 보호를 맡게 되었다. 서얼 출신이기 때문에 직급이 가선대부에 이르렀으나 한 번도 현직에는 등용되지 못하였다. 평생 검사복으로 있으면서 포도대장으로 도성 내외는 물론 전국 각지에서 일어나는 도적 소탕에 공도 세웠다. 그중에서도 관악산 일대 한곳에 모여 있는 무리이었다. 항거하였던 고도와 김말응 등 소탕과 충주 수리산, 여주 강금산 도적들을 소탕하여 큰 공을 세웠다.

양생은 지난날 추억이 주마등처럼 스쳐 갔다. '홍대장도 얼자 출신이지만 본인도 천한 서자 출신으로서 폭력조직, 노비들의 비밀조직이라 할 수 있는 '검계'를 소탕하려고 맘먹었다. 그렇지만, 먼저 공격했던 쪽은 나였지. 대담하게도, 밤에 검계 몇 명이 근거지의 담을 넘고 들어와 홍대장 체포 또는 암살을 시도했다. 그러나 홍대장도 스스로

재능과 지혜가 날을 뛰어넘기에 만만한 상대가 아니었다. 포도대장의 직책으로 본관은 길동을 체포하러 이곳 왔지. 그런데 전투에서 그대와 맞서 싸웠으나 그대의 지혜와 술법에 가로막혀 결국 뜻을 이루지 못하였지. 어이없이 내가 꾸민 꾀나 방법이 먹히지 않아 결국 수모를 당하였네. 만약 다시 만나 내 일을 잘못해서 뜻대로 되지 않거나 그르친다면 '그대는 주저 없이 날 거두어 수습하게나.' 하고 단호한 행동으로 맞서는 성깔을 보이며, 한숨지으며 탄식하였다. 극히 짧은 동안에 어찌할 도리가 없이 시간이 흘렀다. 애간장을 태울 겨를도 없이 다급하여 여유가 없는 상황으로 바뀌었다.

길동이 대꾸하여 꾸짖어 이르길,

"지난날 이 대장이 농삿달을 당하여 가뭄이 심한데, 그대가 잡은 무리와 기타 옥에 갇혀 있는 자가 어찌 모두가 도둑이겠는가?" 하여 윗선에 청하여 석방할 만한 자를 심리하여 석방한 일을 기억하고 있네. 그때 형조의 죄수인 도둑 18인 중에 정상이 명백한 자가 한 사람이고, 의금부의 죄수로서 그대가 잡은 도둑이 59인데, 22인은 장물贓物 증거가 없고 그 나머지 37인은 혹은 형장을 맞은 흔적이 있었고, 혹은 얼굴이나 팔뚝의 살을 따고 홈을 내어 먹물로 죄명을 찍어 넣은 자국이 있었으며, 또한 장물이 나타났다.

그들이 유명한 도둑들이니, 모두 죄인에게 곤장을 치는 형벌을 집행하던 일인 결장 1백 대를 때리어 전 가족을 바닷섬에 들여보냈지. 남소문 밖에서 군사를 겁박하여 활을 쏜 사람 7인 중에 세 사람은 애매하지만, 네 사람은 비록 장물은 없으나 유명한 도둑들이었으니, 또한 전 가족을 바닷섬에 들여보내어 격리시키는 것이 어떠하겠는가? 하고 제안했던 후한 결정을 잘 알고 있다네."

"이 못난 사람아, 나를 자세히 보라. 나는 이곳 활빈당 행수 길동이다. 그대가 위태롭게 넘치는 의지로 날 잡으려 하는 자네 내공과 뜻을 알고자 함이다. 어제 내 그대를 이곳으로 인도하여 옴은 우리 위엄을 보게 함이라." 하였다.

말을 마치고 좌우에 술을 전하였다. 이어 이르기를,

"그대같이 쓰고 남은 찌꺼기로는 십만이라도 날 능히 잡지 못할 것이오. 그대 제거하는 것이 마땅하나 오히려 살려 보내니, 그대는 부질없는 과욕 부리지 말고 빨리 돌아가라. 그리고 날 보았다고 하면 결국에는 죄를 물을 것이니 그런 말 말고 은혜를 생각하여 다시 그대 같은 어리석은 사람이 없게 하라." 하였다.

또 사람을 잡아들여 계단 아래 꿇리고 꾸짖어 왈,

"나머지 등을 다 죽일 것이로되 오히려 내 십분 용서하니 앞으로는 조심하라." 하였다.

군사에게 명하여 맨 포승줄을 풀고 술을 먹인 후에 이 포도장을 불러 말하기를,

"그대를 위하여 한 잔 술을 부어 정을 표하노라."

포도장이 그때 서야 놀란 정신을 수습하여 자세히 보니 이가 홍대장이었다.

탄식하고 한탄하며 왈,

'내 사물을 널리 보는 것이 많지만 이런 사람의 재주는 이제까지 들

어 본 적이 없구나! 도둑무리가 된 것이 아깝도다." 하고, 다만 권하는 술을 꼬박꼬박 받아마셨다. 길동이 취기에 배짱이 두둑하게 느긋한 여유를 즐겼다. 이 포장이 그 모습에 놀라 탄복을 금치 못하였다. 그러다가 문득 취한 술이 깼다.

갑자기 멀쩡한 팔과 다리를 움직이지 못하였다. 어찌하여 나 혼자 유별나게 상태가 특별하게 바뀌어 달라지거나 탈이 없이 제대로 온전할 수 있지 않는가? 괴상하게 여겨 정신을 수습하여 참되고 올바른 맘가짐으로 주위를 살폈다. 잠시 후 조그마한 집안에 들었다가 간신히 문을 열고 밖으로 나왔다. 주위를 살피니 커다란 자루가 여기저기 나무에 휘어지게 매달려 있었다. 차례로 둘러보니 처음 떠날 때 데리고 갔던 수하들이었다.'

서로 이르기를,

"이것이 꿈인가? 생시인가? 우리 어제 문경으로 모이자고 약속하였더니 어찌 이곳에 왔던가?" 놀라워했다.

눈을 비비고 두루 살펴보았다. 그곳은 일상으로 돌아온 무리 소굴이었다. 어이없어 굽어살피니 꿈에서 처음 깬 듯하였다.

예종 1년(1469) 초겨울에

경상우도 절도사 이극균이 도둑의 활동 본거지 보리암菩提庵의 옛 소굴을 발견하였다고 보고가 있었다.

진주의 목사와 판관이 광양 현의 보고를 받고 출동하여 화개 현으로 출동하였다. 도둑 무리가 보리암의 옛 터전에서 발견되었다. 인근에 도둑들이 초가집 열아홉 칸을 짓고 제단을 설치하였다. 긴급피난으로 버려두고 간 말이 열넷 필 있었다. 난장판이 된 그곳엔 안장을 찢어버리거나 혹은 불살라 버린 상흔이 혼란스러웠다. 그 난리 중에 시신은 한 남자로 밝혀졌다.

구례의 백정 철산이 이르기를,

"내가 구례 현감을 따라 도적무리와 함께 보리암 골짜기에서 격렬히 싸웠다. 현감이 패배하여 퇴각하자 도적이 군사 3인을 죽이고 도망하였습니다." 하였다.

생각건대, 반드시 지리산으로 깊이 들어갈 것으로 예측되어, 신이 곧 진주로 가서 본주와 사천, 곤양, 하동 등 고을의 군사를 뽑아 거느리고, 화개동 입구에 진을 치고 도둑들의 종적을 알아보았다. 도둑들은 보리암에 근거지를 두고 둔을 쳤다. 그곳은 진을 친 곳에서 60여 리나 떨어져 있었고 산길이 험악하였다. 신이 불의에 엄포하고자 하여 군사를 모두 도보로 무리의 둔친 곳에 이르렀다. 도둑들이 먼저 알아차리고 고개 위로 올라갔다. 그에 앞서 여인女人과 말이나 수레에 실은 짐, 군대의 여러 가지 물품 등을 보내버렸습니다. 도둑 16인이 신의 선봉과 더불어 싸웠다. 신이 30여 리를 추격했다. 쫓는 중 모두 여섯 번 서로 맞붙어 싸워 도둑 오덕생을 활로 쏘아서 잡았다.

그리고 그의 재산을 탈취하였다. 전세를 정비하여 도둑들이 밤을 타서 크게 부르짖으며 관군의 진에 쳐들어 왔다. 현감의 매복한 병사가 배후에서 쫓으며 활을 쏘니, 도둑들이 이에 도망하여서 구례 쪽으로 향하였다. 현감이 40리를 따랐다. 그러나 식량이 다하고 행군한 지 3

일에 군사들이 피로에 지쳐 있었다. 군사들을 퇴각시키고 본진의 군사로 하여금 진을 쳤던 곳에 머물러 공격이나 해로부터 안전 조치를 취하고, 탈취한 재산은 진주로 부쳤습니다. 라고 하였다.

이 전투에서 이극균이 보병을 거느리고 도둑이 주둔하고 있는 봉우리를 포위하자, 도둑이 그 아내에게 장구와 비슷한 악기를 치게 하고, 모든 도둑에게 봉우리 아래를 나누어 지키게 하였다. 그들은 관군 두 사람을 활로 쏘아 맞히고, 드디어 이극균을 몰아붙이었다. 이극균이 위로 공격하는 것이 불리하여 일단 2~3리 되는 곳에 물러와서 둔 쳤다. 군졸 하나가 돌이 구르는 소리를 듣고 도둑의 짓이라고 말하자, 모두 놀래어 도주하였다.

날이 이미 어둑해져서 모든 군사가 서로 짓밟히면서 삽시간에 흩어졌다가 한참 뒤에야 합류했다. 도둑 무리의 소행인 줄도 모르고 조금씩 도로 모여서 행군을 시작하였다, 웃음이 절로 났다. 얼마 지나지 않아 한밤중 갑자기 도둑들이 진으로 돌진하여 산에 불을 놓고 자취를 없애고 도망쳤다. 관군이 두려워서 감히 움직이지 못하였다. 관군과 도둑들의 전투는 일진일퇴하였다.

또한 쫓기거나 위험에 처했을 땐 이곳을 벗어나 홍주와 공주를 생활 근거지로 삼아 충청도 전역으로 세력을 넓혔다. '동쪽에서 소리를 지르고 서쪽을 친다'라는 뜻으로, 동쪽을 처들어가는 듯하면서 상대를 교란하여 실제로는 서쪽을 공격하는 행태였다.

특히 공주 무성산 정상에 요새를 쌓고 관군을 상대로 대항하며 무리와 집단생활을 영위하였다. 이 시기에는 탐욕에 눈 먼 조정의 고위직 관리는 물론 지방의 수령, 아전, 유향소의 품관들까지 이들의 활동을 동조하기에 이르렀다. 왜 사회가 도둑을 쫓고 쫓기는 상항이 어찌하여 이 지경이 되었는가?

참으로 정도에 너무 지나치거나 모자라서 가엾고 딱하여 기막혔다.

깡패 집단의 준동

나뭇잎 갉아 먹는 벌레 같이 불순한 세력과 보잘것없는 깡패무리가 법석을 부렸다. 백성 줄 건 없어도 도둑 줄 건 있었다.

도둑의 형색은 검은 옷을 입고 고립을 쓰고 깃 화살을 가지고 기마병으로 편성되었다. 마치 임금의 신변 보호를 맡아보던 궁중을 지키고 호위하는 군대처럼 병사를 거느렸다. 기묘한 꾀를 써서 고위 관리들에게 뛰어 들어가서 대장을 쏘게 하고서 말하기를 "이것이 자객의 무리다"라고 겁 없는 언행이 자행되었다. 뿐만이 아니라 지역별로 혹은 전국적으로 준동하였다. 황해도 지역은 구월산 장수산을 근거지로 군도와 강도들이 야단법석을 떨었다. 이런 사회적 혼란은 무오사화 이후 정치적 혼란기를 틈타 더욱 기승을 부렸다.

길동이 49세쯤 활동이 잠잠하던 늦가을 황해도에서는
강도 김일동 관련 기사에,
잡아 가두어 둔 강도들을 달아났다고 기사가 실렸다.
황해도 관찰사 김극검이 급히 아뢰었다.
"도내의 강도 '김일동' 등이 떼를 지어 약탈하는 짓을 자행하기에 신들이 그 무리를 잡아 신계 현에 가두었습니다. 어느 날 김일동 무리

10여 명이 감옥 문을 밀어제치고 그 무리를 모두 탈출했습니다."라고 보고하였다.

임금과의 경연에 참석하기 위하여 대기하던 장소에서 관리에게 전교하기를,

"현령 유계손이 평소에 위엄과 명령을 분명하게 하여 옥졸들이 몸가짐이나 행동을 삼갔으면 어찌 이런 일이 있겠는가? 내가 단죄하려 한다." 하였다.

윤필상이 아뢰기를,

"옛말에 '버들가지를 꺾어 남새(야채) 밭 울타리를 둘러도 미친 사내가 놀라서 되돌아본다.'라고 하였습니다. 감옥을 든든하게 지켰다면 그런 일이 절대 없었을 것인데, 수령이 어찌 책임을 변명할 수 있겠는가?" 하였다.

임금이 명령을 내리어 그 사건으로 한 수령 및 해당 관리를 의금부에서 임금의 특명에 따라 중죄인을 신문하였다.

8일 뒤 기사에

종사관 홍자아를 보내 아뢰기를,

"황해도의 도둑 '김일동' 등이 그 무리 6~7명을 거느리고 일반 백성이 많이 모여 사는 동네에서 도둑질하다가 지난달에 재령 고을의 지경에 머무르고 있었습니다. 신이 관찰사 김 극검 등과 군사를 거느리고 잡으려고 포위하자 김일동 등이 도망쳐 버렸습니다. 그래서 그의 어미와 아내를 잡아다가 해주에 가두고 불법으로 가진 타인 소유의

재물은 곧 '장물'을 재령에다 두었습니다.

그 뒤에 김극검이 재령에서 잠을 자게 되었다. 김일동 등이 밤에 현장을 노렸다가 갑옷을 갖추고 완전무장을 하여 갑자기 활을 잡아당기며 동헌 담장 밖에 세찬 기세로 갑자기 뛰어들었습니다. 큰 소리를 외치며 관찰사를 부르며 활을 쏘아 공사를 처리하던 집의 창문을 맞히었다.

또한 역졸들에게 외치기를, '너희는 마땅히 관찰사에게 들어가 알려 우리들에게 장물贓物[12]을 모조리 돌려보내라. 그렇지 않으면 남김없이 다 죽여 버리겠다.'라고 했습니다.

또 동헌으로 돌입하려고 하다가 김 극검 군관 한 사람이 활을 쏘아 맞히자, 도둑들이 조금 물러섰다. 그러던 중에 김극검은 부엌 밑에 숨어 피신하였다. 향리들은 도둑의 장물을 모두 돌려주며 무릎으로 기어가며 나아가 물러가기를 애걸하였다. 그제야 도둑들이 떠나갔습니다." 했다.

임금이 신을 불러서 만나 보았다.

홍자아가 아뢰기를,

"김일동이 도둑질을 해온 지가 이제 7년이나 되었습니다. 황해도 사람들이 잡으려 않는 것이 아니라 다만 사나운 것이 겁이 나고 자신을 해치게 될까? 두려워하여 감히 고발하지 못하였습니다. 이번에 중한

---

12) 절도, 강도, 사기, 횡령 따위의 재산 범죄에 의하여 불법으로 가진 타인 소유의 재물

상금을 내걸고 고발하게 함이 어떻겠습니까?" 제안하였다.

임금이 이르기를,

"도둑들은 체찰사가 나가는 것을 알겠지만 체찰사는 도둑들의 소재를 알지 못할 것이니, 미처 어찌할 사이 없이 급작스러움에 변을 예비하지 않아서는 안 될 것이다. 그대가 돌아갈 때 또한 마땅히 신중하게 하도록 하라." 당부하였다.

사흘 뒤 기사에

경연에 나아갔다. 강론을 마치자, 대사간이 아뢰었다.

"황해도 감사 김극검은 도둑이 겁에 질리어 은밀한 곳에 숨어 겨우 그 몸을 보존하였다. 그러나 엉겁결에 장물은 수량 전부를 돌려주었다. 이 도둑들이 아무 거리낌 없이 제멋대로 행동하였다. 소문과 기세가 점점 강성해져 왔다. 떼 지어 다니며 무서운 말이나 행동으로 위협하고 폭력을 써서 남의 것을 억지로 빼앗는 것이 소문이 퍼지게 된 지이미 오래되었다. 만일 조금이라도 군사와 말을 모으는 기미가 있으면, 사방 소속한 고을에 단단히 타일러서 경계하도록 하였다. 그들이 형세를 많이 확장해 놓은 다음에 기필코 잡아다 베려고 하였다면, 어찌 상황이 이 지경이 되었겠습니까? 김극검은 한 도를 통솔할 수 없는 사람이니, 청컨대 그를 파직하여 임금의 명을 욕되게 한 죄를 본보기되도록 하소서." 하였다.

임금이 이르기를,

"이 도둑들이 양민을 살해하고 있는데도 전 도가 수수방관만 하고 있소. 그런 자를 '감히 어떤 놈이냐?'하고 질책하는 이 없는 지경이 되었다. 이런 행위는 두려움을 키워 화를 끼치게 하는 것인데, 그것이 무려 기나긴 7년이나 되었다. 만약 유자광이 나에게 말하지 않았다면 무슨 방법으로 알게 되었겠는가? 김 극검이 백성의 힘을 번거롭게 하는 것만 중시하여 되도록 간략하게 하려고만 하였다. 여기까지밖에 생각이 미치지 못하니까 오히려 숨어 있어서 겉으로 드러나 대수롭지 않고 자질구레한 도둑에게 깔보고 업신여겨 욕보이게 하는 것이 아닌가? 그러니 꼭 책임을 물어 벼슬을 갈아 치우는 것이 필요한 것이 아닌가?" 하였다.

대사간이 다시 아뢰기를,

"도둑들이 감사를 위협하였다. 때가 지나도록 포위를 풀지 않자, 감사가 위급한 상황에 빠져 몸을 숨길 데가 없었다. 이는 곧 비상사태이었다. 재령 군수가 마땅히 아전과 백성들을 규합하고 자신이 사졸보다 앞장서 끝까지 쫓아가 베고 잡고 하였다면, 조금이나마 치욕을 줄일 수 있었을 터인데, 도리어 억지로 모르는 체하며 나약한 모습을 보였다. 겁에 질려 두려워하고 움츠리면서 오직 숨어 있어서 겉으로 드러나지 않게 숨지 못했는가? 하는 원망하는 눈치였다. 청컨대 당장 잡아다가 죄를 다스리도록 하소서." 하였다.

임금 그렇게 시행하라고 명하였다.

홍형이 또 아뢰었다.

"신이 일찍이 경원 판관으로 있었습니다. 그들을 잘 아는데, 본도 사람들은 성질이 억세고 고집스럽고 어리석은 구석이 있습니다. 비록 터무니없이 망령된 말이라 하더라도 서로가 곧이곧대로 들으며, 함께 휩쓸리어 떠들어대고 마침내 잘 알아차리지 못하는 경우가 있었습니다. 요사이 듣건대 함경도의 온 사람 모두가 '이전 감사 이 봉을 조정에서 극형에 처하고, 도사 정 윤은 형장 80대에 처하여 남쪽 지방에 유배되었다는 소문을 냈습니다. 그러니 우리는 며칠 못 되어 죽는다.'라고 터무니없는 유언비어를 유포하는 데 서로 도움을 주었습니다. 살림살이를 걷어치우고서 가벼운 양식만 싸서 도망하여 숨을 계획을 하고 있다고 했습니다. 이번에 또 어사가 불시에 일정한 테두리 안의 땅으로 들어가게 된다면, 반드시 놀라고 이상야릇하게 여기며 술렁거리게 될 것이 뻔하였습니다. 마땅히 먼저 깨우치는 글을 내리어 민심이 스스로 안정시켜야 할 것입니다." 하였다.

임금이 이르기를,

"함길도는 '이시애 반란'을 앞장서서 주장한 뒤부터 민심이 저절로 가라앉지 않았습니다. 지금까지도 후유증이 남아 화가 없어지지 않았습니다. 과연 이번에 어사가 갑자기 들어가게 된다면 반드시 놀라고 술렁거리게 될 것이오. 그렇다고 어찌 어사를 보내지 않을 수 있겠는가? 마땅히 시급하게 감사에게 국민을 한 덩이가 되게 묶어 백성들의 정신이 헷갈리어 갈팡질팡 헤매는 것을 풀어주어야 할 것입니다." 하였다.

사신이 논하기를,

"김극검은 청렴하고 성품이 깨끗하고 굳음은 모자라지 않고 넉넉했습니다. 그렇지만 세상의 형편이나 인심을 모르고 성질이 너그럽지 못하고 소견이 좁아 점잖고 엄숙함이 없었습니다.

이때 강도 김일동 등이 마음대로 다니며 노략질하여도 누가 감히 항거하는 사람이 없었습니다. 단지 그의 어미와 아내 및 장물만 잡아놓았습니다. 김극검이 재령에서 자던 날밤에 김일동 등 대여섯 명이 와서 겁을 주며 침실에까지 화살을 날렸습니다. 칼을 빼들고 문을 밀치며 김극검의 이름을 부르면서 그를 겨냥했습니다.

만약 우리 어머니와 아내 그리고 재물을 돌려주지 않으면 마땅히 너를 죽이겠다고 협박했다. 그가 두려워하여 떨며 몰래 아궁이에 숨어들었습니다. 상자로 아궁이 구멍을 막고 있었습니다. 그러면서 감영의 아전들을 시켜 도둑에게 말을 전했습니다. 너의 어미와 아내는 해주에 갇히어 있다고 말하고, 장물들을 즉시 모조리 내주었습니다. 그러자 도둑이 거리낌 없이 펼쳐 보고서 물러갔습니다. 누가 감히 '어떤 놈들이냐?'고 하는 사람은 없었습니다."라고 밝혔다.

듣는 사람들이 모두 김극검이 겁 많고 나약함과 가냘프고 약하고 사람이 변변하지 못하고 졸렬함을 비웃었다. 김극검을 파직시켰다.

그해 12월 첫날 기사에
황해도 도둑 '김일동' 등을 사로잡는 자에게 상을 내리게 하였다.
형조에서 아뢰었다.
요즈음 황해도 도둑 김일동 등이 신계, 재령의 옥을 포위하여 죄수를 겁탈해 가고, 또 떼를 지어 갑옷을 입고 관찰사를 포위하여 활을 쏘아 위협하여 장물을 모두 빼앗았다. 군수의 관아에 와서 오히려 꾸짖고 욕하며 노래를 부르면서 돌아갔다. 오만방자하고 꺼림이 없음은 다른 강도의 예법이 아니었다. 만약 능히 사로잡는 자가 있으면, 범죄 행위를 실행한 주범자, 종범자를 논하지 말도록 했다. 벼슬이 없는 자는 품계를 높이고, 벼슬로 상을 주고, 원래 벼슬이 있었던 자는 품계를 높혀 주었다. 향리는 직을 면하게 하고, 역에서 일을 보던 사람은 역役을 면하게 하며, 천인은 각각 면포 1백 필을 주되 같이 잡은 자가 세 사람 이상이면 2백 필을 주게 했다. 일정한 기간이나 시간 안에 끝내야 할 일의 일정량을 맡겼다. 그 가운데 공로가 특이한 자는 신하가 글로 임금에게 아뢰게 하여 때에 이르러서 넉넉히 상을 주게 하였다.

이틀 뒤 12월 3일 기사에
의금부에 왕명서를 전달했다.
"강도와 절도들이 평소에 원한이 있는 사람을 많이 끌어넣어서 보복할 계책을 세웠다. 관리는 사실을 알아내기에만 힘쓰므로 숨기고 있는 사실을 강제로 알아내기 위하여 육체적 고통을 주며 신문할 때 간혹 목숨을 잃는 경우가 있었다. 끌려 들어간 사람은 또한 벗어나기 위하여 그 재물을 도둑에게 바치는 사례도 일어났다. 결국 양민들이 생업을 잃게 되었다. 요즈음 김일동은 7년을 도둑질하여 원한이 있는 자가 상당히 많았다. 그가 범한 것만 죄만 물을 뿐이고 같은 무리에 드는 사람들은 묻지 말도록 하라." 하였다

다음날 기사는

강도 '김일동'을 토벌하지 못하고 있는 금제사 이계동과 몸에 상처를 입은 수안 군수 김귀정을 꾸짖었다.

금제사 이계동이 급히 아뢰었다.

강도 김일동 등이 관병에 서로 맞서서 버티어 겨루다가, 수안 군수 김귀정이 몸에 몇 군데 상처를 입혔다. 관군도 죽은 자가 몇 있었다. 아마도 쉽게 잡지 못할 듯하다고 고하였다.

곧 임금이 이르시기를,

"예로부터 군사의 일은 멀리서 제재할 수 없다. 모름지기 재주와 꾀가 많은 훌륭한 장수를 통하여 그 기회를 잃지 않게 함에 관건이었다. 이제 관군은 한꺼번에 많이 모여들었고 도둑 무리는 불에 타고 남는 가루처럼 죽었으므로, 거의 오래 지탱할 수 없는 상황이었다.

겨우 아침저녁을 연명하는데, 경이 금제사 이름을 띠고 징발한 군사를 가졌는데 왜 도적 토벌을 늦추고 있는지 나는 이해하지 못하겠다. 또 수안 군수 김귀정은 한 고을의 수령으로서 한 작은 도적을 만나 몸에 몇 군데 상처를 입어 한 지방 혹은 성의 일을 담당하는 수령이 위엄을 잃고 국가에 수치를 끼쳤다. 마땅히 국문해 징계할 것이다. 경도 그 실책이 없지 않다. 뒤에는 이처럼 하지 말고 반드시 잡도록 하라." 하였다.

'9, 19, 29'와 같이 아홉이 든 수의 남자 나이에 이 수가 들면 결혼이나 이사 등을 꺼리는 아홉수에 걸린 그해에는 황해도 쪽에서 도둑들이 극성을 떨었다.

강도 윤산에 관련된 그해 12월 8일 기사에는

계동이 도둑 김일동 등이 봉산 동쪽 '구질보지산仇叱甫只山'에 있음을 듣고 봉산 군수와 함께 길을 나누어 도망하는 사람의 뒤를 밟아 쫓았다. 도둑무리가 먼저 산정의 땅의 형세가 발붙이기 어려울 만큼 사납고 가파른 땅을 점거하고 있었다. 관군이 방패를 가지고 바로 올라갔다. 그런데, 절정까지 사오백 보步 못미처 우뚝 솟은 바위틈에 매복할 요량으로 도둑이 먼저 점거하고 있었다. 그들이 험한 곳에 의지하여 나타났다 숨었다 하며, 크게 부르짖으며 달려 내려오면서 돌을 던지고 화살을 쏘아댔다. 관군이 활을 쏘면서 앞으로 나아가 쫓아 달려서 절정에 이르자 적도가 활과 삿갓을 버리고 언덕을 뛰어내려서 도망가는데 관군이 따라가지 못하였다.

도적무리는 다시 건너편 큰 산에 의지하여 어떤 지역을 차지하고 군세게 막아 지켰는데, 날이 이미 저물었다. 신이 군사 주효문 등을 보내어 산기슭에 엎드려서 기다리게 하였더니, 주효문 등이 적을 만나 서로 싸우고 신의 지휘를 어겨 일이 생겼다. 적이 주효문의 말을 빼앗아가고 단지 잡은 것은 윤산 한 도둑뿐이었다. 신이 도적을 쫓아 재령 장수산까지 갔다가 있는 곳을 어딘지 길을 잃었다. 그래도 일부 성과는 있었다. 그를 잡아 압송하여 취조를 하였다. 죄인 윤 산이 범죄 사실을 진술하였다. 우린 '구질보지산'에서 서로 교전한 뒤로 도적의 무리가 서로 의논을 나누었다. 이 전투에서 애로는 모든 용사가 함께 교전하기가 어려웠다.

그래서 장수산이나 구월산의 아주 험한 곳에 숨어 있는 것이 옳다고 판단하였다. 도적의 우두머리는 바로 '김경의'이고 다음은 '김일동'이라고 밝혔다. 다음은 '박중금'이었다. 단지 네 사람뿐이며, 전번 신계에서 갇힌 사람을 폭력으로 빼앗긴 것과 재령에서 감사를 업신여겨 욕보인 것과 황주에서 관병을 죽인 것은 모두 자신이 한 것이라고 자백하였다.

신 금제사는 도적이 구월산으로 가려고 한다는 말을 듣고 자기편에는 꼭 필요하면서도 적에게는 해로운 지점에서 적을 기습하기 위하여 적이 지날 만한 길목에 군사를 매복하고 기다리겠다고 하였다.

영돈녕 이상에게 명을 내렸다.

윤산'이 '김일동'과 함께 관군에게 대항한 것과 사람을 살해한 것을 모두 사실대로 저지른 죄를 자백받고 그들이 순순히 명령이나 의사에 그대로 따랐다 다시 더 물을 것이 없었다. 이제 형벌을 행하여 위엄을 보여서 모든 도 백성의 마음을 즐겁고 상쾌하게 하고 도적무리가 넋을 잃게 하는 것이 어떠하겠는가?" 하였다. 이계동이 이미 그 실정을 다 문초하여 알아내었으니, 형을 집행하여 위엄을 보이는 것이 좋겠다고 했다.

윤필상은 이야기를 끄집어냈다. 도적이 꾀나 방법을 생각해 내는 것이 궁하여 산으로 올라갔으니, 그들을 잡는 것은 시간문제라 생각했다. 도둑무리를 모두 잡기를 기다려서 밝고 바르게 형을 집행하여 온 도 백성을 위로하고 싶었다고 음속에 품고 있는 여러 가지 생각을 말했다.

이극배가 입을 열었다. "임금의 지시가 진실로 마땅하오나, '윤산'이

벌써 죽었다면 서울에 잡아 온 관련자 사십칠 명이 같은 도둑의 무리인지에 대한 사실 여부를 누가 어떻게 분별해 내겠습니까? 그리고 '윤산' 소속의 같은 무리가 다섯 사람에 그친다는 말을 어찌 그대로 믿을 수 있겠습니까? 이 큰 도적은 끝까지 죄인을 심문하고 탄핵하여 형을 정하고 서울로 압송하여 사십칠 명과 함께 분별해 밝히게 하고 정상을 끝까지 심문하고 탄핵한 뒤에 본도로 돌려보내야 합니다. 그리고 죄인의 목을 베어 높은 곳에 매달아 놓아 온도 민심을 통쾌, 즐겁고 상쾌하게 하는 것도 오히려 늦지 아니합니다. 어찌하여 먼저 한 사람을 잡았다고 하여 급하게 국가가 범죄자에게 제재를 가할 필요가 있겠는가? 서둘지 말라"는 언급하였다.

같은 해 강도 김일동 관련 12월 기사에는
임금을 호위할 때, 궁중을 지키고 군왕을 호위하는 금군의 일을 맡아 보던 관아의 이 현손이 강도 '김일동'의 얼굴을 알고 있었다. 그래서 스스로 자신이 가서 그를 잡기를 청하였다. 현손이 수안군에서 태어나고 자라서 강도 김일동의 얼굴 생김새를 생생하게 잘 알고 있었다. 그가 가서 체포하기를 자원하였다. 임금이 명분과 의리로 이 계동이 능히 잡지 못하면 내가 마땅히 처리하겠다고 하였다.

그해 12월 기사에,
이계동에게 전 도 군마를 뽑아 산과 들을 포위하여 김일동을 사로잡을 것을 명하였다.

그 후 김일동 무리가 모두 사로잡혔다는 보고가 있었다. 의지를 밝힌 후 아마 그들은 이제 형세가 외로움에 지치고 세가 약하여 다시 침략하지 못할 것이었다. 또 굶주림과 추위에 몹시 곤궁하여 반드시 절간이나 마을 집에 왕래할 것이 뻔하니, 그대는 온도 군마를 모두 뽑아서 산과 들을 포위하여 도적이 달아날 길이 없게 퇴로를 차단하라. 그러면 하루아침에 사로잡을 수 있을 거라고 계동은 명받았다.

그해 육 일 후 12월 기사에

우부승지가 강도 김일동 무리의 죄를 심문한 초안을 가지고 편전 들어갔다. 그대는 김일동이 도적을 일으킨 것이 이제 이미 여러 해가 되었다. 그런데, 전체 도민이 모두가 그의 점잖고 말이나 행동 따위가 위엄 있고 정중함에 질려서 감히 누구도 어떻게 하지 못하였었다. 하루이틀 머물러 자게 한 것과 혹은 한 끼의 밥을 준 사람을 모두 도둑의 우두머리 접주로 논하였으니, 예전에 이르기를, '남의 위협에 눌려 복종하는 것은 나랏일을 보살피거나 맡기지 말라.'고 하였다. 이 같은 사람들은 빠르게 처리해 나가는 것이 필요하다고 하였다.

사흘 뒤 12월 기사에

체찰사 이철견에게 고립된 강도들을 일시에 수색하여 잡기를 명하였다. 강도 김일동과 김경의 등은 형세가 고립되고 힘이 빠져나가거나 피해 나갈 길이나 방법도 없이 도망해 숨었다. 굶주림과 추위에 못 이기기가 힘든 상태였다. 그들은 반드시 산사나 마을 집을 찾아 의지해야 할 것으로 믿었다. 양 도에서 서로 호응하여 아전과 이졸을 모두 몰아서 일시에 함께 일어나 수색하면 마치 그물에 새를 한꺼번에 몰아넣어 일망타진할 수 있듯이, 마음과 정성을 모아 사태를 잘 살펴 필요한 일에 대처할 계획이나 수단을 세워 반드시 잡기를 명하였다.

몇 년간 군도들 기세가 한풀 꺾이어 기사가 잠잠했다.

길동 나이 53세쯤에 무령군 유자광이 임금에게 아뢰기를,

신 자광이 듣건대, 김화 현 가을쯤에 큰 도둑 이십여 명이 한곳에 떼지어 머무르다가 길 가는 사람을 겁탈하는 사건이 발생했다. 신은 이들이 점점 무리를 모아 가는 형상이 김일동의 무리라 판단했다. 혹시 이들이 관군에게 대항한 것처럼 될까 염려하였다. 이것은 반드시 서울 안의 무뢰한들일 것이 뻔한데, 만약에 이들을 잡는다고 크게 발설한다면 정보를 미리 알고 저들이 반드시 달아나 숨을 것이다. 생각 끝에 몰래 무사를 보내어, 마치 길 가는 사람처럼 꾸며서 유인하는 꾀를 썼다. 계획대로 뜻밖에 기습하면 죄다 잡을 수 있을 것이라 말하였다.

임금이 명령을 내렸다. 믿고 보낼 만한 무신을 선발하여 비밀히 일을 꾀하는 방법과 계략을 세워 빈틈없이 준비하여 보내라고 명하였다.

또 다른 강도 김경의 관련하여 언급하셨다.

강도 김일동과 김경의 등은 형세가 고립되어 도망해 숨어 종적을 알 수 없었다. 굶주림과 추위에 못 견디어서 틀림없이 절간이나, 민가로 찾아들 것이 뻔하였다. 민가에 가서 몸을 의지하여 숨을 것이니, 함길도와 평안도서 서로 호응하여 군사들이 모두 협력하여 함께 상대하여

수색하면 그물 가운데 일망타진하여 한꺼번에 잡을 수 있을 것이다. 곡진히 조치하여 반드시 잡기를 기약하라." 하였다.

다음 해 또 다른 도둑 '김막동' 관련 정초 기사에는
금제사 이계동이 김막동과 김경의 아내 기질이, 봉산 사람 이실, 그리고 수안 사람 이실을 체포해 왔다.
성종 임금이 묻기를, 이들을 어떻게 체포하였는가?" 물었다.
이계동이 보고했다. 정월 초하루 날에 재령 곁에 있는 다섯 고을 군사를 징발하여 그 수하들을 재령 서면 신축 평에 모이라 하였다. 신과 군관 등이 길을 나누어 군사를 함께 데리고 산과 들로 몰아서 달렸다. 도적이 몰래 논밭 가운데 몸을 숨기는 것을 처음 찾아냈다. 전의 만호 박 산이 군사를 거느리고 포위하자, 도적이 갑자기 나와서 화살 수십 발을 마구 쏘아댔다. 포위망을 뚫고 달아나는 것을 박 산이 말을 달려 쫓았다. 작고 짧은 화살촉으로 쏘았다. 매우 다행스럽게도 달아나는 김막동 발바닥을 명중시켰다. 인하여 그들에게 큰소리 외치면서 달려들며 위협하였다. '네가 활과 칼을 놓고 꿇어앉지 아니하면 다시 한번 화살을 쏘아서 바로 죽이겠다.'라고 하자, 도적이 기세에 눌려 그 말대로 고분고분하므로 곧 사로잡았다.
박산이 또 말을 달려 '김경의'를 쫓았다. 추적 끝에 활을 쏘아서 왼쪽 어깨에 명중하였다. 김경의가 순순히 두 손을 모으고 꿇어앉았다. 기세에 꺾이어, 또 손쉽게 사로잡았다. 김막동은 움직임이 날듯이 기운차고 빠르고 용맹스러움이 뛰어나므로, 군사들이 감히 그의 위세에 기운을 펴지 못하고 움츠러들었다. 혹시 간교하고 바르지 못한 무리가 몰래 나타날 것을 두려워하였다. 결국 끔찍하게 그 손바닥을 뚫어 새끼로 꿴 채로 잡아 준비하고 기다렸다.

임금이 명령을 내리시었다.

'김막동'이 극도로 피로하고 배고픔에 지쳐 있었다. 무리도 흩어져서 어떻게 할 수 없었다. '손바닥을 뚫은 것은 가혹한 듯하구나!' 연민의 정을 보이며 말 한마디 하는 듯하였다. 아울러 박산 공이 작지 아니하니, 문관에 벼슬자리 등용하라고 하였다.

그리고 이계동에게 무관이 입던 공복 하나, 사슴 가죽 신발과 모직물 하나, 큰 어살 한 부, 활 일 장, 표범의 가죽 한 장을 내려주셨다. 종사관 한 사람과 군관 열 사람에게 각각 호랑이의 털가죽 한 장, 활 일 장을 내려주었다. 그리고 김막동이 도둑질한 곳 및 같은 무리와 와주[13] 등을 승지 이종호가 트집 잡아서 따지며 물었다.

또 임금의 글로 다그치듯 요목 조목 '김막동'에게 물었다. "어느 해에 일어나서 강도가 되었는가? 일련의 상황에 비추어 죽인 것이 몇 사람이냐? 남의 가산을 빼앗은 것이 몇 회가 되냐?, 남의 아내를 빼앗은 것이 몇 명이냐?" 조목조목 물었다. 네가 큰 죄를 범하여, 이제 조금도 숨길 수 없으니 오로지 진실만을 진술하라고 하였다. 한편 원한으로 거짓말로 남을 끌어들이거나 같은 무리를 숨겨서는 절대 안 될 것이다. "관찰사는 한 도道의 주인인데 네가 어찌하여 장물을 겁탈하고 화

---

13) 도둑이나 노름꾼 따위 소굴의 우두머리

살까지 쏘았느냐? 만약 감사가 장물을 주지 아니하였으면 네가 감사를 죽였겠느냐?"라고 끝까지 물어서 아뢰라고 하였다.

한편 다른 지역에서도 명성을 얻어가는 강도 홍길동도 있었다. 사회적 기강이 무너지고 혼란한 시기에 얼자로 태어나 자신의 처지를 원망하고 세상을 탓하며 세상 밖으로 나와 반드시 출세해서 세상에 이름을 드날리라 마음먹었다.

그는 열 살 남짓한 나이에 길을 떠났다. 세상에 홀로 던져져 점차 험하고 두려운 날을 감당해야 했다. 그는 점차 얼자로서 생활을 터득해 갔다. 나이에 비해 꽤 어른스러웠고 담대했다. 나이가 들어감에 따라 그에게 두려움은 없었다. 길동은 때론 도둑이 되기도 하고 때론 산업 경영이 무엇인지도 모른 채 삶을 체득하였다. 이 당시 천얼은 산업 경영이 자유롭지 못한 사회였다. 그런데도 재산을 형성하는 수법도 익히면서 경험도 축적되었다. 훔친 장물은 관아의 관리와 거래하였다. 재화도 많이 모이게 되었지만, 소굴의 우두머리 관계도 별 허물이 없이 깔끔하게 처리되었다.

어느 날 주림에 지친 길동은 무리와 하염없이 걷다가 산속에서 뜻하지 않게 다른 도적 떼의 소굴을 발견하게 되었다. 굶주려 허기진 상태에서 찾아간 곳에서 시장기를 채울 수 있었다. 마침 길동이 도착한 날이 무리의 행사가 있는 날이었다. 그들의 생활을 엿보게 되었다. 그들은 서로 의기투합하여 눈덩이 굴리듯 무리의 믿음을 주어 신임을 키웠다. 나중에는 도둑이 한둘 늘어나더니 무리가 좀 더 크게 되었다. 생존의 시험이 길어졌다. 어느 사이 그의 총명함이 빛을 발하여 결국 도적 떼의 우두머리가 되는 과정을 거쳐 자신의 자리를 지킬 수 있는 위치에 와 있었다.

소굴에서 익히고 배운 지혜를 빌어 도적 떼를 이끌고 인근 사찰을 습격하여 재물을 훔쳤다. 그리고 산채에서 머물며 잔치를 벌인 뒤 부하들에게, 앞으로는 조선 팔도를 다니며 못된 벼슬아치들이 힘이 없는 백성에게서 빼앗은 재물을 훔쳐 굶주리는 백성들에게 돌려줄 것이고, 선량한 백성의 재물에는 절대 손을 대서는 안 되며 우리 무리는 가난한 백성을 돕는다는 뜻의 '활빈당'을 조직하여 활동하면서 입신양명하여 후세에 아름다운 이름을 날리겠다고 다짐했던 그였다.

길동이 모든 도적과 의논하였다.

길동 왈,

"우리는 비록 도둑 무리이지만 본래 향민이었다. 난시를 당하면 전쟁에 쓰는 화살과 돌이 날아드는 것을 무릅쓰고 무리를 위하는 사람들이다. 그러나 현재는 화목하고 평온한 때이다. 아직 산님이 은거하시니 만일 백성을 침범하거나 백성의 살림집이 많이 모여 있는 곳에 폐단을 일으키는 자가 있으면 군법을 처리하고, 진상과 상납전 곡간 탈취하면 이는 역적이라 여겨 사죄를 면치 못할 것이다. 다만 각 읍 재물을 마구 착취하여 백성을 괴롭히며, 공적인 것을 빙자하여 사적인 이득을 꾀하는 불의의 세력들 재물을 빼앗아 함께 나눠 먹으면 이는 의적이니라. 이제 우리 활빈당의 큰 법이니 모두는 명심하라." 하였다. 모두가 응낙하여 명령을 받들었다.

한 건 실지로 행한 후에는 잠적하여 잠잠할 만할 때였다. 길동이 제인 불러 분부하였다.

"우리 창고가 비었으니, 함경도 감영에 가서 창곡과 병기를 도적질하고자 하니, 그대 등은 한 사람씩 후 터 성에 들어가는 날 남문 밖에 불 일어남을 보고 적절히 임기응변으로 대응 바란다. 감사와 관국이며 각 사무를 분담하여 처리하는 기관 또는 부서 역할 책임자는 백성이 성 밖에 나가길 기다려라. 성안의 빌 틈을 타 창고에 쌓아 둔 곡식과 병기를 알아내거나 찾기 위하여 조사하거나 엿보되, 백성은 추호도 침범하지 말라." 하였다.

이후 오육 인을 평소와 다르게 옷을 차려입고 함께 길을 떠났다. 기약한 날 밤 사경(1~3시)에 감영 남문 밖에 이르러 땔나무로 쓰는 풀을 사용하여 불을 지르니, 갑자기 불빛이 치솟았다. 관가며 백성 등이 불이 타오르는 기세가 급함을 보고 마음이 너무 급하여 우왕좌왕하는 모습이 바쁘고 수선스러웠다. 길동이 빨리 성안에 들어가 관문을 두드리며 외치기를,

"불길이 타오르는 기세가 급하니 바삐 구하소서." 했다.

감사 잠결에 이 소리를 듣고 급히 일어나 바라보니 불빛이 치솟았다. 일변 군사를 지휘하여 내달리니 성안이 요란하여 남녀노소 없이 다 나가니 창고 지켰던 군사 하나 평소와 다르게 옷을 차려입는 것도 없었다. 이때 길동이 모든 도적을 지휘하여 창고를 열고 활과 화살 그리고 곡식 전체를 수사하고 탐지하여 우마에 싣고 북문으로 내달렸다. 마치 축지법을 쓰듯 밤새도록 달아났다. 동북에 이르니 동쪽 하늘이 겨우 밝았다.

길동이 무리 모두에게 이르기를,

"우리가 정의에 어긋나는 일을 행하였으나 감사가 글로 써서 올려 보고하면 아마 우리를 잡지 못할 것이다. 그중 애매한 이가 잡혀 죄 뒤집어쓸 것이니 어찌 죄악이 아니겠는가? 이제 감영 북문 밖에 재물을 도적질한 자는 활빈당 우두머리 홍길동이라고 방을 써 붙이라." 하였다.

모든 도적이 이 말을 듣고 놀라 이르기를,

"대장 어찌 화를 스스로 부르시오?" 하니,

길동이 웃으며 왈,

"여러분은 겁내지 말라. 자연 피할 묘책이 있으니 지휘하는 대로 거행하라." 분부하였다.

모든 도적이 영을 거역하지 못하였다. 밤이 오기를 기다려 북문에 가 방을 붙이라. 이날 밤에 길동이 훨씬 뛰어난 능력 있는 사람 일곱 명을 선발하여 각각 임명하였다. 누가 누구인지 분간하지 못하였다. 각자가 일시에 팔을 뽐내며 크게 소리하며 한곳에 모였다. 모두 서로 사이 의견을 충분히 주고받으며 목표에 따라서 미리 일을 꾸몄다. 어떤 자가 진짜 길동인 줄 알지 못했다.

모든 도둑이 손뼉 쳐 이르기를,

"행수님의 신기한 지혜와 재주는 귀신도 감히 측량치 못하겠습니다." 했다.

이제 여러 길동이 팔도로 하나씩 분산하여 도적 오백씩 거느리고 가게 하니, 모든 도적 등이 각각 행장을 차려 길을 떠났다. 참 길동이 어느 곳에 묻혀 있는 줄 알지 못하였다.

　함경감사가 돌아왔다. 그런데 이미 창곡과 군기를 다 도적질하여 갔다. 감사 정도를 훨씬 넘게 놀라서 급히 그 사실을 여러 곳으로 세상에 널리 알리었다. 그 종적을 알지 못하더니 북문 군사가 보고하기를,
"그날 밤에 여차여차하여 방을 붙였습니다."
　감사 그 방을 보고 왈,
"이는 천고의 매우 드물거나 신기한 일이로다." 하였다.
　그리고 좌우에 물어 이르기를,
"함경도 내에 홍길동이란 사람이 있느냐?"
　좌우 누구도 안다고 답하는 사람이 없었다. 감사가 가장 근심하여 한편 각 읍 하급 관아로 허가서를 발급하여 보냈다. 도적 잔당을 잡으라 하고, 또 나라에 아뢰었다. 상이 또 가르침을 주시어 팔도 각 읍의 방 붙여 길동을 잡으라 하셨다. 또 각 군문의 군용을 연습하고 건장한 군마를 써 지키라 덧붙이었다.
　길동이 다른 것처럼 보이는 허깨비 7명을 한 곳에 한 명씩 보냈다. 자기는 경상 양도에서 각 읍에서 물건을 보내는 것을 알고 일일이 탈취하고 있었다. 팔도가 떠들썩하여 밤에 능히 잠을 자지 못하고 창고와 군기를 엄히 지켰으나 허사였다. 길동이 변장하는 술법이 뛰어났다. 대낮에 사람의 눈을 뜨지 못하게 하고 창곡과 군기를 종적 없이 가져갔다. 이로 말미암아 도로에서 연극을 하니, 모두가 희롱당하는 기분이었다. 홍길동이란 무리가 행하는 재주는 변화무상한 술법으로 각 읍 수령의 재물을 탈취하니 그 형세 가장 가 놀라워 능히 감정, 충동,

생각을 막거나 누르지 못하였다.

　상이 보시고 더욱 놀라서 이르기를,

　"이 도적은 용맹과 술법이 옛날 '공명'이라도 믿지 못할 지경이로구나! 아무리 신기한 들 어찌 한 몸이 한날한시에 팔도로 다니며 장난을 치는가? 이는 평범한 도적이 아니라. 누가 능히 이 도적을 잡아 나라의 근심을 덜 수 있겠는가?" 하셨다.

　무오사화로 인해 상당수의 사림파가 목숨을 잃거나 귀양을 가게 되었다. 수년에 걸친 전국적인 가뭄으로 조정에 대한 백성들의 원성이 하늘을 찔렀다. 민심을 수습하기 위해 감옥에 갇힌 죄수들을 석방하였다. 가족과 함께 함경도지방에 가서 살도록 하는 대사면령이 내려졌다. 이로 말미암아 홍길동 집단도 자의 반 타의 반 체포되는 형식으로 자수하였다.

　관리의 신분에 따른 예규가 1469에 제정되어 1470년에 실시된 후 그는 관원들의 복식 규정인 '의장儀章 입고 다닌 강상죄[14]'로 충청도에서 서울로 압송되어 의금부에 갇힌 전례가 있었다. 장영기도 이 당시 지위가 높은 사람이 행차할 때 위엄을 보이기 위해 격식을 갖추어 으스대는 복장이 재상과 비슷하게 차려입었다고 전하고 있다.

　이때 연산 6년(1500년) 10월에 홍길동을 도와준 엄귀손 처벌이 의논되었다. 귀손은 길동 일당의 우두머리이었다. 길동의 체포도 시간

---

14) 고위관직을 사칭하여 관리를 능욕한 죄. 삼강(三綱)과 오상(五常)의 도덕을
　　심 하게 위반한 죄.

문제였다. 윤필상이 귀손과 홍길동의 서로 걸리어 얽힌 관계를 주장했다. 그는 포악하고 독한 무리끼리 작당하여 백성들에게 큰 해독을 끼쳤으니, 이 같은 도적들은 대하여 세상 사람들이 사실을 안다면 아마 사람마다 분개할 것이라 했다. 만약 백성들이 분개의 사실을 들었다면 의당 고발하여 체포해야 할 것이라고 떠들썩하고 어수선한 데가 있었다.

결국 귀손도 의정부의 국문에 임할 수밖에 없었다. 이후 그는 옥사하였다. 어떻게 죽었는지 자세하지 않아 알 길이 없다. 귀손도 길동과 함께 3000리 유배형의 주장이 있었으나 그들은 운명은 엇갈리었다. 한 사람은 죽음을 맞이하였고, 또 한 사람은 유구로 떠나는 처지가 되었다. 남해 유배지에서 만나 무슨 이야기를 나눴는지? 그들의 사연을 묻은 채, 귀손 삶의 마지막 순간과 길동의 유구 출항은 비슷한 시기에 이루어졌다.

강도 홍길동을 잡았으니 나머지 무리도 소탕하게 했다.

영의정, 좌의정, 우의정 삼정승이 입을 모아 아뢰었다.

강도 홍길동洪吉童을 잡았다는 소식이 알려졌다. 앓던 이가 빠진 것처럼 시원하다고 느끼는 듯하였다. 백성을 위한다는 명목으로 조정을 해치고 망가뜨리는 것을 제거하는 일이었다. 또한 나라의 명예, 체면이나 가치 등 격을 떨어지게 하는 유교 사회에서 강상죄가 무엇보다 크고 중대한 문제로 인식했다.

그 죄를 단죄하는 것이 관건이었다. 청컨대 이 어려운 시기에 잔당을 다잡아 백성의 근심을 덜 수 있도록 한 것만으로도 백성의 우환을

없앨 수 있는 좋은 해결책이었다. 왕께서 정승들의 뜻에 따라 결정되어 흐뭇해하셨다.

때론 도둑을 다스릴 때 형벌이 남용되기도 했다. 나무 집개를 제작하여 죄인의 급소를 집어 자백받거나, 곤장의 모서리로 정강이 또는 발꿈치를 때리고 사람을 형구에 결박하고 곤장으로 엉덩이에 마찰하여 피부가 벗겨지게 하는 사례 등이 있었다. 마음 편치 못할 아픔이었다.

도둑과 강도는 제주에 들여보내지 않았다. 그들을 거제巨濟, 진도珍島, 남해南海 등 3도島에 제한하여 밖에서 안으로 들여보냈다. 길동은 자의 반 타의 반으로 자수하여 체포되었다. 남해로 유배되어 장형 70대에 3000리 밖으로 내쳐졌다.

사법재판 裁判

이익의 성호사설에서

시씨柴氏 주나라[15] 때에 두엄이 상소하기를.

"도둑에게 서로 고발하도록 하고 고발된 자의 재산의 반을 상으로 준다. 혹 친척이 괴수로 있으면 그 무리만을 죄를 논하고 괴수는 용서한다. 이와 같이하면 도둑이 능히 모이지 못할 것이다" 하였다. 이것은 당시의 병법이었다.

조선에서는 도둑을 다스리는데 일정한 법이 없었다. 결국 양민이 해를 당하는 경우가 생겼다. 황해도와 평안도가 특히 심하였다. 김막동, 김일동, 김경의, 윤산, 박준금 등이 황해도에서 활동하였다. 간사하고 꾀가 많았던 우두머리는 모두 그중에서 나왔다. 혹은 잡히지 않은 자도 있었다. 이들이 서로 연락하고 들락날락하여 나라의 깊은 근심이 되었다. 외적이 침범하는 틈을 타고 불쑥 나오면 어떤 경우에 이르게 될지 알 수 없었다.

지금 두엄의 병법을 모방해서 잡혀온 도둑 가운데에 바뀌어 달라짐이나 탈이 없이 제대로인 상태를 술술 다 고백하도록 유도했다. 그리

---

[15] 중국 5대 때에 시씨가 세운 나라

고 압수한 재산으로 후하게 상을 주었다. 그를 석방하여 그 무리에게 신용을 보이게 했다. 자수한 자가 다만 죄를 면했을 뿐 아니라 겸해서 재산까지 받게 되면 그 무리가 의심하게 될 것이라 했다. 하여 그 무리가 의심하고 꺼려서 그 무리에 동참할 수 없게 될 것이라고 말했다.

또 두엄이 말하기를.

"신정 고을이 단결하여서 의영義營을 만들고 각각 장교와 감사 도우미 막좌幕佐를 세웠다. 한 집에 도둑질하면 한 마을이 정신적으로나 물질적으로 입는 피해나 괴로움을 당하고, 한 명이 도둑을 맞으면 한 장교가 죄를 당했다. 매양 도둑이 발생하면 북을 울리어 횃불을 들고 장정이 모여들었다. 도둑은 적고 양민이 많았으므로 서툴지 않고 익숙하게 빠져 달아나는 자가 없었다. 이로 말미암아 한 테두리 안의 땅이 홀로 깨끗하다 하였다. 그래서 딴 고을에서도 모두 본받도록 청한다." 하였다.

그 일도 좋은 방법이 되었다. 그러나 '장교'와 '막좌'라는 자도 또한 후한 이익이나 이득이 있게 한 다음이라야 그 가능 여부를 추궁할 수가 있었다. 그러므로 마을 안 두어 집이 바치는 호세戶稅를 받아먹고, 관아 부역을 면하도록 하였다. 지금 군사에게 보호保戶[16] 두는 제도와 같게 하면 반드시 그 직무에 충실할 것으로 믿었다. 무릇 도둑으로서 잡힌 자는 남의 집이나 타향에서 임시로 몸을 붙여 사는 곳을 따져서 간특한 자를 능히 발견하지 못한 마을이 죄가 공평할 수 있도록 하였

---

16) 군인 한 사람이 번番에 오르면 그 사람의 가사를 보호하도록 정해진 두 집

다. 그 속전[17]을 고발한 자와 체포한 자에 차등하여 상을 주었다. 혹 깊은 골짜기에 이웃이 없는 곳은 고을에서 두어 사람 범인을 체포하려고 수소문하고 염탐하며 행인을 검문하던 자를 두어서 고을 안을 고루 염탐하도록 했다.

도둑 3명 이상을 잡은 자는 장교로 승진시켜서 그 임무에 충실할 수 있도록 했다. 도둑이 있는데도 제대로 살피지 못한 자는 속전과 태형笞刑을 규칙과 정해진 관례대로 처리하였다. 다른 방편으로 규칙을 낮추어서 보호되도록 하여 두려움이 없도록 했다. 이처럼 실제로 행한다면, 백성들이 유리하여 떠돌며 토착하지 못하는 걱정이 없어지고 도둑질도 사라질 것이었다. 사람을 늘 편하게 보호한다고 핑계를 대면서 포악한 자를 행위를 하지 못하게 꾀어서 이끌지만 약속을 늦추어 어기기만 경우도 있었다. 행정상의 사무를 할 줄 모르는 자로 간주하였다.

'가난한 백성으로서 의식을 빼앗기는 것이 국가에 도성(서울)이 점령되는 것이 무엇이 다르겠는가?'

나라가 그런 일을 당하면 반드시 백성을 몰아서 도적을 방어하도록 했다. 그러면서도 백성에게 관계되는 일에 대해서는 무심하게 넘기는 것이 과연 옳은 일인가? 근심이 없도록 생각하지 않는 것이 옳은가? 방지책이 되려면 반드시 모든 수단과 방법을 찾아야 한다. 여러 신하에게 논의를 붙여 도둑과 화재, 상벌의 관계를 잘 정리하여 사회적 혼

---

17) 죄값으로 바치는 돈

란의 고리를 끊었어야만 백성은 편안하게 잠들 수 있을 거라 여겼다.

  조선시대의 형법은 일반적으로 중국 명나라의 '대명률'이 바탕이 되었다. 대명률의 첫머리에는 태, 장, 도, 류, 사라고 하는 다섯 가지의 형벌이 기록되어 있었다. 태, 장형의 경우는 가벼운 죄를 범한 때, 태와 장으로 죄인의 볼기를 치는 형벌이다. 태형은 10대에서 50대까지, 장형은 60-100대까지 각각 다섯 등급으로 나누어 집행하였다. 원래 대명률에서는 가시나무를 사용하도록 하였다. 그러나, 조선에서는 일반적으로 물푸레나무를 사용하였고, 없으면 다른 나무를 대신 썼다고 한다. 도형은 비교적 중한 죄를 범한 자를 관에 붙잡아 두고 힘든 일을 시켰다. 지금의 징역형과 비슷하였다. 1년, 1년 반, 2년, 2년 반, 3년까지 기간이 다섯 가지로 정해져 있었다. 각각에 장 60, 장 70, 장 80, 장 90, 장 100형이 반드시 뒤따랐다. 유형은 매우 중한 죄를 범한 자를 차마 사형시키지 못하는 경우가 있었다. 먼 지방으로 귀양 보내어 죽을 때까지 살게 했다. 유배 보내는 거리에 따라 이천 리, 이천오백 리, 삼천 리의 세 등급이 있었다. 각각에 장 100형을 집행하였다. 마지막으로 극형인 사형에는 교수형과 참형이 있었다.

  지금 우리 생각으로는 어떻게 죽든 죽는 것은 마찬가지라고 여길 수 있다. 그렇지만, 당시에는 죄에 따라 이 또한 차별을 두었다. 목을 매는 교수형이 그나마 신체는 온전히 할 수 있었던 것에 비해 목을 베는 참형이 더 무거운 형벌이었다. 능지처사 혹은 능지처참이라 하여 반역자나 대역죄인의 신체와 목을 모두 베어 분리했다. 매장을 허용하지 않는 건 더 가혹한 사형 집행 방식이었다. 또한 효수라 하여 참형에 처한 후 그 머리를 매달아, 다른 사람이 볼 수 있도록 하였다. 사형은 오로지 군주만이 결정하는 사안이었다.

　삼정승이 엄귀손 비행을 아뢰었다. 홍길동을 도와준 엄귀손에게 끝까지 국문하게 하였다.

　엄귀손은 본래부터 지나치게 탐하는 욕심이 많았다. 동래 현령이 되어서는 관청의 물품을 도둑질하여 자신 것으로 취했다. 그 일로 죄를 처벌받아 파면되었다. 한편 평안도 수군절도사를 보좌하는 일을 맡아 보던 무관 벼슬이 되기도 했다. 그는 직책을 망각하고 공물을 함부로 훔친 일로 파면까지 되기도 했다. 그가 탐욕이 많고 행동이나 성질이 고상하지 못하였다. 또한 순수하지 못하거나 인색하다고 여기는 것이 뭇사람들의 인식이 있었다.

　또한 일찍이 양인의 딸에게 장가들었다가 아름다우면 첩으로 삼고 아름답지 않으면 종의 아내를 삼게 하였다. 일종의 일탈적 행위를 스스로 행했다. 이 때문에 양인을 잡아다가 천인을 만든 일이 또한 많았다. 그는 본디의 목적이나 규범, 조직 따위에서 빠져 벗어난 행동은 백성이 잘못을 지적하여 비난하는 대상이었다. 본래는 노복奴僕과 재산이 없었다. 그런데도 서울과 지방에 집을 사두고 곡식을 3~4천 석이나 있었다. 본디의 목적이나 규범, 조직 따위로부터 빠져 있어 벗어난 행동을 일삼았다.

　이토록 하나하나 쌓은 것으로 부유하게 된 것이 지극히 허황하고 터무니가 없었다. 강도와 서로 내통한 동업자였다는 것이었다. 당시 사회적 현실은 부정과 부패가 심각하여 매관매직도 성행하였다.

청컨대

"강도와 서로 통한 죄를 끝까지 국문하소서." 하니,

그대로 그들의 의견을 좇아 국문했다.

전하께서 정승들에게 홍길동의 무리인 귀손이 어찌 당상의 자리에 올랐는지 물어보았다.

그 내용을 다 듣고서 전하께서 명을 내리시기를,

"홍길동洪吉同의 진술서인 초사招辭[18]를 보니, 홍길동이 소굴의 우두머리인 귀손과 결탁한 일이 있는데도 어떻게 벼슬이 정3품의 지위에까지 올라간 것인가? 그 정승들을 불러 이 초사를 보이라." 하였다.

홍길동과 서로 공모하여 죄를 범한 귀손은 연산군 이후 중종(폐비 윤씨 다음에 이어 성종과 결혼한 정현왕후 윤씨 사이에서 난 2째 아들)과 서로 외숙의 관계를 맺고 있었다. 배후가 상당하였다. 연산과 중종은 서로 이복형제였다.

도둑 소굴의 우두머리 귀손이 길동 범죄 수행을 돕는 행위로 말미암아 그가 양반의 행세를 하고 기세등등하게 양반의 복장을 하고서 활동하고 다녔다. 길동은 서로 공모하여 죄를 범함으로써 삼강오륜을 저버린 반인륜적 사건에 해당하였다. 사람이 지켜야 할 도리인 강상綱常의 죄인이 되었다. 사대부가의 관계, 종친들 간의 복잡한 관계도 한몫했다.

당시 세조 이후 행수 법이 실행되었다. 지위와 신분 등의 높음과 낮

---

18) 죄인이 자기의 범죄 사실을 진술하던 말

음을 정하고 공로를 나누는 기준으로 삼았다. 관직은 재능에 따라 제수되었다. 당시에 품계와 관직을 일치시키는 것을 대품對品이라 했다. 품계는 관직 세계의 벼슬 품계로서 모든 관리에게 광범하게 적용되었다. 이와 달리, 관직은 일정한 수로 제한되어 있었다. 관리들의 능력에도 차이가 있기 때문, 관직 제수에서 빠짐없이 대품을 시킨다는 것은 실제로 어려운 일이었다. 관직이 품계보다 낮은 경우를 '行', 관직이 품계보다 높은 경우를 '守'라 하였다. 직함을 쓸 때 '行' 또는 '守'를 품계 뒤 관사 명 앞에 쓰게 되어 있었다. 품계와 관직이 서로 상응하지 않은 벼슬아치에게 구분하여 칭호를 붙였다. 종3품 첨절제사로 군공은 이었으나 천한 신분이었다. 당하관이었으나 당상관의 복장을 하였던 것이었다. 당시 얼자 출신으로 당상관이 된 자도 있었다. 군공이 있는 경우 벼슬이 승급된 사례도 있었다. 그는 군공을 있다고 생각하였으나 공식적으로 당상관이 될 수는 없었다. 그는 강상죄를 지은 사람으로 심한 차별을 느꼈다.

  장영기도 재상급의 복식을 즐겨 차려입었다. 낮은 신분의 허 모 씨도 강상죄 유혹을 떨칠 수 없었다. 결국 당상관의 복장을 한 죄로 송치되어 감옥 안으로 들여보냈다. 죄인으로 송치되어 온 것이 그의 분노를 자극하였다. 그의 분노가 강상죄 따위는 알려고 들거나 자기와 상관없는 일로 여겼다. 끼어들어 아는 체하거나 간섭하지 않으려 했다.

  삼정승이 아뢰기를,

"엄귀손이 당상이 된 것은 군공이 있는 까닭이고 태도와 행실로 된 것이 아닙니다. 그러나 조정의 관리로서 그 행동이 이러하였으니 신

등이 황당하여 부끄러움을 견딜 수 없습니다." 하였다.

그는 동래 현령 때 관청의 물품을 훔쳐 파면되었다. 평안도 수군절도사를 보좌하는 자리에 있을 때, 공물을 훔친 죄로 파면되었다. 탐심이 많고 처신이나 성질이 허름하고 지저분하고 말과 행동이 순수하지 못하거나 인색하였다. 그래서 부정 축재를 통해 얻은 재산이 서울과 지방에 집을 두었고, 곡식이 3~4천 석이나 됐다.

당상관이었던 귀손과 함께 한 길동도 당하관 3품 첨사로 활동했다. 경기지역에 10인의 첨사 자리가 있었다. 그중 하나로 절도사를 보좌하는 무관 벼슬이었다. 이는 그가 신분제도의 제한으로 그토록 원하던 것은 지위는 아니었다.

양반 자제는 7~8세가 되면 서당에 들어가 한자와 습자를 배우고, 15~16세에 이르면 중앙에서는 사학, 지방에서는 향교로 진학하였다. 사학과 향교에서 수년간 수학한 자는 생원과 진사를 뽑던 과거에 응시하는 것이 보통이었다. 그의 교육은 무과 계통의 교육으로 유교 경전과 병서 등 학술 이외에 무예를 닦아야 하는데도 특별한 교육기관이 따로 없었다. 훈련원에서 군사의 시재試才, 무예의 연마, 병서 습득해 실시하기는 했으나 곧 과거와 직결되는 교육기관은 아니었다. 잘해야 당하관이 될 수 있는 교육이었다.

그가 과거를 거쳤다면 당상관이 되어 당당하게 의관을 갖추었을 것이다. 당상관의 복장을 하였던 것은 재주를 부려 도피하려는 의도보다는 그 꿈의 다른 형태의 본디 모습을 알아볼 수 없게 옷차림이라 할 수 있었다. 보란 듯이 의관을 두르고 관군을 조롱하려는 것이었다. 귀손과 길동이 한솥밥 먹었지만 가는 길은 달랐다. 그가 살았던 시대에는 수많은 도둑과 강도가 활동하여 실록에 기록으로 전한다.

길동의 기사는 몇 줄에 불과하다. 활빈당 활동을 했지만, 백성 대하는 태도가 격이 달랐다. 사회적 혼란은 일으켰으나 잔악한 활동은 나타나지 않았다. 사회적 구조에서 생겨나는 부작용의 하나였지만 기본적으로 인간의 존엄을 해쳐 세상을 놀라게 하는 기사는 눈에 띄지 않는다. 당시 도둑이나 강도로 이름을 떨쳤던 자는 꽤 많았다. 그런데 왜 후세 사람의 입에 자주 오르내렸을까? 그는 윤리적 도덕적으로 위반되는 강상죄 형벌로 처벌되는 경우였다.

죄를 지은 자들은 유교 사회의 법적 절차에 적합한 형벌을 받았다. 중죄인의 심문에 고문이 허용되었다. 일반적으로 당시 죄인을 다스리는 데 사용된 형구는 태와 장, 신장, 곤장 등 세 종류가 있었다. 태와 장은 앞에서 든 오형 중의 하나이고, 군대에서는 곤장이 형장으로 사용되었다.

그리고 고문을 할 때는 신장을 사용하였다. 신장은 원칙적으로 가시나무로 만드는데 태·장과 같이 손잡이가 둥글다. 그렇지만 끝은 넓적해 죄인의 볼기와 넓적다리를 치게 되어 있었다. 중한 죄를 범하여 증거물이 명백한데도 자백하지 않는 경우 한 번에 30대까지 때릴 수 있었다. 또한 곤장은 버드나무로 만들었으며 태, 장보다 충격이 훨씬 크기 때문에 군무와 관련된 범죄에만 사용할 수 있었다. 지방 수령은 원래 신장이나 곤장을 사용할 수 없었다. 수령들이 곤장을 불법적으로 사용하였고, 원장이라 불리는 둥글고 큰 형구를 제작하여 사용하기도 했다.

　이 밖에도 가혹한 고문을 하여 그 폐단이 문제가 되었다. 고문의 대표적인 예는 도적을 다스릴 때 사용하던 난장형과 죄인의 두 다리를 묶고 그 틈에 두 개의 주릿대를 끼워 비틀던 형벌이 있었다. 난장은 발가락을 뽑아버리는 형벌이다. 주리는 '주리를 틀다.'라는 말에서 잘 알려져 있듯이 두 나무를 양쪽 정강이 사이에 얽어 끼워 비트는 것으로 백성들이 한번 이 고문을 당하면 죽을 때까지 부모 제사도 지낼 수 없을 정도로 후유증이 심각하였다. 중앙에서 역적을 다스릴 때 주로 사용되는 정강이를 나무로 강하게 누르는 압슬형, 몸을 단근질하는 낙형, 여러 사람이 주장을 들고 한꺼번에 신문하여 여러 개의 붉은 몽둥이로 죄인의 몸을 난타하는 일 등도 당시 무서운 고문의 하나였다.

　그런데 이와 같은 가혹한 고문과 신체형은 모든 신분에 적용된 것은 아니다. 문무 관리나 사대부는 큰 범죄가 아닌 경우에는 돈도 큰 죄가 아니면 형장을 치지 않았고, 늙은이와 어린이의 경우 고문이 금지되어 있었다. 특히 여자의 경우 볼기를 치는 일은 참으로 부끄럽고 불명예스러운 일로 여겼다.

　유교적인 가치관과 신분제가 강력하게 영향력을 미친 가운데 '법은 허물 수 있어도 윤리는 허물 수 없다.' 하거나 '형장은 대부에까지 미칠 수 없다.'라는 생각이 보편적이었으므로 이는 지극히 당연한 일이었다. 오늘날의 기준으로 본다면 유교적 가치와 신분에 따라 법 적용 기준이 달랐다.

　영의정 한치형, 좌의정 성준, 우의정 이극균이 아뢰었다.

"귀손이 당상이 된 것은 무공이 있기 때문이고 품행을 단정히 하여 공부로 된 것이 아닙니다. 그러나 조신으로서 그 행동이 이와 같으니, 신 등이 부끄러움을 견딜 수 없습니다." 하였다.

귀손과 관련된 사건이 한 달 뒤 사법적 결정이 내려졌다.

홍길동의 죄를 알고도 고발하지 않은 권농 이정을 변방에 보내기로 하였다.

의금부의 위관委官 한치형이 아뢰었다.

"강도 홍길동洪吉同이 갓 꼭대기에 옥 장식과 겉옷의 붉은 띠 차림으로 중추원 정삼품 무관 벼슬 첨지 중추부사라 자칭하였다.

모든 관직을 크게 4등급으로 가르기도 했다. 당상관과 당하관, 참상관參上官과 참하관이 4등급이 그것이다. 당상관은 정3품 중 문관의 통정대부通政大夫 이상, 무관의 절충장군折衝將軍 이상의 고급 관료이다. 당하관은 정3품 중 문관의 통훈대부通訓大夫, 무관의 어모장군禦侮將軍 이하의 관료를 말했다. 신분에 따른 신분에 따라 일정한 벼슬 이상으로 올라가지 못하게 제한하던 등용 제도가 있었다. 양반은 당상관에까지, 기술관과 서얼은 당하관까지 오를 수 있었다. 길동은 첨사로 정3품 당상관의 지위를 가져야 하나 소굴 우두머리 엄귀손 손발 노릇이나 하는 하급 행직 하나였다. 품계와 관직을 일치시키기 어려운 하급직이었다. 계유년 정란 이후 세조의 집권 과정에서 품계 높은 벼슬아치가 많이 나타났다. 정원에 초과하는 자리를 남발하였다. 그러다 보니, 자연 품계는 높고 낮은 직위에 임명되는 것을 행직行職, 품계는 낮고 높은 직위에 임명되는 것이 수직守職이라 했다. 이 제한 규정도 곧 무너지게 되었다. 그리하여 성종 조에는 당상관이 8, 9품 군직軍職을 행직行職으로 받는 경우가 많게 되었다. 이때가 성종 이후 연산군 때였다. 이에 '경국대전'에는 7품 이하는 2계, 6품 이상은 3계 이상을 수직으로 올려 받을 수 없도록 규정하였다. 그가 태어날 시기의 얼자들은 가장 큰 아픔이었다.

당상관은 고급 관료로서 천거할 수 있는 인사권, 소속 관료의 고과표를 작성할 수 있는 포폄권褒貶權[19], 군사를 지휘할 수 있는 군사권 등 여러 특권을 가지고 중요 국정에 참여할 수 있는 지위였다. 고려 귀족사회가 불과 10여 인의 중추원에 의해 국정이 의결된 데 비해 조선의 양반 관료는 많은 당상관에게 여러 특권을 부여하였다. 또 참상 이상이라야 지방 수령이 될 수 있었고, 수령의 역임은 당상관 승진의 필수 조건이기도 하였다.

대낮에 떼를 지어 무기를 가지고 관아에 드나들면서 거리낌 없이 행동을 자행하였다. 그 말단 행정직 권농은 면의 농사를 장려하던 직책이거나 조세 수취의 일을 맡아보는 관리로 부유한 양민이 담당했다. 이정은 리里의 책임자로 수령의 통제 받는 5가구를 관리하는 '통주'의 위의 직책이었다. 당상관 엄귀손을 우두머리로 첨사 홍길동, 말단직 이정과 권농이 관련되어 있었다. 이들은 풍속을 바로잡고 향리를 감찰하는 유향소留鄕所[20]의 품관들이 어찌 이를 몰랐다고 할 수 있겠습

---

19) 관리들의 근무 성적을 평가해 포상과 처벌에 반영하던 인사행정의 권리
20) 고려·조선시대, 지방의 수령을 보좌하던 자문 기관. 풍속을 바로잡고 향리를 감찰하며, 민의를 대변하였다.

니까? 그런데도 체포하여 고발하지 아니하였다. 범죄의 조직적 체계가 형성되어 있었습니다. 귀손의 비행과 더불어 길동의 일탈적 행동을 징계하지 않을 수 없습니다. 이들을 모두 변방으로 옮기는 것이 어떠 하리까?"했다.

전하께서 명령을 내리시기를,

"국법에 따라 처리하라." 하였다.

길동은 얼자라 양반들이 취조받는 금옥부 곧 의금부에서 다룰 대상이 아니었다.

호조가 논밭을 위한 측량을 청하였다.

호조가 아뢰기를,

"요사이 흉년이 잇따라, 토지 실제 경작 상황을 조사하기 위해 실시한 토지측량을 하였습니다. 기한이 이미 지났는데도 파악하지 않은 지 오래되었습니다. 대개 양전하는 일은 1~2년 동안에 해낼 수는 없습니다." 하였다.

경기는 연산군 때 인가를 철거하였다. 뒤로 자손이 끊어져 상속자가 없어지는 것이 매우 많았다. 충청도는 홍길동洪吉同이 도둑질한 뒤로 일정한 거처 없이 떠돌아다니는 현상이 많았다. 사회적 기능이 회복되지 못하여 경작 상황을 알기 위하여 토지의 넓이를 측량하던 것을 오래도록 실행하지 않았다. 그 결과로 세금을 거두기가 실로 어려웠다.

"금 년에 먼저 이 경기, 충청 두 도의 밭을 측량하소서." 하고 청원하였다. 당시 사회 구조의 취약 상을 엿볼 수 있었다.

국왕께서 명하시기를,

"양 전은 중대한 일이라 본디 해야 하나, 어찌 폐단이 되는 일이 없겠는가? 각부의 으뜸 벼슬에게 물어 보라." 하였다.

죄수를 본도의 큰 고을에 나누어 가두게 하였다.

고을 관리가 의논드리기를,

"포악한 도둑의 무리 60여 명을 지방 감옥에 가두게 되면 소홀히 하다가 그르칠 변이나 있지 않을까 염려됩니다. 개성은 대처라 군졸이 많으므로 여기에 가두는 것이 합당할 듯 생각됩니다. 또 경옥과 차이가 두드러지게 멀리 떨어지는 폐단도 없으므로 감히 그렇게 아뢴 것일 뿐입니다. 본도의 큰 고을에 나누어 가두고 조관을 보내어 죄상을 추궁하여 심문하는 것이 가합니다." 하였다.

또 의논드리기를,

"포악한 무리가 온 도내에 숨어 있으면서 양민에게 해를 끼쳤으니 진실로 매우 징계해야 합니다. 그런데 지금 체포된 자가 60여 인이니, 죄인이 범죄 사실을 진술하던 일에 관련된 자는 반드시 이보다 많을 것입니다. 만약 모두 경옥에 잡아 가둔다면 묶인 죄수가 길에 넘칠 것이니, 이는 보고 듣기에 매우 심하게 놀랄 정도로 이상하고 야릇할 것입니다. 지난번 있었던 '홍길동'의 사건을 거울삼을 만합니다. 비록 경옥으로 옮겨 오지 말더라도 본도의 큰 고을에 나누어 가두고, 조관을 보내어 자세히 캐며 꾸짖어 물었습니다. 또한 끝까지 자세히 캐며 꾸짖어 물으면 악당을 징계하여 다스릴 수 있을 것이며, 또 소홀히 하다가 그르칠 염려도 없습니다." 하니,

임금이 명령하셨다.

"이 뜻을 보니 삼공 생각이 모두 같은 뜻이다. 죄수를 개성부로 옮기지 말고 본도의 큰 고을에 나누어 가두고 조관을 보내 추문 하는 것으로 해당 수령에게 말하라. 또한 속히 본도 감사가 있는 곳에 하서 하여 감옥을 단속, 도망가는 자가 없도록 하라." 하였다.

청탁의 폐해와 도둑의 추문과 체포 등에 대한 논의가 되었다.

조강에 나아갔다. 사간과 장령이 그전의 일에 대해 서로 의견을 주고받았으나 윤허하지 않았다.

사간이 아뢰었다.

"근래에 체면을 차릴 줄 알며 부끄러움을 아는 풍속은 없어지고 욕심이 많고 하는 짓이 더러운 풍속이 크게 일어나 외지의 수령, 첨사, 만호 등이 모두 이러하였습니다. 그래서 백성의 기름과 피를 긁어내고 세금 징수하기를 끝없이 하되 조금도 거리낌이 없습니다. 옛말에 '물의 근원이 맑으면 흐르는 물도 맑다.'라고 하였습니다. 조정은 온 나라 근본이므로 조정에 만약 절개와 의리 그리고 깨끗하게 하는 풍습이 있으면 수령은 의당 조심하고 스로 애써 노력하거나 힘쓸 것입니다. 첨사僉使[21], 만호[22], 권관權管[23]에 이르기까지도 군졸을 침범하여 빼앗지 못하게 되어 미풍양속이 지켜질 것입니다.

그리고 첨사나 만호를 만약 공평하고 바른길로 갈 수 있도록 쓸 만

---

21) '첨 절제사'의 준말. 각 진영에 둔 종삼품 무관 벼슬
22) 각 도의 여러 진(鎭)에 배치한 종사품의 무관직.
23) 변경의 각 진(鎭)에 두었던 종구품의 무관 벼슬

한 사람을 가려서 임명했다면, 엄귀손처럼 군민을 침탈하고 학대하는 일이 어찌 이 지경에 이르겠습니까? 요즈음은 무예에 관한 재주를 가리지 않고 현명한지 아닌지를 묻지도 않은 채 일체 권세 있는 사람에게 청탁한 자만을 주목하고 있습니다. 그 때문에 첨사나 만호가 되고자 하는 자는 뇌물로 권문세가와 귀족을 섬기며, 그런 자리를 얻기 위해 그 주변을 서성거리게 될 것입니다. 바치는 예물이라 남의 힘을 빌려서 의지하여 허비하는 무명이 거의 수십 동同에 이릅니다. 그 무명은 밑천으로 대규모로 장사치에게서 꾸어온 것이 대부분입니다. 이런 연유로 많은 밑천을 가지고 대규모로 장사를 하는 상인이 첨사나 만호가 근무하는 곳에 내려가서 군민들로부터 배로 징수하고 있습니다. 이 같은 폐단은 이루 다 말하기 어렵습니다. 신이 들어 보니, 무반 중에서 까닭 없이 직무 없는 벼슬아치가 된 사람이나, 파직되어 벼슬 없는 사람 중에 쓸 만한 사람이 많이 있습니다.

병조가 따로 그 사람을 뽑아 자신의 직위와 직권을 이용하여 사사로운 이익을 꾀하는 그런 공무원으로 직접 벼슬을 내린다면 결국 감사가 제멋대로 하는 것을 가르치는 꼴이 됩니다. 그대로 현직에 직접 벼슬을 주면, 무관의 세 벼슬을 스스로 애써 노력하게 될 것이며, 군민에게 끼치는 폐단도 적어질 것입니다.

근래에는 자신의 직위와 직권을 이용하여 사사로운 이익을 꾀하는 관원이 있습니다. 대부분 청탁을 일삼기 때문에 조정에도 절개와 의리를 지키는 풍습이 없어졌는데 하물며 변장[24]이야 오죽하겠습니까?"
하니,

상이 이르기를,

"나라의 근본인 백성이 이같이 지쳤으니 지극히 한심스럽소. 옛말에 '정치하는 것은 사람에게 달려 있다.' 대신이 경연 때마다 매양 이에 대해 강조하고 있다. 그러나 이와 같은 적폐를 갑자기 고치기가 곤란하지 않겠는가?

그리고 군영에 접수된 군사와 군장을 병조와 도총부에서 세세히 살펴야 했다. 그러나 자주 부정이 있는지 없는지 캐어 감독하면, 빠지게 될 자가 반드시 많아져서 외방의 군사가 반은 속전贖錢[25]을 내게 될 것이다. 서울에도 이와 같은데 더구나 외방은 과연 어떠하겠는가?" 하였다.

신이 아뢰기를,

"금부에 가둔 도둑들이 매우 많다고 하는데 이들이 어찌 모두 도둑이라 할 수 있겠습니까? 마땅히 사무를 맡아보는 직무자에 맡겨 다스리게 해야 할 것이나, 의금부에 딸려 관인 및 양반 계급의 범죄자를 가두어 두던 감옥에서 추문케 하는 것이 어떻겠습니까?"

보통 때에는 도둑들을 금부옥에서 추문한 일이 없었다.

"다만 지금 경기 감사의 말을 들으니 '이 도둑은 삼도로 나누어 노략

---

24) 첨사(僉使)·만호(萬戶)·권관(權管)의 총칭.
25) 죄를 면하기 위해 바치는 돈

질할 설계를 했다.'라고 하였다. 내 생각으로는 형조는 다른 공무가 매우 많이 있어서 오로지 이 도둑만 다스릴 수가 없었다. 도둑 무리의 우두머리 홍길동류를 금부에서 어떤 사실을 자세히 캐며 꾸짖어 물었다, 이런 전례가 이미 있었기 때문으로 이제 전례를 참작한 것이다." 하였다.

참찬관이 아뢰기를,

"지금 도둑이 윗사람에게 말해서 알게 한 사람을 찾아내어 체포하는 곳에는 여러 사람이 떠들썩하게 들고일어나게 되는 폐단이 있다고 합니다. 도둑이 고해바친 자를 잡아야 하지만, 그러나 도둑은 꾀가 많아서 같은 무리를 고소하지 않으므로 그로 인해 고하는 자들은 모두 도둑이 꺼리고 싫어하며 원망하는 대상들입니다. 그러니 처음 유사에게 다스리도록 하는 것이 옳았고, 양반 계급의 범죄자들을 가두던 감옥인 의금부가 사실을 자세히 캐며 꾸짖어 묻게 한 것은 옳지 않습니다.

그리고 이 도둑들이 이름은 비록 큰 무리라고 하지만 겁박하고 약탈한 일은 아직 근거가 없지 않습니까? 옛날에는 도둑들이 발생하면 이천 석이 다스릴 수 없게 된 다음 서울에서 자세히 캐며 꾸짖어 물었다. 지금에는 참인지 허위인지도 따져 보지도 않고 잡아다 양반을 가두던 감옥에 가둠으로 하여 매우 시끄럽게 되었습니다. 게다가 각 고을에서 한 사람을 잡는 데 있어 이름이 조금 비슷하기만 한 자면 모두 잡아들이므로 그 이름이 조금 비슷한 자도 모두 도주함으로써 깊은 산 궁벽한 골짜기에서 얼어 죽는 경우가 생겨나자, 도둑이 아니었던 자가 도리어 도둑이 되는 경우가 있습니다. 금부에 신속히 판결케 하는 것이 어떻겠습니까?" 하였다.

상이 이르기를,

"감사가 '이들은 보통의 도둑이 아니다.'라고 말하기에 짐의 뜻을 수령에게 체포하게 하라. 만약 잡지 못하면 부득이 조정에서 장수에게 명하여 가서 잡게 하라 하였다. 이 경우 큰일로 확대되기 때문으로 전례에 따라 의금부 옥에서 자세히 캐며 꾸짖어 묻게 했다. 그러나 갇혀 있는 많은 사람을 속히 판결하지 않을 수 없기에 이 뜻으로 자주 의금부에 일렀다." 하였다.

영사가 아뢰었다.

"신이 의금부에서 임금의 특명에 따라 중죄인을 신문할 때 신문하는 벼슬아치가 되었으니 마땅히 동료와 더불어 의논하여 아뢰어야 할 일입니다. 이 도둑들은 모름지기 분리해 가두고 자세히 캐며 꾸짖어 물음이 좋겠습니다. 60여 명을 한곳에 가두어 말이 서로 통하게 함은 매우 좋지 않습니다.

홍길동의 유들은 신이 외방에 파견된 사신 찰리사 임무로 일정한 곳에 보내 가서 심문했습니다. 그런데, 홍길동이란 자가 당상 의장을 했기 때문에 수령도 그를 존대하여 그의 세력에게 정성을 다하게 모시게 되었습니다. 그래서 길동이란 자를 의금부에 딸린 관인 및 양반 계급의 범죄자를 가두어 두던 감옥에서 추국하였던 것입니다."

의금부에 갇힌 도둑들의 무리를 속히 판결할 것을 청하였다.

아뢰기를,

"의금부에 갇혀 있는 도둑들이 죄를 짓고도 발뺌하기 위하여서로 상대편이 죄를 지었다고 일러바쳐 상대를 끌어들여 경기의 군읍이 크게 소요가 일어났습니다. 어찌 도둑의 무고 때문에 경기 군읍 백성들이 살거나 임시로 머물러 있는 터전을 잃게 하고 떠돌게 해서야 되겠습니까? 그러니 적병을 사로잡으라는 명을 우선 늦춰 놓고, 지금 금부에 갇힌 자들을 속히 판결하도록 명하는 것이 어떻겠습니까?" 하고 청하였다.

전하께서

"아뢴 뜻이 아닌 게 아니라 짐 뜻과 부합된다. 그러나 다만 요즈음은 몸가짐이나 행동을 조심하고 지나치지 않도록 하는 때이므로 속히 판결할 수 없다. 그리고 이 도둑들은 옥으로 된 갓을 갖추고 있다고 하니 홍길동이 정3품의 의장을 갖추고 있었다. 그자는 지위가 높은 사람이 행차할 때 위엄을 보이기 위해 격식을 갖추어 세우는 그런 복장이었다. 그러므로 의금부에서 추국하라." 명을 내리셨다.

의금부가 아뢰기를,

"귀손은 죄는 마땅히 곤장 1백 대를 때려 3천 리 밖으로 유배하고 벼슬아치의 임명장을 모두 회수해야겠습니다." 하였다.

정승들에게 의논하도록 하였다. 윤필상이 의논드리기를,

"포악하고 독한 무리끼리 작당하여 백성들에게 큰 해독을 끼쳤으니, 이 같은 도적들은 사람마다 분개하는 것입니다. 만약 들었다면 의당 고발하여 체포해야 할 것입니다. 그런데, 귀손이 음식 접대를 받았고, 홍길동의 행동거지가 황당한 줄을 알면서도 고발하지 않았다. 또한 자신에게 집을 마련해 주고, 길동에게 산업까지 경영하게 보탬을 주었으니, 법으로도 마땅히 엄하게 다스려야 합니다. 그들의 죄가 법과 일치합니다." 하였다.

이 당시는 수년에 걸친 전국적인 가뭄으로 조정에 대한 백성들의 원성이 하늘을 찔렀다. 민심을 수습하기 위해 감옥에 갇힌 죄수들을 석방하게 되는 큰 사면령이 내려졌다. 가족과 함께 함경도 지역으로 가서 살도록 하거나, 먼 남해로 유배되었다.

그런데 길동 무리는 민심 수습 차원에서 북쪽 함경도 지역이 아니라 남해 삼천 리 섬으로 떠나게 되었다.

이때는 이미 조선에는 유구의 사신 이 지난날 항해로 재난을 만났을 때 도움을 준 사은으로 조공을 바친 사신으로 와 조선에 머무르고 있었다. 유구 사람의 상선 1척이 조선에 도착했다. 이편에 원인을 이루는 근본 동기가 되어 특별히 정사 '양광'과 부사 '양춘' 등을 보내왔다. 삼가 자문과 예물을 싸 와서 바치었다. 그때가 명 홍치弘治 12년의 일이었다.

아울러 연산 조에 유구국 사신이 조선의 포구에 들어와 정박해 있었다. 예조의 사람들이 눈치로 말하기를, '첫째 배에 3백 50명, 둘째 배에 70명, 셋째 배에 30명, 땔나무와 물을 운반하는 배인 시수선柴水船에 20명, 합계 4백 70명이지만, 유구 본국 사람은 상·부관上副官과 반종인伴從人까지 22명이 포함될 것'이라 귀띔을 해줬다.

그 배의 앞머리가 흥미로운 모습이 보였다. 여러 척의 선단에 예외 없이 그려놓은 큰 눈의 모양이 인상 깊게 들어왔다. 아마도 수리나 매의 눈으로 보였다. 그들의 습속에는 마치 새가 둥지에서 알을 품어 새끼를 부하하고 새끼가 성장하여 둥지를 떠난다고 여기는 것처럼 느껴졌다. 조선과 유구는 무슨 조건을 붙여서 맺은 약속이 깊은 사연이 있는지는 알 수 없는 일이었다. 소굴의 우두머리 엄귀손은 죄가 마땅히 곤장 1백 대를 때려 3천 리 밖으로 유배하는 것으로 되어 있었다. 그러나 귀손은 어떤 사유인지는 모르나 옥사한 것으로 실록에 전하고 있다. 남해는 금부에 형벌을 받은 자가 많았다.

조선의 국법에 말미암아 각자 죄 유형에 따라 분류했다. 매우 중한 죄를 범한 자를 차마 사형시키지 못했다. 먼 지방으로 귀양보내어 오래도록 떼어 놓아 살게 했다. 이 유배형은 죄인의 목숨을 살려두니 참혹하게 생명을 앗는 것보다 가벼운 형벌로 보인다. 그러나 죄수는 살아도 산목숨이 아니었다. 영원히 돌아올 수 없는 비바람이 심한 날씨의 지역으로 귀양보내 격리되었다. 유배 보내는 거리에 따라 이천 리, 이천오백 리, 삼천 리의 세 등급이 있었으며, 각각에 장 100대 형을 집행하였다. 길동의 무리는 규정에 따라 연산 6년 겨울 삼천 리 지역인 팔중산 지역으로 떠났다. 길동 무리가 떠나 정착한 지역이 약 $1200km$ 떨어진 팔중산 제도는 궁고도, 석원도, 인근 지역 태평산 지역으로 이른바 율도국 지역이었다.

기강이 해이해지는 사회적 혼란을 틈타 종적을 감추었다. 그리고 그의 꿈을 이룰 새로운 세계로 떠났다.

길동은 세조 조에 활동하다 연산 조 6년(1500) 11월에 귀손은 연루된 죄과에 따라 길동의 저지른 범죄의 자취가 관련됨에 따라 자의 반

타의 반으로 붙잡혔다.

  조선 조정과 유구 사신은 각자의 국익에 따라 서로 운명을 결정지었다. 길동은 어떤 일을 함께하는 무리와 함께 유구로 가는 배에 몸을 실었다. 한때 쫓기는 신세이긴 하였으나 유구는 한 번의 경험이 있었던 낯선 장소가 아니었다. 이곳으로 보낸 자들은 형벌로서 조선에서 더 이상 거두기 힘든 사람들이었다.

  목숨을 끊을 수 없어 영원히 범죄로부터 떼어 놓는 인도적 조치였을까? 조선의 남쪽 유배지 세 곳 중 하나인 남해에서 조선 국적을 상실하고 명의 통치권이 미치는 삼천리 밖으로 강제로 내쳐졌다. 어쩌면 류큐 왕국의 남쪽 먼 곳으로 항해한 것이 무슨 사연이 있을 것이라 여겼다. 결정된 유배형이 조선의 제도가 먹고 사는 생계 문제를 해결되지 못한 사회적 구조의 취약성을 보인 조선이 낳은 불한당을 불러온 불가피한 사정이었을까?. 그 결과로 분노의 에너지를 갖고 떠나갔다. 그렇지만, 스스로 신세계를 염원한 탈출이 되었는지도 모른다.

무오사화 이후의 정치적, 사회적 상황

조선에서 무오사화 이후 사회는 어수선했다. 세조가 왕위에 오르면서 조선은 중앙집권과 부국강병을 지나치게 추구하는 정책을 펼쳤다. 그에 따라 훈구대신이 권세가 높아지고 재산을 모으면서 부정부패와 폐단이 생겼다. 성종 때 김종직을 중심으로 한 사림파는 새로운 정치 세력으로 등장, 정계로 진출하였다.

한편 훈구파는 사림파를 눈엣가시처럼 여겼다. 사림파가 붕당을 만들어 정치를 어지럽게 한다고 비난하여 연산군 이후 그 대립이 표면화되었다. 이러한 상황에서 사림의 대부 김종직과 훈구파 유자광은 일찍이 개인감정이 서로 있었다. 김종직의 제자 김일손이 성종 때 춘추관의 사관으로 있을 때였다. 훈구파 이극돈의 비행과 세조의 왕위 찬탈을 사초에 기록한 일로 김일손과 이극돈 사이에도 반목이 생기게 되었다.

훈구파 이극돈이 말하기를

"이제 조선은 내 손안에 있소이다."라는 주장에

사림파의 김일손은

"왜 조선이 당신들 손안에 있어야만 하느냐? 오히려 조선은 백성들 것이야." 하고 반박했다,

훈구파 유자광과 이극돈은 김종직 일파를 증오하여 보복에 착수하였다.

이 사건이 기존의 문제들보다 그만큼 독특하고 차별적으로 인식되고 평가되었다. 1485년 성종 16년 '경국대전'의 완성부터 무오사화까지 13년밖에 걸리지 않았다. 제도의 정비와 정치적 갈등의 폭발이라는 상반된 현상이 인접했다는 객관적 사실은 그 제도의 어떤 부분 또는 전체가 현실에 쉽게 적용되지 못하고 갈등을 빚었다는 점을 드러낸 것이었다. 성종의 정치적 포석과 맞물리면서 점차 현실에도 적용되었다. 국왕이 적절한 조정력을 행사하면서 대신과 삼사가 견제와 균형을 이루는 체제가 형성되었다. 조선 초 정치가 중요한 변화이자 전개이었다. 그러나 일반적으로 비판은 좀처럼 제어되지 않고 격화되었다.

무오년 피바람이 몰아친 사화 이후 정치, 사회적 혼란으로 도둑들의 세상이 되었다. 신분의 제한으로 그 수도 늘어났다. 할 수 있는 일이 제한됨으로 인해 부역이나 군역의 의무 등의 부담이 제도권 밖으로 나와 탈출구를 찾았다.

길동의 처지도 마찬가지였다.

지난날 가난과 굶주림 속에서 은신하여 살면서 사회적 문제를 끌어일으키는 무리로 전락하였다. 행적이 두려워 이름을 숨기며 생존을 위해 배운 도둑질을 하며 쫓기는 신세가 되었다. 겉으로 드러나지 않게 뒤에서 보살펴 주는 일로 소굴의 우두머리 격인 엄귀손 도움의 손길만 믿고 고위급 양반의 행세를 하다가 강상죄를 짓고 스스로 출두

하여 남해로 유배되었다. 유형은 매우 중한 죄를 범한 자를 차마 사형시키지 못하고, 먼 지방으로 귀양 보내어 죽을 때까지 살게 했다.

결국 다시 조선의 조정에서 머물고 있던 유구인을 따라 차례로 배로 승선하였다. 그들은 운명적으로 내쳐졌다. 조정과 사신과는 무슨 대화의 사연이 있었을까? 무슨 거래가 있었을까? 접대받을 인원 120명을 세척의 배에 나누어 태웠다. 시수선에 식량과 땔나무 용품 등을 실은 배도 띄웠다. 함께 출발은 하나, 또 다른 배들은 조선에서 방출된 사회적 범죄자들을 태우고 여러 척의 배에 나누어 타고 돛을 올려 항해를 알렸다. 미래를 기약할 수 없는 신세가 되었다.

그들은 예측할 수 없는 새출발이 시작되었다. 그 무리가 유배 후 정월 초에 해외로 나아가면서 종자를 항아리에 담아 갔다. 함께 풍요한 세상을 여는 것을 꿈꿨다고 짐작하게 했다. 사회적 문제를 정치적으로 해결할 방편으로 이른바 '율도국'으로 정하고 무리를 이끌고 떠났다.

그의 해외 진출 시기는 1500년 12월 5일로 결정됐다. 그러나 출항 시기는 다음 해 한 달가량 뒤 1월로 정해졌다. 대만 쪽 가까운 곳으로 먼 최 남쪽 끝 바닷길로 우회하여 어느 섬에 이었다. 입항 장소는 오키나와 남단 '파조간도'였다. 이때 조선은 추운 겨울이었으나 그곳은 따뜻한 편이었다.

이 지역을 팔중산八重山 제도라 했다. 삼 산중 중국 명나라의 영향 아래 놓여 있었다. 8개 섬이 8중으로 연결되어 보인다는 전승에서 붙여진 이름이었다. 최남단에는 파조간도波照間島 죽부도竹富島 소빈도

小浜島, 흑도黑島 신성도新城島 서표도西表島, 하토마 섬인 구간도鳩間島 중심부엔 석원도石垣島가 여러 곳에 널리 펴져 있는 지역이었다.

지난날 류큐 영토는 삼 산으로 분할되어 있었다. 역사 교과서에 실려 있는 일본의 2분 안과 명(청)조의 3분 안에 의하면 책에서는 일본 안(결정)이라고 되어 있으니, 청 정부는 조인하지 않았다고 주장을 밝히고 있다. 서로의 주장에 따르면 중국에서는 이 문제를 집중하고 있는 것으로 보인다. '팔중산' 제도의 관할을 분리 통치하고 있었다. 이 지역은 조선의 세종 조에는 명의 절강성에 속한 지역으로 조선인의 유배 지역으로 간 계기가 된 것이 아닐까? 조선에서 삼천 리 유배 지역은 쉽게 찾을 수 있는 곳이 아니다. 이곳이 바로 조선에서 삼천리 지역이다. 이 본섬 나하 지역는 당시 상진 왕이 통치하는 류큐국이 형성되어 있었다.

조선에서 표류하여 류큐로 간 자 중 수군 양성梁成 등이 제주에서 배를 출발하여 바람을 만나서 표류하다가 유구국의 북쪽 방면 구미도仇彌島에 이르렀던 일이 있었다. 또한 최부가 범죄자를 추적하는 경차관이 되어 제주로 갔다. 그런데 집안의 상고로 말미암아 본가로 돌아오던 중 불순한 날씨가 불순하였다. 무리가 유구로 표류한 바가 있었다. 유구에 머물다가 먼 길을 돌아 조선으로 돌아온 적이 있었다. 그가 나중에 중국을 거쳐 조국으로 보내진 기록이 이 당시 표류기에 남아 있다.

이때쯤 조선과 류큐는 조난으로 자연스럽게 교류가 빈번하게 일어났다. '이예' 장군의 외교적 노력으로 류큐와 교류를 노력 끝에 서로 왕래하는 뱃길이 열리었다. 유구 사신의 서계 문서의 진위 문제가 조정에서 논의되기까지 하였다. 왜구의 방해가 있기는 하였다. 이후 조난 사고가 자주 들려왔다.

지난날 관군의 추적으로 길동이 녹림당이 되어 산속을 헤매다가 이 무리가 해변 섬, 염전, 경계 지역 등으로 몸을 숨겨 산업 경영에 참여하였다. 위험을 피하여 몸을 숨기면서 육지에서 바다로 삶의 터전을 옮겨갔다.

이 무렵 소탕령으로 길동의 무리도 배를 이용하다가 재난을 당하였다. 무리는 섬을 전전하고 있었다.

눈에 들어온 섬의 이름은 팔중산 제도의 하테루마섬 (파조간도)이었다. 무리는 한 달을 머물다가 마파람이 불기를 기다려 섬사람 5명이 무리를 데리고 한 척의 배를 타고 하룻낮 동안 물에 떠서 흘러가며 한 섬에 이르렀습니다.

이름은 팔중산 제도의 윤이시마(여나국도)라 하였다. 무릇 6개월을 머물고, 7월 그믐에 이르러 마파람이 불어오는 것을 기다려 섬사람 12명이 우리와 같이 양식과 막걸리를 준비해서 같이 한 척의 배를 타고서 한 밤낮 반을 가니, 한 섬에 이르렀다.

그 섬이 소내시마(서표도)라 하였다. 이곳은 나하 본도 다음으로 큰 섬으로 사람은 살고 있었으나 밀림 지역이라 활동하기가 적합하지는 않았다. 식량으로 쓸 음식들은 쉽게 얻을 수 있었다. 승선한 무리는 무릇 5개월(5朔) 정도를 머물다가, 12월 그믐에 이르러서 남풍이 불기를 기다렸다. 섬사람 5명이 우리와 같이 한 척의 작은 배를 타고 반나절 정도 이동하더니 어느 섬에 이르게 되었다.

섬 이름은 서표도 우측 아래 포라이시마(신성도)라고 하였습니다. 한 달을 머물다가 남풍이 불기를 기다려 섬사람 5명이 우리가 데리고 같이 작은 배에 올라서 하루 반나절 동안을 가니, 또 다른 한 섬에 이르게 되었다.

그 섬은 신성도 오른쪽 옆 흑도였다. 한 달을 머물다가 남풍이 불기를 기다려 섬사람 7명이 우리를 데리고 같이 한배 타고 1주야晝夜 반을 가서 한 섬에 이르렀다.

섬의 이름은 석원도 북동쪽 다랑간도였다. 대략 한 달간 머물다가 남풍이 불기를 기다려 섬사람 5명이 우리를 데리고 같이 작은 배를 타고 하루 나절을 가서 한 섬에 이르렀다.

섬의 이름은 다랑간도 북동쪽 이라부시마(이랑부도)였다. 이 곳을 대기하기를 한 달을 머물다가 남풍이 불기를 기다려 섬사람 5명이 우리를 데리고 같이 작은 배를 타고 하루 나절을 가서 한 섬에 이르렀다.

최종적으로 도착한 섬의 이름은 먁고시마宮古島였다. 이곳은 '아지' 나카소네가 통치하는 섬으로 슈리성의 영향력이 덜 미치는 지역이었다. 원주민은 '化外之人'이라 하여 화를 벗어난 백성이란 뜻으로 국가 통치에 벗어난 지역이었다. 한 달을 머물다가 남풍이 불기를 기다려 섬사람 십오 명이 우리를 데리고 같이 한 척의 배를 타고 2주야 반을 가서 유구국琉球國에 이르게 되었는데, 바닷물의 기세가 용솟음치고, 파도가 험악하여, 섬사람도 모두 배를 타니 멀미를 심히 했다.

단지 그들은 서표도西表島에서 굳이 파조간도波照間島로 보내지고 계속해서 신성新城, 흑도黑島를 경유하면서 죽부도竹富島와 석원도石垣島에는 들리지 않고 바로 다랑도多良間, 궁고宮古로 보내진다. 그들의 입국의 순서는 어떤 사유가 있었기 때문인지 궁금한 해상 통로로 의혹이 남았다.

그러나 처음 입항한 오키나와 최남단 파조간도는 조선의 봄과 같았다. 기후가 포근하고 온화하였다.

유구 사신의 서계書契[26]의 진위

전라도 관찰사에게,
유구 사람 표류의 사정을 알아보게 하였다.
유구국에서 표류해 온 사람 27명이 영암의 이진梨津에 이르러 상륙하였다. 제주 통사가 일찍이 제주에 표류해 왔던 유구 사람에게서 그 나라 말을 배웠으므로 통사를 시켜 실정을 물어보니, 표류하여 온 사람이 통역자와 더불어 동행하기를 요구하였다.
실정을 다음과 같이 묻고 답하였다.
"너희들은 어느 나라 사람들인가?" 하고 물으니,
"유구국 안에 있는 팔중산도八重山島 사람들입니다. 공문을 가지고 여나국도與那國島에 가기 위하여 7월 초순에 출발하였습니다. 그러다가 샛바람을 만나 표류하다가 이제야 겨우 이 나라에 당도하였습니다." 답하였다.
'여나국與那國이란 어느 곳인가?' 하고 물으니,
"섬의 이름이지 국호가 아니다. 도주가 사는 곳이기 때문, 각 섬에서

---

26) 왜인(倭人)이나 야인(野人)의 추장이나 유력자에게 서로 통하여 우정을 맺어 허가하던 신임장

공문을 올린다."라고 대답하였다.

"여나국에는 관장이 몇 사람이나 되는가?" 하고 물으니,

"번을 돌고 있는 세 사람의 선비가 있다."라고 하였다.

"너희들이 사는 마을의 이름은 무엇인가?"라고 물었다.

대답하기를

"대빈촌大浜村 사람이다."라고 하였다.

"함께 배를 탄 사람은 몇 사람이었는가?" 하고 물으니,

"이곳에 27명만이 살아서 도착했는데, 다섯 사람은 병사하고 22명이 남았습니다."라고 하였습니다.

"너희들의 이름은 무엇인가?" 하고 물으니,

대답하기를

"내 성은 미정이고 이름은 '겸개단인'이다. 7명은 한 달 남짓 표류하던 도중에 굶주리고 지쳐서 쓰러져 죽고 27명만이 살아서 이곳에 도착했는데, 다섯 사람은 또 병들어 죽고 지금은 22명이 있다."라고 하였다.

"살아 있는 22명의 이름은 무엇이며 나이는 몇 살인가?" 하고 물으니,

"배의 우두머리는 이름이 '미정 겸개단인'인데 나이는 29세요, 겸兼은 나이가 45세이요, 진세는 나이가 26세인데, 고당월과 여행 등 상당수는 살아남았습니다. 일부는 굶주리고 지쳐서 떨어져 죽었고 살아났어도 질병에는 대책이 없었다."라고 대답하였다.

"근당, 고당월, 여행의 신분 기록이 표류하여 왔을 때와 지금 문답한

것과 어째서 서로 다른가?" 하고 물었다.

'지금 쓴 것이 모두 진실이다.' 대답하였다.

"너 한 사람은 성이 있는데 나머지 나머지는 어째서 성이 없는가?" 하고 물었다.

"다른 나머지는 우두머리 밑에 있는 아랫사람이기 때문에 성이 없다."라고 답하였다.

"대빈촌大浜村은 너의 나라 도읍에서 몇 리나 떨어져 있는가?" 하고 물었다.

대답하기를

"유구국 중산왕中山王의 도읍은 물길로 3백 80리이고 여나국도與那國島와의 거리는 물길로 48리이다."라고 하였다.

잠시 후 물었다.

"파조간도는 얼마쯤 거리에 있느냐?"

"듣기로는 최남단 섬으로 도읍과 비교적 먼 곳쯤이라 알고 있는데 조선과는 3000리(1200km)쯤 될 것입니다." 하였다.

"타고 온 배는 공선公船인가, 사선私船인가?" 하고 물으니, "공선입니다."라고 간단이 대답하였다.

"병들어 죽은 사람의 시체는 어떻게 하였는가?" 하고 물으니,

대답하기를

"표류하다가 도착한 섬 가운데쯤 묻어 두었다."라고 하였다.

"나라에 있을 때 무슨 일을 하였는가?" 하고 물으니,

대답하기를

"시일에 따라 문서를 가져다 바치는 일을 했습니다. 그리고 더러 농사를 짓기도 하고 배를 타기도 하고 때로는 목수 노릇을 하기도 했습니다."라고 말하였다.

"머리에 쓴 것이 없는 것은 어째서인가?" 하고 물으니,

대답하기를

"본래 없고 다만 상투를 튼 다음에 정수리 가운데에 상투를 튼 뒤에 풀어지지 않게 꽂는 동곳을 꽂습니다. 윗사람은 동곳을 은으로 하고 아랫사람은 동곳을 주석으로 사용합니다."라고 하였습니다.

"팔중산도八重山島에는 관장이 몇 명이나 되는가?" 하고 물으니,

"번을 돌고 있는 세 사람은 본국에서 임명해서 온 사람들로서 3년마다 교체합니다. 본국이란 류큐 나하 지역을 말함이었다. 이곳에 임명자의 가족이 본국에 잡혀 살고 있었다. 일종의 기인제도가 시행되고 있는 듯했다. 우두머리 세 사람은 본도 사람들로 죽은 뒤에 대신 다른 통치자를 임명했다. 모두 선비들이다." 하였다. 죄나 잘못을 따져 묻거나 심문은 끊임없이 진행됐다.

이때 유구는 상진 왕이 통치하며, 큰 섬에 '아지'를 두고 통치했다. 팔중산은 8섬으로 석원도와 궁고도 좀 떨어진 밀림이 많은 서표도 등의 큰 섬을 품고 있었다. '아지'의 가족들을 본도에 두고 지역을 관리했다, 이들 지역은 통치권이 원활하게 미치지는 못하는 지역이었다.

"농사짓고 수확하는 것은 어느 계절에 시작하는가?" 하고 물으니,

"벼는 2모작을 하고, 보리, 조, 콩 씨를 10월에 파종하고 다음 해에

가서야 수확한다."라고 하였다.

"한 해의 처음은 어느 달을 쓰는가?"라고 물으니,

음력 인월寅月이라고 하였다. 곧 정월을 말함이었다.

"여기서부터 호송하는 사람이 있어야 하겠는가?" 하고 물었다.

대답하기를

"이곳 사람들은 언어가 같지 않다. 우리를 데리고 온 섬사람이 우리 말에도 익숙하니, 그 사람과 함께 가고자 원합니다."라고 하였다.

배가 고프면 마땅히 먹을 것을 줄 것이요, 추우면 마땅히 옷을 줄 것이라고 했다. 배려에 대단히 감사하다고 하였다.

얼마 지난 후 왕의 명이 내려졌다. 유구국에서 표류하여 온 사람들이 무사히 바다를 건너온 건 다행한 일이었다. 섬 안에 마침 말을 아는 통사가 있어서 실정을 물을 수 있었다.

"이 뒤로 차차 다른 사람들을 가르치게 하고 따로 요리나 과자를 마련하여 각별하게 권장하라는 내용으로 목사에게 분부하라." 명했다.

해당 통역을 맡아보던 벼슬아치는 그가 올라오기를 기다려 해당 부서에서 따로 상을 주게 하였다. 옛날에는 고려국과 유구 사람들이 서로 왕래하였으며 조선에서도 그곳의 소식을 알고 있었다. 근래에 와서는 다소의 교류는 있었으나, 이제까지는 언어의 소통은 원활하지 못했다.

이른바 제주에 들여보낸 역학 곧 외국어의 학습, 교육, 연구, 통역 따위의 분야에 일하는 자들은 아무 데도 쓸모없게 되었다. "이번에는 '사역원'에 일러 특별히 젊고 총명하고 민첩한 사람을 정하여 그들을 데리고 의주에 이르게 하라. 혹 저들 무리 속에 있게 하면 그 나라 말을 배울 수 있을 것이다. 그리고 만약 미진한 것이 있으면 유구에서 조공을 바치는 해에 다시 들여보내어 그 말의 음운을 번역하여 알게 할 일을 도제거가 직접 알게 하라." 하였다.

이어, 또 윗사람이 아랫사람에게 가르침을 주셨다.

유구국에서 사람들이 가끔 표류하여 왔다. 이 사실은 조공을 바쳐온 이후로 간혹 있는 일이었다. 처음에는 홍제원에서 접대하고자 하였는데 다시 생각하여 보니, 그 돌보아 주는 일에 대하여 마땅히 특별한 사의가 있어야 할 것 같았다.

이제 여행의 말을 들으니 "정월 하순쯤 궁고도宮古島에 와 닿게 될 것 같다고 하였다. 며칠 후에는 마땅히 돌아갈 것이다. 날씨가 춥기가 이와 같으니, 경기 감사에게 엄히 단단히 타일러서 경계하여 의복과 털로 된 방한구 등의 물건들을 만들어 두었다가 영산강을 건너오기를 기다려 새 감영에 맞이해 두고 몸소 가서 위로하여 주도록 하라. 그리고 떠나보낼 때 정해진 것 이외의 나라에 정신적으로나 물질적으로 입는 피해나 괴로움이 될 수 있으니, 국기를 흔든 자를 서로 통하지 못하도록 사이를 막거나 떼어 놓아 회개하며 살아갈 수 있도록 편의를 제공하라. 그리고 남몰래 마음속으로 곰곰이 살펴 그들이 잘 적응하여 따라가게 돕도록 하라." 하였다.

길동이 유배되기 전 유구국 사신의 의심이 가는 행동이 있었다. 사신의 의심스러운 점을 공사公事에 관하여 정한 규칙에 따라 행하라. 예상치 못한 큰 재해나 난리가 있을 때, 왕명으로 위문하던 임시 벼슬인 선위사에게 진위를 알아보게 하였다.

　또 윤필상, 이극돈 등에 명하여 사신의 의심스러운 점에 대해 조목조목 따져가며 의논하기를,

"첫째로 의심나는 것이 지금 유구국에서 보내온 서계를 살펴보니, 대개 글을 지은 문장이 왜 서와 같은 것이고,

　둘째로 의심나는 것이 서두에 '예조 대인禮曹大人'이라고 일컬어 이전의 예의와 어긋난 것이며,

　셋째로 의심이 나는 것이 전에는 도장이 반만 찍히고 두 조각으로 쪼개어 한 조각은 상대자에게 주고 다른 한 조각은 자기가 가지고 있다가 나중에 서로 맞추어서 증명할 수 있는 근거로 사용하였는데 이제 새로 내려준 '별부'라고 일컫는 것이고,

　넷째로 의심이 나는 것이 전에는 중산 왕中山王 누구라고 일컫다가 지금은 '부주'라고 일컫는 것이,

　다섯째로 평무속 아들이 늘 대마도에 살았는데, 지금 들으니 유구국에 들어가 친히 국왕의 말을 듣고는 길을 가르쳐 주어서 왔다는 것이 의심스러운 생각이 들고,

　여섯째로 가지고 온 바 예물이 그전에 본국 사신이 바치던 물품과 같지 아니한 것이 구린내[27]가 나는 것이 또 하나이다.

　일곱째로 앞서 유구의 '서계'를 담은 통은 외부를 붉은 옻漆을 발라

---

27) 어딘가 수상한 데가 있다.

서 뜯어볼 때면 칼로써 열기 때문에 서계書契[28]의 사연을 사자도 오히려 알 수가 없었는데 지금은 전과 같지 아니하니 의심이 드는 것이 수상쩍다고 밝혔다.

마땅히 이에 따라 위엄 있게 튼실하고 바르고 힘차고 억센 말로 설명하면서 접대하지 않는 것이 좋을 듯했다.
그러나 진위는 또한 알 수 없으니, 또 먼 곳 사람이 와서 조회하는데, 참과 거짓을 살펴보지도 않고 갑자기 받아들이지 않으면 저들이 반드시 원하는 대로 안 되면 원망하게 될지도 모르는 일이었다. 해당 부서에 명하여 위의 조항에 의심스러운 단서에 근거하여 공사에 관하여 정한 규칙을 작성해서 내려보내 선위사에게 설명하게 하고 인솔하여 오도록 했다.
서계가 1604년쯤 오키나와 사령서에 지방관리의 하나인 '헤나치 메자시'를 임명하는 문서로 사방 10센티 크기의 붉은 도장에 수리지인首里之印이라 찍힌 것과 같았다. 마치 그 문서와 서로 비슷한 수리 도장이 붉은 인주가 퍼져 묻어 있었다.
"다만 추종하는 사람은 국왕 사신의 전례에 따라 할 수 없으니, 간략함을 따라 일의 사정을 잘 헤아려 결정하는 것이 어떻겠습니까?" 하였다.

---

[28] 왜인(倭人)이나 야인(野人)의 추장이나 유력자에게 서로 통하여 우정을 맺어 허가하던 신임장

노공필, 유순 등은 의논하기를,

"유구국과 조선은 거리가 멀고 바다가 가로막혀 서로 쉽게 접할 수 없었다. 그러므로 서로 이해에 관련된 것들이 있을 수가 없었다. 비록 그들의 진정한 사신이 왔을 적에 관문을 닫고 받아들이지 않았다고 해도 오히려 이상한 것이 없다고 하겠습니다.

　그러나 조종조로부터 그들과 사신을 교통한 것이 이미 오래되었으니, 갑자기 거절할 수 없습니다. 다만 근년에 유구국 사신이라고 불리는 자들은 그 나라의 사람이 아니고 모두가 왜인이 '서계'를 받아 오는데도 국가에서는 으레 사신으로 대우하였습니다. 그들을 관대하고 수없이 베푸는 비용도 셀 수가 없는데, 더구나 지금 사자가 가지고 온 '서계'는 옛날의 전례에 너무나 어긋나니, 그것이 거짓인 줄로 믿게 됩니다. 그런데 어찌 사신으로 대우하여 어찌 그들이 일을 꾸미는 꾀나 방법에 빠질 수 있겠습니까?

　신 등의 생각으로는 먼 곳의 사람이 이미 일정한 지역 안에 왔으면 거절하고 접대하지 않을 수 없습니다. 마땅히 지난번 '야차랑'의 예에 의하여 대우하고 그들에게 말하기를, '지금 그대가 멀리서 왔으므로 우선 특별히 대접하는 것이다. 이다음 오는 자가 만약 유구 본국 사람이 아니면 접대하기 어렵다.'라고 하여 이같이 사리를 알아듣도록 잘 타일러 들여보내어 그 간교함을 막는 것이 어떻겠습니까?" 하였다.

　성현, 정경조, 이숙감이 서로 논의토록 하였다.

"유구국의 '서계'는 의심스러운 곳이 많이 있습니다. 마땅히 성의를 다해 잘 타일러 돌려보내야 합니다. 그러나 먼 곳의 사람이 와서 조회하는 것을 갑자기 물리치기가 어려우니, 우선 올라오도록 영을 내려 다시 거짓과 참을 살펴보되, 만일 실제와 비슷하여 밝히기 어려우면 도둑의 두목을 사신으로 보내는 '거추사송巨酋使送'의 예에 따라 접대하고, 간교하게 속인 것이 나타나면 일반 왜인과 같이 대우하는 것이 어떻겠습니까?" 하고 제안하였다.

송영, 이계남 등 5인은 서로 논리적으로 모순점을 조목조목 집어 가며 의논하였다.

"첫째는 지금 '서계'를 보건대 그가 속인 것이 분명합니다. 지난해에 '야차랑'이 올 때 인신印信, 곧 관인이 명확하지 않아 유구국 사신의 예대로 접대하지 않았기 때문에, 서계 안에 다만 개인 사인을 찍어서 진위를 파악할 수 없도록 하였습니다. 그것이 속임수이고,

둘째 이번 글에 이 나라의 사자라고 일컬은 것이 있기는 하나, 출처를 모르며, 전해 듣고 놀라고 두려워했다는 것은 이전에 거짓 '서계'를 만들어 와서 유구국의 사자라고 일컬은 것이 한 번만이 아니었다. '야차랑'이 와서야 조정에서 비로소 그것이 속인 것인 줄 깨달았기 때문에 일부러 이런 말을 하여 스스로 믿도록 하였습니다. 그 속임수이고,

셋째 유구는 중국의 천남성과 서로 거리가 멀지 않으므로 당시 풍속이 글을 숭상하는 풍습이 있을 것인데 이번의 서계가 전혀 문장을 이루지 못했다. 그러니 그것이 바로 속임수이고,

넷째는 유구가 비록 작다고는 하나 역시 하나의 나라인데 어찌 한 사람의 사신으로 서신을 통할만한 자가 없어서 언제나 왜노에게 서신

을 부쳐서 서신을 통하겠습니까? 그것이 사실과 어긋남이고,

다섯째 편지에 '예조 대인 족하禮曹大人足下'라고 일컫는 것은 본래 왜노 서계 중에 으레 쓰는 말입니다. 유구 왕이 무엇 때문에 곧바로 조정과 통하지 않고 예조에다 서신을 보내겠습니까? 그것이 술수입니다.

각자 다양한 시각에서 모순점을 따져 보았다.

지금 만약 유구국 사신의 예로써 대우한다면 한갓 그 술책에 빠져들 뿐만 아니라, 또한 먼 나라에서 온 사람에게 비웃음을 당할 듯합니다. 그러니 관청의 물건과 공금을 사사로이 소비하는데 길을 떠나기에 앞서 사신을 영접하는 일을 맡아보던 임시 벼슬이 이런 뜻을 가지고 사리를 알아듣도록 잘 타이르는 것이, 식량을 주어 되돌려 보내어, 이후에 속이는 것보다 나을 것 같습니다. 만약 먼 나라에서 온 사람이라고 생각하여 가볍게 거절하지 못하고 반드시 접대하려고 한다면, 외국 사신을 영접하는 일을 맡아보던 임시 벼슬을 없애고 일반 왜인의 예로써 접대하도록 하는 것이 어떻겠습니까?" 하였다.

또, 박원종, 김심, 김극유가 논의하였다.

"유구국 사신이 가지고 온 편지 사연이 전례를 어겼고 관인도 달라서 진위를 밝히기가 어렵습니다. 그러나 먼 나라의 사람이 이미 우리 경내에 도착하였으니, 갑자기 물리칠 수 없습니다. 우선 올라오도록 영을 내려 상세히 그 이유를 따져 물은 후에 다시 의논하는 것이 어떻

겠습니까?" 하니, 말이 없었다.

며칠 후 다시 의논이 시작되었다.

논의 내용은 조선과 류쿠 왕조 사이 비밀 협정이 있는 듯했다.

'만국 진량의 종'에 새겨진 문구처럼 류큐는 조선의 뛰어난 문화를 배우고 무역선을 조정하여 세계의 가교역할 하려 했다. 그리고 봉래섬 같은 이상 국가를 지향했다. 류큐는 조선에 경판과 우수한 문화를 얻기 위해 선조 때부터 천선사天禪寺를 지어놓았다. 경전이 없다. 하여 특별히 정사 '보수고'와 부사 '채 경' 등을 파견하여 자문과 예물을 싸들고 가서 대장존경大藏尊經 전부를 구하여 얻기도 하였다. 뱃길이 험하고 멀고 먼 바다를 건너야 했다. 서신 연락이 오랫동안 끊어져 갈 수 없었으나, 근래에 홍국 선사를 세워놓고 경전이 없다고 하여 그렇게 생각하고 있었다.

그런 차에, 일본 사람의 상선 1척이 조선에 도착했다. 이 배편에 특별히 정사와 부사 등을 보내왔다. 그들은 삼가 자문과 예물을 싸서 순조롭게 뱃길을 건너 조선에 바치었다. 대장존경 전부를 구하여 얻는 데 성공했다. 다행히 조선의 크고 깊은 아량을 베푸시어 그 책을 류큐로 가지고 와 백성들을 가르치고 깨우쳐 영구히 국가를 안정시키는 데 이바지했다.

이 당시 유구는 쇼신 왕(상진왕)이 통치하던 시대였다. 그는 지방 통치 제도를 강화하려 하였다. 각 지방의 엘리트층을 국왕의 이름으로 관리로 인정하고, 국왕의 의향에 따라 지방행정을 추진할 수 있는 체제를 설정했다. 그 결과 북은 아마미 지역으로부터 남은 '사키시마'

지역에 이르는 도시사회에 대해 슈리성에 군림하는 국왕의 의향이 관철될 수 있었다. 상진 왕이 지방장악은 쉽게 되지 않았다. 팔중산 지역 석원도를 중심으로 나타난 '아카하치 혼가와라(길동)'의 반란 때문이었다. 인접한 미야코섬(궁고도)에 있는 나카소네 도유미아(중종근풍견친)의 세력이 서로 갈등이 있었다. 왕이 지방장악 움직임이 이들 집단이나 단체를 지배 통솔하는 사람 층에 위협이 시작되었다. 이때 선택지는 둘이었다. 하나는 복속이요, 다른 하나는 왕권에 대적하여 지방에서 자기의 권익을 사수하는 것이었다. 전자는 나카소네요, 후자는 길동이었다. 이런 상황이 길동의 꿈을 실현하려는 것이었다.

그리고 석원도와 궁고도가 포함된 팔중산 지역 태평산 천혜의 좋은 환경이 있었으나 사람이 많이 살지 않았다. 국부를 얻기 위해 이곳에 정착해 살아갈 사람들이 필요했다. 서로 이해가 미치는 사이의 관계가 맞았다. 울고 싶은데 뺨 때려주는 격이었다. 조선의 기대는 사회적 문제를 해결할 계기가 되기도 했다. 조선도 류큐의 요구에 따라 서표도와 석원도 궁고도 인근에 수백 명의 강제 이주시키는 정책이 추진되었다. 조선은 도랑 치고 가재 잡는 격이요, 류큐는 누이 좋고 매부 좋은 격이었다. 조선은 사회적 문제를 덜고 거의 버려진 무인도나 다름없는 섬에 왕조의 정착인들이 자리를 잡아 머물러 살 계획은 서로의 격에 맞았다. 조선 신분제도에 따른 일탈 행위로 길동의 무리는 이치에 맞지 아니한 부당거래의 대상이 되었다. 거래 당사자 중 어느 한 쪽이 상대방의 자유를 제한하거나, 제3 자에게 부당한 방법으로 당사자의 불이익을 강요하는 행위 곧 불공정거래였다.

지난날 조선에서는 유구국에 사신으로 다녀오면 벼슬을 높여준다는 고시가 있었다. 그러나 임금의 명에도 불구하고 희망자가 없었다. 그만큼 유구와 교통하는 건 어려운 문제였다. 세종께서 굳이 희망자가 없으면 죄인 중에서 사명을 완수할 수 있는 자를 골라 보내라고 명했다. 우여곡절 끝에 '이 예'라는 무인이 유구국에 가서 조선 백성을 송환해 온 일도 있었다.

우리는 도대체 무엇인가? 도적인가? 불한당인가? 화적인가? 무엇이 우릴 이렇게 만드나? 내가 어디에 서 있는가? 조선 불한당인가? 아니면 도피하여 온 피난자인가? 아니면 희망을 품고 찾아온 신세계 정착인인가? 지금까지 살아온 삶은 조선에 정착하지 못하고 이곳에서 경계인으로 살아야 한단 말인가?

경계인이란? 둘 이상의 이질적인 사회나 집단이 양쪽에 동시 속하여 서로 영향을 함께 받으면서도, 그 어느 쪽에도 완전하게 속하지 아니하는 사람이다. 그렇다면 난 경계인이다. 그러나 내 처지와 현실이 놓여 있는 '팔중산'은 미개척의 '기회의 섬'이란 말인가?

길동을 비롯한 조선에서 내쳐져 격리된 자가 무려 448명이나 되었다. 파조간도를 거쳐 여나국도 서표도와 석원도 등 팔중산 지역으로 이주가 실행되었다.

참여한 대신 등의 논의에 따라 그들의 운명이 맡겨졌다.

기회의 섬으로 떠나는 길동

당시 항해술로 볼 때 조선의 선박이 유구국까지 항해한다는 것이 쉽지는 않았다. 왜구의 해적행위와 방해로 위협받고 있었다. 태종 때 유구에 조선인 표류자와 납치당한 백성이 억류되었다. 표류자는 유구인에게 팔중산까지 뱃길 사정을 물었다.

그는

"바다가 매우 험하고 멀며 사신 파견 비용도 만만치 않다."고 대답하였다.

임금은

"고향을 그리워하는 감정은 귀천의 구분이 없다. 만약 귀족의 집에서 노예로 끌려간 사람이 있으면 어찌 비용을 따지겠는가?" 하며 조정의 지원으로 사신 파견을 강행했다.

그러나 유구국에 사신으로 다녀오면 벼슬을 높여준다는 임금의 명에도 불구하고 희망자가 없었다. 그만큼 어려운 문제였다.

군왕은 죄인 중에서 사명을 완수할 수 있는 자를 골라 보내라고 명했다. 우여곡절 끝에 '이예'라는 무인이 유구국에 가서 조선 백성을 송환해 왔다.

지난날 단종 원년(1453) 4월에는 유구국 사람들이 일본 땅에 억류

중인 표류 조선인을 돈 주고 사서 조선에 송환하기도 했다. 유구국 중산왕 명령이나 부탁을 받고 심부름하는 사람 '도안'이 가지고 온 외교 문서에 다음과 같이 적혀 있었다.

"조선국 백성이 근년에 태풍을 만나 표류하다가 어느 날 가고시마 현 살마주, 칠 도서에 도착한 경우가 있었습니다. 배는 파손되고 사람들은 해안에 올랐으나 결국 섬사람들을 노예로 삼았다. 마침 바다를 순시하고 있던 본국 유구의 배가 불쌍히 여겨 노예 4인을 사서 데려다 조사해 보니 조선 사람들이었습니다. 중산 국은 선조 왕 때부터 귀국 조선과 서계를 통해 교류 해온 지 여러 해가 되어 표류자 등을 되돌려 보냈습니다. 그러하오니, 어버이에게 돌려주소서." 하고 전하였다.

이러한 선례를 들어 유구 사신이 조선의 앞선 문화를 수입하기 위해 임금에게 정중히 예를 표하며 청하였다.

조선 초에는 유구와 조선의 교류가 빈번하였다. 표류로 교류가 있는 듯 여기지만 왜구들의 직교역 방해로 원활하게 교역이 이루어지기 힘들었다. 대마도 인근 지역에는 일본의 영향권이 미치지 못하였다. 역시 조선의 영향력도 약했다. 마음대로 왜구들의 노략질과 해적행위가 방자하게 행동하게 되었다. 그러나 유구와는 간간이 정치 외교적으로 교류가 있었다.

연산군 6년(1500년) 동짓달 서계를 들고 와 유구국 사신이 조선 임금에게 삼가 정중하게 절하였다.

그 국왕의 글에 이르기를,

"유구국 중산왕 상진은 삼가 조선국 국왕 전하께 아룁니다. 삼가 생각하옵건대, 성의를 다하여 신의를 맺는 것은 천리로 된 서로 똑같은 길이요 피를 마시고 맹세를 강요하는 것은 남의 딱한 사정을 헤아려 알아주고 도와주는 마음이 혼자서 하는 것입니다. 그런데 귀국의 인자로운 은혜가 널리 덮여지고 덕 있는 교화가 가득히 펴져서 드러났습니다. 이러한 것 때문에 선조 때부터 천선사를 지어놓고 경전經傳이 없다 하여 특별히 정사 '보수고'와 부사 '채경' 등을 파견하여 자문(서계)과 예물을 싸들고 가서 대장존경大藏尊經 전부를 구득하여 국외로 왔던 것입니다. 매양 사신을 파견하여 험한 산을 넘고 먼바다 건너가게 하려고 하였으나, 바닷길을 알지 못하여 막히고 서신 연락이 오랫동안 끊어져 갈 수 없었습니다."

또 근래에 흥국 선사를 세워놓고 경전이 없다고 하여 생각하고 있는 차에, 일본 사람의 상선 1척이 조선에 도착했다. 이 배편을 통하여 특별히 정사 '양광'과 부사 '양춘' 등을 보내왔다.

이 당시 삼가 자문과 예물을 싸 와서 바치었습니다.

"그 경서를 그들 나라로 가지고 가 백성들을 가르치고 깨우쳐 영구히 국가를 안정시키기를 바랐습니다. 우러러 사모하는 마음이 지극함을 견딜 수 없었습니다."

그때가 명 홍치弘治 12년 7월 17일이라고 기록되어 있었다.

예물은 꽃 비단, 수건, 상아, 무소의 뿔(서각), 소뿔, 주석, 소방목, 후추, 약초, 단향목, 꽃봉오리 말린 것, 허리에 차는 칼, 술 등 토산물을 진상하였다.

왕이 즉시 술 1병을 승정원에 내려주며 이르기를,

"맛보라." 하였는데,

맛이 지극히 향기가 풍기고 온화하며 순순하였다.

그날 양측 사이에 무슨 거래가 일어났는지 모르게 유구에서 조공을 바치며 유구인 22명이 돌아갈 때 버림받은 조선인을 추정되는 450여 명이 돌아가는 배에 그들을 승선하였다.

홍길동이 조선을 떠나기 전에 임금에게 벼 천 석을 싣고 갈 수 있도록 해달라고 요청하였다. 당시 조선의 쌀이 유구국의 쌀 안남미보다 질이 우수하였다. 이 요구와 더불어 생활필수품 일부와 물, 땔감을 실을 수 있는 배를 요청하였다. 들어주는 품목에서 미米, 포布, 전錢의 출납을 맡아보던 해당 관아에서 최소한의 물자를 싣고 떠날 수 있도록 청을 받아줄 걸 간곡히 부탁했다.

연산 왕이 길동의 하는 일을 신기히 여겨 이튿날 해당 기관에 명령을 내렸다.

"최소한의 형편에 따라 벼와 시수선이며 배 몇 척을 내어주라. 안전 항해를 할 수 있는 장비와 생계에 필요한 최소한의 물품을 실어 수백 명의 조선인과 수십 명 유구인 함께 승선시켜 무사히 떠날 수 있도록 출항을 준비해 주라." 하였다.

길동은 지난날의 기억이 되살아났다. 그 배의 앞머리에는 흥미로운 모습이 보였다. 유구의 특징을 보여주는 문양이 여러 척의 선단에 예외 없이 그려놓은 큰 눈의 모양이 시선에 들어왔다. 아마도 수리나 매의 눈으로 바라보는 것으로 보였다. 그들의 습속에는 마치 새가 둥지에서 알을 품어 새끼를 부하하고 새끼가 성장하여 둥지를 떠난다고 여기는 뱃머리에 상징물이 선명했다. 그들은 조선소를 '스라쇼'라고 불렀다. '쓰데루' 즉 '부하하다.'라는 의미였다. 대양을 항해하는 배가 수리나 매처럼 씩씩하고 용맹하길 바라는 숨은 사연이 있었다.

연산 7년(1501년) 정월 순일(旬日) 기사에는
조선에서 유구국 사신이 돌아가는데 20일분의 양식을 주는 야박함을 아뢰니 의논하게 하였다.
예조가 아뢰기를,
"지난번 유구국 사신이 처음으로 포구에 들어와 말하기를,
'첫째 배에 3백 50명, 둘째 배에 70명, 셋째 배에 30명, 시수선柴水船[29)]에 20명, 합계 4백 70명이었다. 그중 본국 사람은 상·부관과 반종인까지 22명뿐이다.' 하였다. 상·부관 관리책임자인 압물 및 수행원 반종인伴從人, 외국을 왕래하는 사신의 배를 부리던 뱃사공 격인格人 등 태우고 유구로 떠났다. 지금 접대할 사람은 3척의 배인데 1척의 배마다 다만 40명씩 대접했습니다.'라고 표현하고 있다. 접대할 사람은 누구란 말인가? 3척의 배에 40명씩 120명은 어떤 부류의 사람인가?, 본국 사람은 상·부관과 반종인까지 22명이라 했다. 그러면 이들을 제외한 접대 받지 못한 사람은 어떤 사람인가? 임금이 큰 재해나 난리가 있을 때, 왕명으로 위문하던 임시 벼슬인 선위사에게 당부한 말의 내용은 무엇이란 말인가? 아마도 "떠날 때도 정해진 것 이외의 나라에

---

29) 땔나무와 물을 운반하는 배

누가 되고 국가의 기강을 흔든 자를 다른 것과 통하지 못하도록 사이를 막거나 떼어 놓음으로써 회개하며 살아갈 수 있도록 편의를 제공하였을 것이다.

그러나 남몰래 가만히 하는 관리官吏가 사삿일로 여행하는 것처럼 배편에 따라가게 하도록 하라."는 내용이었을 것이다.

틀림없이 길동의 무리였다. '국기를 흔들 자들 격리', '인월(1월)'에 도착할 것이라는 분명한 근거였다고 믿고 있었다.

신 신숙주가 류큐국의 사신이 조선에 신 등이 예물을 가지고 찾아올 때 병조판서 이계동 건의로 성희안이 국정을 자세하게 물어 정리한 '해동제국기'[30]를 상고해 보니,

"일본과 유구국 사신이 바다를 건널 때의 식량은 다만 20일분 뿐입니다. 이제 유구국 사신이 돌아갈 때 이 전례에 따라 지급한다면, 돌아가는 사람을 후하게 대접하는 도리에 어긋남이 있을까 염려합니다. 이 사례에 비해, 제주 사람 '김비을개' 등 3인이 유구국으로 표류하여 도착했다. 돌아올 때, 그 나라에서 3개월 양식과 돈 1만 5천 문文과 후추 1백 50근, 현미 5백 60근을 주어 보냈으니, 그들이 표류한 조선인을 대접한 것이 이같이 풍성하고 후했습니다. 지금 그 나라 국왕의 사신이 돌아감에 있어 20일분의 양식만을 준다는 것은 너무 박하지 않

---

30) '해동제국'이란 곧 일본의 본국, 구주 및 대마도, 이키도(壹岐島)와 유유구국(琉球國)를 총칭하는 말이다

겠습니까." 하였다.

　전하께서 명하시기를,

"그것을 정승들에게 의논하라." 하였다.

　성현, 정경조, 이숙감이 논의한 바에 따르면,

"유구국의 서계는 의심스러운 곳이 많이 있습니다. 성의를 다해 마땅히 잘 타일러 돌려보내야 합니다. 그러나 먼 곳의 사람이 와서 조회하는 것을 갑자기 물리치기가 어려우니, 영을 내려 다시 허실을 살펴보되, 만일 실제와 비슷하여 밝히기 어려우면 도둑의 두목을 사신으로 보내는 '거추사송巨酋使送'의 예에 따라 접대하고, 간교하게 속인 것이 나타나면 일반 왜인과 같이 대우하는 것이 어떻겠습니까?" 하고 제안하였다.

　허실을 살펴, '거추사송巨酋使送'[31]의 예例에 따라, 길동의 무리는 설날이 지난 열 나흗날 몸을 태웠다.

　그날은 된바람이 몹시 불며 살을 에어 낼 듯이 매서운 날이었다. 땔나무와 물을 실은 시수선 물이 꽁꽁 얼어붙었다. 일부에게 지급된 방한복은 추위를 막지 못했다. 참담하고 두려운 날이었다. 내 조국에 살지 못하고 낯선 땅으로 떠나야 하는 심정은 몹시 슬프고 쓸쓸했다, 그렇지만 언제까지나 줄곧 슬픈 맘에 머물러 있는 것만 아니었다. 지난 언제가 그를 우호적으로 환대해 주었던 주민의 보살핌이 추억으로 되살아났다. 자신의 처지가 분명하지 못한 채, 그때 몸을 숨겼던 남쪽 섬

---

31) 도둑의 두목을 사신으로 보냄

으로 떠나는 길이었다. 과거 철저한 준비나 신중한 생각 없이 가볍게 행동하던 자신 모습이 떠올랐다.

 길동이 무리는 잔뜩 움츠린 채 아무런 말도 없이 침묵이 흘렀다. 무리는 겁에 질린 듯 긴장이나 무서움 등으로 몸이 굳어져 있었다. 그들은 물이 간절하여 더없이 지성스럽고 절실하게 그리운 호반새가 되어 아열대 지방으로 찾아가는 꼴처럼 생명줄을 바싹 다잡았다. 견디기 힘들었던 추위를 등지고 따뜻한 곳으로 떠나고 있었다. 지금 비가 많은 열대우림의 땅으로 찾아가고 있었다. 그곳은 생명이 스스로 피고 지며 희망이 꿈틀거리는 늘 푸른 녹색지대였다.

 떠나는 그곳은 좀처럼 만나기 어려운 기회로 한번 살다가 잘못해서 뜻대로 되지 않거나 그르쳤던 곳이었다. 지난날 조선은 자신과 같은 부류 사람들의 활동을 허락하지 않았다. 한때 화적으로 쫓기어 해상으로 피신하다가 풍랑을 만나 유구를 경험한 적이 있는 곳이었다. 잠시 그곳에서 삶의 희망을 찾기도 하였다. 의욕적으로 주민의 편에 서서 그들을 이해하고 도운 적도 있었다. 그런 사정으로 유구 왕부에 맞서 싸우며 전란에 휘말리기도 했다. 준비와 계획도 없이 그들 편에 섰으나 결국 실패하였다.

 얼떨결에 몸을 숨겨 살 곳을 찾아 조선으로 다시 잠적하였다. 그 후로 또다시 화적의 무리인 녹림당 활동이 재개되었다. 나이를 먹고 화적으로 살아온 삶의 막바지가 결국 새로운 운명의 선택지를 뽑아 들고서 꿈을 꿀 수 있는 세상으로 온 것이다.

 이런 세상을 '율도국'이라 하지 않는가?

이곳은 조선과는 또 다른 유교 사회가 점차 뿌리를 내려가고 있었다. 그곳에서도 신분 차별로 말미암아 설 자리가 녹록하지 않았다. 조선에서 새 출발하려는 시도는 힘난하기만 하였다. 행인지 불행인지 결국 불한당들과 함께 그 사회를 떠나 이곳에 오게 되었다. 한때가 불혹의 나이가 훌쩍 넘어 지천명을 바라보는 나이 전투에 패하여 조선으로 잠적하였다. 우여곡절 겪고 다시 유구로 입성한 경우가 원망스러울 수 있으나 새로운 꿈의 출발을 알리는 계기가 되었다. 이미 맛본 세계에 대한 기대감으로 에너지가 꿈틀대며 저절로 솟아났다. 그렇지만 끓어오르는 분노의 에너지와 뭔가 꿈을 실현 시키려는 기대나 이상이 서로 맞부딪치는 듯 가슴이 소용돌이치더니, 기분이 기이하여 표현하는 것이 뭐라 규정하기 어려웠다.

지난날 '가별치 패'라 하여 조선에 향화向化한 여진 추장會長의 '관하백성管下百姓'으로써 편성된 무리의 이야기가 이곳에서도 되살아나는 일이 아닌가? 가별치加別赤는 여진 추장들의 '관할하는 구역의 백성'들을 소속시켜 군사를 뽑아서 호위하게 하였다. 그래서 군사 및 조정 행사에 포진한 자가 무릇 수백 인이므로 조선에 도움을 주는 백성이 되어 향화하는 계기가 되었다. 길동 무리가 '홍길동 패'라는 이름이 붙어, 어쩌면 훗날 유구에 길동 무리의 이름이 세상에 널리 알려지게 계기가 될 것인지 모를 일이었다.

스승 학조대사의 선종 참선의 가르침이 떠오르면서, 새로운 삶의 구상이 구체화 되어 갔다. 조선에서 힘겹게 겪었던 삶의 고통과 체험들이 고스란히 지혜가 되어 에너지가 될 수 있다고 믿으며, 지금부터 시작이 반이라 생각했다, 바꿔 말하면 조선에서의 '시련기'가 유구에서는 삶의 '수련기'가 되었다.

배에 오르자, 조선어가 낯설어졌다. 오히려 어설픈 유구어가 어색하지 않았다. 누구에게나 삶은 늘 시련이었다. 문화도 낯설고 언어도 익숙하지 않았다. 태어난 곳에서 발붙이지 못하고 조선의 국적을 잃고 강제 이주되 버림받은 처지가 한편으로는 시원하면서도, 다른 한편으로는 섭섭하였다. 함께한 사람들도 남의 땅에 가는 것이 서먹서먹했다. 배 안에는 다양한 죄를 짓고 조선에서 버림받은 자들과 가족들이 대부분이었다. 개과천선하려 하더라도 가난과 기구한 환경으로 다시 도둑이 될 수밖에 없는 자들이었다. 가난을 훔친 자들이었다. 사람들이 서먹하였으나 비슷한 처지 사람들과 함께하는 것이 위안이 되었다. 그리워도 돌아갈 수 없는 그의 분노는 새로운 힘을 얻는 계기가 되었다. 그들이 희망을 원하는 바가 실현되도록 빌고 빌었다.

이 섬에 모든 걸 걸고 삶을 완성한다는 화두 설정이 되었다. 그것은 '백성'이었다. 날씨가 좋고 바람과 조류만 잘 타면 열흘 정도 만에 도착할 수 있는 곳이기도 했다. 20일분의 식수와 땔나무, 식량을 싣고 1달 남짓 항해하는 것은 지난한 항해였다. 1달 남짓 후에 유구국 사람 22명을 포함하여 470명이 식량이 부족한 상태에서 조선에서 출발하여 유구의 어느 섬에 입성했다. 낯익은 풍경들이 눈에 들어왔다. 입항 날은 바람이 불지 않는 구름 한 점 없는 하늘이었다. 마치 나무가 푸르고 꽃이 피어 봄날 같았다.

조선을 떠날 때는 잔뜩 찌푸린 날씨에 바람마저 차가웠다. 가뭄에 시달려 자라지 못하는 볍씨를 그곳에다 심어 보리라는 생각에 풍요를 기원하며 조선에서 품질이 좋은 신품종의 볍씨를 '율도국 곧 봉래섬' 이상 국가라 일컬어지는 태평산 곧 팔중산 지역에 가져갔다. 그 일대에는 이미 안남미라는 품질이 좋지 않은 남방계의 쌀이 있었다. 이때 가져간 볍씨는 길동의 처 장전대주 가문의 여인에 의하여 씨앗이 뿌려졌다. 현재 오키나와 야에야마八重山 지역에서는 고을의 종을 풍요의 여인으로 추앙하는 풍습이 남은 곳에 씨앗을 뿌렸다.

연산군 조 때 1500년 11월에 길동이 붙잡혀 남해 1200km 삼천리로 유배될 때쯤은 무오사화 이후 사회는 어수선했다. 세조가 왕위에 오르면서 조선은 중앙집권과 부국강병을 지나치게 추구하는 정책을 펼쳤다. 그에 따라 훈구 대신들이 권세가 높아지고 재산을 모으면서 부정부패와 폐단이 생겼다. 성종 때 김종직金宗直을 중심으로 한 사림파는 새로운 정치세력으로 등장, 정계로 진출하였다. 사림파는 3사(사간원, 사헌부, 홍문관)의 입이라 불리는 언론직 및 사관 직을 차지하면서 훈구파 대신 비행을 폭로하고 규탄했다. 연산군의 향락을 비판하면서도, 왕권이 다른 사람의 의사는 존중하지 않았다. 제 생각대로만 일을 결정하는 것을 반대하였다.

무오년에 참혹한 화가 일어난 적이 있었다.

역모죄로 파평 부원군 윤필상 등이 의금부 당상과 함께 빈청에서 배목인 도당인 문빈 등 13명을 국문하여 능지처사하였다.

전교하기를,

"파평 부원군 윤필상과 좌의정 한치형, 김종직 역모 죄상을 적발한 공이 있으니 그들에게 각기 노비 13인과 밭 백 결을 주도록 하라." 하였다.

그 해 배목인 일당을 처벌하고 사령을 반포하였다.

임금이 나오지 아니한 채로 백관의 하례를 받고 나라 안팎에 왕이 이르기를,

"나는 덕이 부족하고 일에 어두운 자로서 큰 업을 이어받았다. 이른 아침부터 늦은 밤까지 대업을 공손히 받들어 모셨으나 두려웠다. 때론 깊은 못에 다다른 심정으로 지내고, 어떤 땐 마치 엷은 살얼음을 밟는 것처럼 조심조심하며 몸 둘 바를 몰랐다. 거의 백성이 추대하는 소망을 보호하고 조종의 어렵고 힘든 큰 살림이나 복을 보전할 것을 다짐하였다.

뜻밖에 구례 현 백성 배 목인이 남을 해치려는 마음을 가지고 거짓으로 비결을 만들었다. 어리석고 사리에 어두운 백성을 속이고 정신을 어지럽게 하여 홀리게 하여 반역을 꾀하였다. 성 한손과 문 빈 등이 그 심복이 되어 음으로 떼를 지어 일을 꾸미는 무리를 결성하였다. 목인의 아비 계종이 역모를 완수할 생각으로 남해의 불순한 무리를 유인해 모았다. 부자가 난리를 선동하니 그 같은 편에 속하는 사람들이 얽히고설키어 두 고을의 백성들이 따라서 부화뇌동한 자도 무려 70여 명이었다. 죄가 크고 악이 극하여 흉한 모의가 저절로 무너져서 목인 등 37명은 법에 따라 처형되었다. 그 나머지도 죄의 경중에 따라 모두 먼 지방으로 내쳤다. 목인 부자가 살던 구례 고을을 없애버리고 남해는 삼강오륜 따위와 관련된 죄인이 나왔기에 그 고을의 읍 호를 한 등

급 낮추었었다. 목인, 한손, 문빈, 계종 등의 부자와 이환의 아들도 아울러 교수형에 연대 책임을 지고 처벌되었다. 그 나머지 율에 연좌되어야 할 사람들은 차마 모두 따로 처치할 수 없어 특별히 사형을 감하여 특사로 살려 주었다.

내란죄, 국가나 사회를 어지럽히는 큰 죄인 외환죄, 자손이 조부모와 부모를 미리 꾀하여 사람을 죽인 죄, 때리고 욕한 자, 처·첩이 지아비를 죽인 자, 노비가 상전을 모살한 자, 고의로 살인을 꾀하여 독약을 모르게 음식 속에 넣어서 먹여 실신하게 하는 것인 고독蠱毒[32], 나쁜 방법으로 사람이 죽기를 기원하는 것인 염매壓魅[33]를 한 자와, 강도와 절도를 범한 자, 사람이 지켜야 할 도리에 관계된 자, 국가 뇌물을 받아 죄를 범한 자를 특사에 제외되었다.

이미 죄가 발각되었건 아직 발각되지 않았건, 이미 결정되었건, 아직 결정되지 않았건, 모든 자의 죄를 면하게 했다. 이미 귀양살이할 곳을 정하여 죄인이 유배된 유(流:귀양), 도(徒:죄인을 중노동에 종사시키던 형벌), 부처(付處:어느 곳을 지정하여 머물러 있게 하던 형벌), 충군(充軍:군역에 복무하게 하던 제도)된 사람들도 아울러 석방하였다. 감히 임금이 죄인을 특사하던 명령을 내린 이전의 일로써 서로 고하는 자는 그 죄를 물었다. 아! 죄악이 누적되어 이미 중형을 받았으니, 나쁜 사람의 전과를 깨끗이 씻어 주라. 마땅히 왕명의 은택이 미치

---

32) 뱀, 지네, 두꺼비 따위의 독이 들어 있는 음식을 먹고 생긴 병. 배앓이, 가슴앓이, 토혈, 하혈 따위의 증상이 나타난다.
33) 나쁜 방법으로 사람이 죽기를 바라는 것

도록 하라. 마치 땀이 피부에서 한번 흘러나오면 다시 되들어갈 수 없는 것처럼 왕명도 한번 내려지면 거둬들일 수 없는 것처럼 시행토록 하라." 하였다.

증거도 아주 분명함이 없이 사회가 혼란이 일어나도록 하는 말을 하는 유언비어에 관련된 죄인들의 처벌에 대해 논의하였다.

임금이 명을 내리기를,

"근래에 죄를 지은 자들은 모두가 증거도 없이 사회 혼란을 일으키는 경우가 있다. 짐은 아마 원망하는 자가 많을 것으로 여긴다. 무풍정은 사건이 역모에 간여하였다. 의당 끝까지 국문해야 한다. 홍식 등의 일은 언어상의 과실일 뿐이므로 과인은 너그러이 논하려 한다. 장차 어떻게 처리하면 되겠느냐?"고 물었다.

윤필상 등이 아뢰기를,

"신 등이 감히 먼저 청하지 못했지만, 지금 성상의 가르침이 진실로 지당하옵니다. 이는 성상의 재량 여하에 달렸을 뿐이옵니다. 이 득전은 비록 승복하였으나 죄가 죽는 데에 이르지는 아니하옵니다. 지금 곤장을 받은 것이 이미 두 차례나 되며, 정윤좌, 유분은 말이 궁하여 연루된 것이오니 이 사람은 애매함이 있을 듯하옵니다. 성상께서 당신 생각대로 헤아려서 처리하심이 어떠하옵니까?

또 신 등이 들은 바로는 모두는 평소에 선비가 가르치고 타이름에 있어 서로 따르며 친하게 만드는 건, 마치 말에다 푸른 말다래 '장니'를 다는 것과 같습니다. '장니'가 말을 탄 사람이 옷에 진흙이 튀지 않도록 가죽 같은 것으로 만들어 말 배 양쪽에 늘어뜨리어 놓은 물건으로 주변을 배려한 것이오니, 그 흔적이 없어지거나 떠난 뒤에 남는 자취나 형상이 뭔가 이상야릇한 분위기를 자아내옵니다. 청컨대 그 노비를 끌어다가 평소에 교유하던 사람에게 물어보게 하옵소서." 하였다.

한치형은 아뢰기를,

"이같이 잘못하면 소요를 일으킬까 두렵습니다. 어떻게 처리하오리까?" 하니,

전하께서 명하시기를,

"홍식 등의 죄는 법을 참조하여 짐의 재가를 받아라. 과인이 마땅히 알아서 처리하겠다. 모든 노비를 국문한다면 진실로 소요가 있을 것이다. 그러나 큰일을 치름에 있어 어찌 작은 폐단을 헤아리겠느냐? 끌어다 국문함이 옳다." 하였다.

필상 등이 아뢰기를,

"법에 따르면, 홍세필을 곤장 1백 대를 때려서 3천 리(1200km) 밖으로 내치고, 홍 식은 곤장 1백 대를 때려, 외방으로 어느 곳을 지정하여 머물러 있게 하는 형벌을 내리며, 이 득전은 군사적으로 중시되던 함경도와 강원도의 일부 지역이나, 평안도 지역 황폐한 고을로 보내어 새로 노비가 된 사람에게 자기가 해야 할 일을 하도록 처분하옵소서." 하니,

명을 내리기를,

"그렇게 처리하라. 홍식만은 곤장 20대를 감해야 한다." 하였다.

아니 땐 굴뚝에 연기 날까? 하지마는 이 사건이 기존의 문제들보다

그만큼 특별하게 다르고 차별적으로 인식되고 평가되었다.

1485년 성종 16년 '경국대전'의 완성부터 무오사화(1498년)까지는 13년밖에 걸리지 않았다. 제도의 정비와 정치적 갈등의 폭발이라는 상반된 현상이 일어났다. 그 제도는 어떤 부분 또는 전체가 현실에 쉽게 적용되지 못하고 마찰을 빚었다. 성종의 정치적 포석과 맞물리면서 점차 현실에도 갈등이 있었다. 국왕이 적절한 조정력을 행사하면서 대신과 삼사가 견제와 균형을 이루는 체제가 형성된 것은 조선 전기 때 정치에 중요한 변화이자 발전이었다.

그러나 일반적으로 비판은 좀처럼 억눌러 제 마음대로 다루지 못했다. 더 격화되었다. 결국 사화라는 정치적 문제가 터졌다.

국내적 위기에서, 길동은 사회악의 원흉이 되어 있었다. 어쩌면 누이 좋고 매부도 좋은 정치적 타협의 산물이 되었다. 결국 그는 패배자로 희생양이 되어 유구섬으로 떠나갔다. 이들 배 안에는 나라와 겨레에 믿음과 의리를 저버리고 돌아서는 행위를 꾀한 사건으로 관련된 자들이 있었다.

그러나, 사회에서 해악이 되어 피해나 괴로움을 끼친 자도 있었다. 기막힌 일로 살아남아 3천 리 유배형에 처한 자들과 함께 생계형 범죄자로 무리에 합류되었는지 궁금한 사연을 싣고 떠날 따름이었다. 정치적 사회적 문제와 연루되어 조선과 격리되어 돌아올 수 없는 먼 곳으로 떠나갔다.

조선에서 벗어난 유구국의 표정

유구국은 오래전부터 아지按司라고 불리는 지도자가 나타났다. 14세기부터 중산, 남산, 북산, 삼국이 성립되고 1429년 중산국왕 '쇼하시'가 삼국 통일하면서 유구 왕국이 건설되었다. 그는 쇼시소 왕 아들로 류큐 왕국 제1 쇼 씨 왕조 2대 국왕이다. 21세 때 아버지의 뒤를 이어 '사시키' 아지가 되었다. 1406년 주잔왕 '부네이'를 공격하여 삿토 왕조를 멸망시키고 슈리에 수도를 정했다. 1416년 '호쿠잔' 왕국을 멸망시키고 1422년 주잔 왕이 즉위했다. 1429년 난잔 왕 '다로미'를 멸망시키고 삼산을 통일하여 왕국 최초의 통일 왕조를 수립했다. 재위 중 슈리성의 확장, 정비하여 걸맞게 왕성을 만들었다. 꽃나무 등 조경수를 심고, 주잔문을 세우며, 외원을 정비했다. 또 나하항을 정비하여 중국, 조선, 일본, 남방국가 등과 활발히 교역하여 류큐 번영의 기초를 다졌다. 책봉 체제 아래 류큐를 건설했다.

쇼씨 왕조 멸망 후 평탄한 길을 걷지 못했다. 이후 왕들은 재위 기간이 5~9년 정도에 지나지 않았다. 1455년 5대 쇼킨부쿠왕이 죽자 왕위 계승을 둘러싸고 세자 시로志魯와 동생 후리布里의 다툼으로 모두 목숨을 잃었다. 그 당시 슈리성이 병화로 전소되었다. 다음 대에도 연속적으로 반란이 일어났다.

이때 조선에서는 예종이 즉위(1469)하고 관찰사, 절도사, 포도대장들이 도둑 무리를 추적했다. 장영기와 홍길동의 무리가 관군에 쫓기여 몸을 숨기는 때였다. 길동도 '해상봉쇄령'이 내려져 서남 해안 지역으로 도피 중인 때였다. 그 무렵 조선에서 장영기가 체포되어 처형될 지경이 되었다. 길동은 피신 잠적해버렸다.

유구는 1469년 7대 쇼토쿠가 죽자, 슈리성에 쿠테타가 일어났다. 세자는 죽고 왕족이 모두 추방되었다. 왕위에 오른 이가 당시 왕의 측근 대외교역 장관이었던 가나마루金丸로 쇼엔尙巴이었다. 이때 1471년 쇼엔은 세자의 직함으로 중국에 사신을 보내 아버지의 죽음을 보고하고 책봉사 파견을 요청했다.

1472년 명은 관영을 보내 세자 쇼엔을 주잔 왕에 봉했다. 그는 정통 계승자처럼 쇼토쿠의 후계자로 행세했다. 쇼尙씨 성을 자칭했어도 쇼씨는 아니었다. 1476년 7월에 쇼엔이 죽었다. 아들 쇼신이 11세로 어리다는 이유로 쇼엔 동생 쇼센이 국왕이 되었다. 그러나 다음 해에 신에게 제사 지내는 의례에서 "쇼신이야말로 왕이 되어야 한다."는 이례적인 신이 사람을 통해서 그의 뜻을 나타냈다. 바로 인간의 물음에 대답하는 일로 쇼센이 물러나게 되고 쇼신이 즉위했다. 어머니 '오기야카'가 계획한 좋지 않은 일을 몰래 꾸미어 행동으로 이루어졌다고 했다.

1477년 즉위한 쇼신은 주잔 왕 세자 이름으로 책봉을 요청하는 사자를 명에 파견하였다. 2년 후 1479년 명 황제의 명으로 동민을 정사로 류큐에 파견했다. 결국 류큐의 황금시대가 열렸다. 이 시대의 모습을 보여주는 근세에 집대성한 제사 가요집 '오모로사우시'[34]에 전설의 주인공으로 등장한다.

유구국은 외부 침입이 거의 없이 일본, 중국, 조선 섬라 등과 교역하면서 평화롭게 살아왔다. 왕실의 규모나 체제는 외치에 대한 대비보다는 내치에 비중이 큰 나라였다. 섬으로 이루어진 나라로 섬마다 소규모의 사회를 이룩하고 있었다. 언어, 풍속, 신앙, 습관 등은 내지 유구와 외지의 문화는 달리했다. 이곳은 오랫동안 시대를 지배하는 위인이나 영웅의 출현이 없었다. 지방 호족이라 볼 수 있는 '아지'의 출현이 있었다. 또 여러 개의 섬으로 이루어져 문화의 통일성이나 왕조국가의 탄생이 없었으나 '아지'의 탄생으로 평화롭던 사회는 북산, 중산, 남산으로 대표되는 세 지역으로 나뉘어 세가 형성되었다. 충군 애국 사상이나 애향심은 모르고 살았다. 각 아지 사이 힘겨루기 현상이 나타나면서 고려 때도 인연을 맺었으나 조선 초 유구 사람과 왕래가 있었다. 영웅의 탄생은 대부분 국가적 결합이 박약한 지역에서 출현했다. 그리고 영웅들의 세력 다툼으로 전쟁도 발생했다. 길동이 활동했던 시기에 류큐는 중산지역의 '아지'가 통일하여 본도에 수리성을 두고 통치하였다. 어느 정도의 통일 왕조를 이루었으나 본도 북산지역 수리성에서는 수많은 섬 들을 '아지'가 직접 통치할 수 없었다. 조용한 섬이 분주해지면서 작은 전쟁이 섬 사이에 생겨났다.

---

34) 슈리 왕부가 중앙집권과 제정일치의 지배체제를 확립하기 위해 각 지방의 관리를 불러 신가를 모아 엮은 가요집(1531). 22권, 왕, 시인, 용사, 항해자를 기리고 풍경, 천문현상, 전쟁, 신화, 연애 등을 노래함

한때 조선은 길동이 장영기라는 이름으로 활동하던 시대였다. 그러나 소탕령에 추적받다가 재난을 만났다. 뜻밖에도 이런 분위가 오랫동안 지속되어 쫓기는 신세가 되었다. 피란 중 배의 난파로 길동이 유구로 찾아 들었다. 하나를 들으면 열을 아는 총명으로 세상에 나왔으나 시대가 그의 생각을 따르지 않았다.

조선의 땅에서는 적응하지 못하고, 피신하며 죄인의 몸으로 살았다. 서럽고도 아픈 마음을 싣고 섬 최남단 파조간도로 한겨울에 입항했다. 그곳의 기운은 조선의 3~4월의 모습과 같았다. 몇 년 동안 그곳에 머물면서 고초를 겪었다. 종교적 문제와 섬과의 문화적 차이로 갈등이 확대되어 신군과 전투를 치뤘다. 그 전투에 실패하여 잠적하였던 지난날이 떠올랐다. 아픔이 클수록 위대함을 불러내고 있었다. 낮은 평원으로 잠적한 후 조선에서의 흔적이 활동 흔적이 가끔 나타났다.

길동은 연산군 때 11월에 붙잡혔다. 삼천리나 되는 먼 곳으로 떠나가고 있었다. 그토록 발붙이려 몸부림쳤던 곳에서 전쟁의 실패로 잠적한 루트를 다시 찾아가는 길이었다. 그와 무리는 조선에서 자취를 감추었다. 그가 아쉬움을 남겼던 세계로 떠나가고 있었다. 길은 한번 경험했던 길을 더듬어가는 듯했다.

이후 유구의 모습이 눈에 들어왔다.

힘든 항해 끝에 여러 섬을 돌아 풍물이 하나하나 가물가물 희미하게 보일 듯 말 듯 스쳐 갔다. 지친 기색이 몇 달이 흘러간 듯하였다.

사람과 집들이 다소 많은 신선한 풍경이 눈 속에 아름답게 쑥 들어왔다.

집들이 크고 작은 것 없이 그 제도가 모두 한 일자一字 모양과 같았다. 구부러진 곳이 없었으며, 경기지역 '삘기'라는 이름으로 불리는 띠풀茅草로 지붕을 덮었다. 그 나라는 항상 따뜻하여 서리와 눈이 없어 주민들은 눈이 무엇인지 인지하지 못하는 듯했다. 추운 겨울이 마치 4월과 같아서 초목이 시들어져 떨어지지 아니하고, 우리의 방한복이 불편했다. 그들의 옷에는 솜을 넣지 않았다. 말먹이는 항상 푸른 풀을 사용하였고, 여름 해가 정북 쪽에 있었다.

명절날과 설날은 짚으로써 왼쪽으로 꼰 새끼를 문 위에 걸쳐 놓았다. 마치 아이를 낳게 해 달라고 삼신에게 빌 때처럼 그 모습이 연상되었다. 또 나무를 쪼개어 묶음(束)을 엮어 만든 단을 쌓인 모래 위에 두었다. 그 가운데 떡 그릇을 얹으며, 또 소나무를 가지고 묶은 나무束木 사이에 꽂는데, 닷새나 지나서야 그만두었다. 그 풍속에 재앙을 쫓고 복을 기원하는 듯했다. 또 술을 두고 서로 즐기었다.

백중날이 음력 7월 15일이었다. 조선과 같았다. 이때에 불사에 올라가 죽은 어버이의 성명을 써서 책상위에 놓고 함께 쌀을 상床 위에 올렸다. 댓잎으로 땅에 물을 대는데, 승려로 보이는 자는 불경을 읽고, 일반의 평범한 사람은 기도한다고 믿었다.

노비는 일본인이 많은 듯하였다. 비록 가까운 친족이라도 모두 사서 노비로 삼았다. 국왕의 친근한 사령들은 필요에 따라 모두 사들인 자들이었다. 혹은 여국인女國人이 와서 노비로 바친 자들이라고도 귀엣말을 주고받았다.

수공업에 종사하던 장인은 단지 주물 활자 만드는 일을 맡아 하던 사람과 목수만을 쓰고 나머지는 모두 눈에 띄지 않았다.

자리 깔개는 왕골로써 짠 방석이었는데, 조선과 같았고, 혹은 무역을 통해 명에서 사 온 것이라 하였다.

복장과 음식은, 남자의 의상이 조선의 직령 제도와 닮았다. 다만 조선 때, 마치 무관이 입던 웃옷의 하나처럼 깃이 곧고 뻣뻣하며 소매가 넓게 보였다. 빛깔은 단순하게 흑색과 백색을 좋아하였다. 여자의 복장은 의상이 하나같이 조선처럼 닮았다. 명의 영향 아래에 놓여 있어 거의 같을 것이라 여겼다. 군신과 상하 남녀는 모두 관복이나 예복을 입을 때 망건 위에 쓰던 관冠이나 두건을 쓰지 않았다. 걸을 때는 맨발로 다니고 신발 따위의 물건이 없었다. 모든 소와 말의 가죽은 모두 관청에 바쳐서 갑옷을 만들었다. 그 음식을 먹을 때에는 갖춰진 숟갈과 젓가락이 없었고, 임시방편으로 억새 풀을 꺾어서 젓가락같이 만들어서 먹는 것 같았다.

남자는 말을 타는 것이 보통과 같았으나, 부인들은 말을 탈 때 모두 자세가 양다리를 내린 채 말 등에 걸터앉는데, 마치 교자상에 앉아서 가는 것과 같이 편안해 보였다.

화폐는 통용되는 것이 돈은 전화이었으나, 그 쇠를 녹혀 만드는 방법을 알지 못하는 듯하였다. 모두 명에서 빌어다가 사용한 듯하였다. 정축년 1457년 명나라 사람들이 처음으로 와서 가르쳤다고 했다. 10문文이 쌀 한 되쯤 어림하였다.

장사치들이 강 연안에 배를 정박시키는 곳에 일본 여국女國[35] 사람들도 또한 와서 교역하였다.

'두승'이라는 되가 조선과 같았고, 말이 혹은 다섯 되를 담기도 하고, 혹은 열 되를 담기도 하고, 혹은 서른 되를 담기도 하였다.

북이나 징을 쳐서 알려 주던 시간은 대궐 남문에 나무로써 물시계 누기漏器를 만들었다. 그릇의 몸체는 둥글고 그 가운데가 비어 있고, 그 배에다 구멍을 뚫어서 물을 정량하여 부어 넣은 다음 물이 다 없어지는 것을 헤아려서 이를 1경更이라고 하며 두 시간을 말했다. 드디어 북을 쳐서 알렸다. 북 치는 수효는 경更의 수와 같았고, 통행금지인 인정人定과 해제인 파루罷漏는 조선과 다름이 없었다.

조회는 먼 지방의 읍장들이 좋은 날을 택하여 잔치상을 준비하여 대궐 뜰에 바쳤다. 국왕은 층각에 있으면서 내려오지 않았다. 여러 신하가 아래 뜰에 있으면서 음식을 먹었으나, 음악이 없고 왕에게 술잔을 올리는 것도 없었다.

임금의 명령을 일반에게 알릴 목적으로 적은 문서로 중국의 조서와 조선의 서계書契가 나라에 이르면 배가 정박하는 첫 지면에 대장기旗, 의장의 하나로 햇빛 가리개 모양인 덮개 등의 물건으로 격식을 갖추어 의장을 설치하였다. 또 군사들이 갑옷과 투구를 갖추고 나가서 맞이하였다. 임금의 명령을 일반에게 알릴 목적으로 적은 문서나 서계를 수레에 받들어 모시고, 그 곁을 따르면서 북과 징을 울리고 태평소

---

35) 여자들만 산다는 전설의 나라. 부상국扶桑國 동쪽에 있다고 한다.

를 불면서 왕실로 맞아들였다. 왕이 짙은 붉은색 옷을 입고 관(冠)을 쓰고 절을 한 다음 앉으면, 이 문서를 열어 읽었다.

국왕은 항상 층각에 있으면서 내려오지 않고, 부인을 시켜 왕명을 전하였다. 일반 백성으로 보이는 자들은 관복이 없이 모두 두 손을 들고 땅에 엎드려 절하는 것을 행하였다. 이때가 되면 뜰로 내려와 절하고 꿇어앉기를 대략 예법과 같이 하였다.

장사 지내는 일과 삼년상을 치르는 일은 본래 국왕이 죽으면 일체 임금의 호위에 응해야 하는데, 주민은 삼베로 만든 관을 쓰고, 삼베옷을 입고 곡哭하여 슬픔을 다하였다. 장례는 14일(二七日) 동안에 끝냈다. 모든 백성이 부모의 상을 당하면 족친들이 상가에 모여서 조상하고 곡하며, 상을 당한 사람은 흰옷을 입었다. 모두 3일 뒤에야 고기를 먹을 수 있으며, 7일 안에는 살생하지 않았다.

국왕의 장례는 바위를 파서 광壙을 만드는데, 광 안쪽 사면에 판자를 짜서 세우고, 드디어 관을 내려 묻었다. 다음에 판자문을 만들어 자물쇠를 채웠다. 묘 앞과 양쪽 옆에다 집을 짓도록 하여서 묘를 지키는 사람이 거주하였다. 묘를 빙 둘러서 석성을 쌓는데 성에는 하나의 문이 있었다. 보통 사람의 장례는 시체를 묻기 위하여 판 구덩이를 파서 관을 묻는 것은 같았으나 다만 집을 짓고 성을 쌓는 따위의 일이 없을 뿐이었다.

혼가는 혼인할 때 남자 집에서 먼저 중매하였다. 혼인을 약속하여 결정하고 날짜를 택하였다. 남자 집의 친족 여자가 신부집으로 가서 신부를 데리고 집에 돌아와 예식을 행하며, 그날 밤에 양쪽 집 족친이 모여서 술을 나누고 후에 헤어졌다. 제사는 그 나라에 제향이 없었다.

  조신은 무릇 사람을 쓸 때는 그 자리에 있는 사람의 추천을 들어주었다. 관官에서 노비, 논밭, 집과 군기軍器 등의 물건을 주었다. 만약 유능하지 못하면 파면하고 아울러 그에게 주었던 물건을 회수하였다. 상시로 1백여 인이 대궐 안에 머물면서 정사를 다스렸다. 규모는 작았다. 5일씩 서로 교체하였다. 또 4, 5인의 교대하지 않고 계속 당직하거나, 교대하는 기간이 오래되어, 당직을 하는지 않는지 모르게 희미하게 보일 듯 말 듯 장기간 유숙하며 교대하지 아니하고 근무하던 장번이 있어서 대궐을 나가지 않았다. 만약 자기 뜻대로 자주 출입하여 잘못을 저지르면 그에게 직무를 그만두게 하였다. 이전과 똑같이 하였다. 그곳에서 근무 때에 모두 나라에서 관리하는 곳집에서 녹봉을 받고, 그중에 1인이 우두머리가 되어 이들을 총괄하여 다스렸다.

  '도적은 본국에서는 도적이 없다.'라는 말이 이해가 가지 않은 듯이 무리는 의혹의 눈초리로 서로 번갈아 쳐다봤다. 전혀 없는 것이 아니라 일본에서 팔려 간 자들이 왕왕 남의 재물을 훔쳤다. 사람 사는 곳에는 늘 있는 일이라 믿었다. 그러나 조선에서처럼 생존 문제로 아귀다툼을 하는 것이 아니었다. 또한 죄인을 체포하여 국문하고 죄가 크면 죄인을 죽이고 작으면 다른 섬에 유배하였다. 그 심문하는 법은 태형笞刑, 장형杖刑이 없었다. 다만 땅에 두 개의 판자를 겹쳐 놓고 죄인 다리를 그사이 끼워서 그 양쪽 끝을 묶고 사람에게 하는 행위로 올라가서 휘어지게 하는데 한쪽 끝에 3인에 지나지 아니하였다.

  농업은 여러 가지 쌀을 비롯한 곡식이 모두 있었으나 다만 팥, 보리,

녹두가 없었다. 양잠하는 모습은 보지 못하였고 뽕나무, 삼, 목면도 없었다. 그러나 조선에서는 목화를 고려 때 문익점이 중국 원으로부터 도입되어 사용했으나 유구에는 도입이 되지 않은 듯했다. 다만 생모시가 있었다. 그 길이가 2장丈쯤 되었다. 1년에 세 번 채취하였다.

밭과 무논은 쟁기를 사용하지 아니하고 손으로써 매만졌다. 매 시월에 모종하였다가 다음 해 정월에 모를 나누어 심어서, 오월쯤 되어 익으면 그때 이삭만 수확하고, 짚 줄기는 베지 않았다. 거기에서 곁가지 모가 또 번성하여 시월에 다시 거두는 이모작이었다. 전지를 매만지는 데 다만 삽으로 할 뿐이었고, 쟁기를 사용하지 아니하였다.

광물인 유황은 화약의 원료로 쓰이고, 금과 은이 나지 아니하였다.

풍속이 중국서 사 온 앵무새를 가지고 놀기 좋아하였다.

바다에서 생산되는 것이 해조류와 전복 같은 어패류 어물이 이었고, 뭍에서 나는 것은 아열대 기후여서 유자, 귤, 열대 과일 파인애플, 망고 등 많았다.

군사는 규모가 크지 않았으며 군사 백여 명을 정원으로 하여 날마다 바꾸어 당직을 교대하였다. 그 본래의 사람 수는 쉽게 자세히 알 수가 없었다. 쇠로써 사람의 얼굴을 본떠 얼굴 위에다 덮는데, 그 모양이 마치 탈과 같았다. 둥근 칼環刀, 방패, 창檜은 본국과 다름이 없었으나, 다만 쇠로써 4가지가 난 날을 만들어 그 모양이 굴곡이 있고 키로 2길쯤 되는 나무로써 자루를 만들어 사용하였다. 그 풍속에 이를 구拘라고 이르며, 전쟁할 때 사용되는 것이 아니라, 먼 곳 죄인 목을 베어 죽이는 참형하는 병기로 사용하였다.

203

화약으로 화살이나 탄알을 내쏘는 무기는 그 크고 작은 것과 체제가 하나같이 조선의 제도와 같았다. 활과 화살은 뽕나무로써 활을 만들고 모시 실로 시위를 만들었다. 활은 본국 화살이 깃이 좁고, 쇠로 만든 살촉이 작은 사냥이나 무예 강습 때 쓰던 화살과 같았다. 또는 대나무로써 활촉을 만든 것도 있었다.

이웃 나라와의 교류는 중국과 일본국, 여국女國과 서로 통하여 우정을 맺었으나, 그러나 가끔 하는 것이 아니었다.

해로로 중국과의 대체로 길은 동남풍이 불 때 사정에 따라서 배가 7일 동안 가면 도착하고, 일본과의 직선 길은 하늬바람을 따라서 배가 18일 동안 가면 도착하였다.

공격하고 싸우는 것은 나라의 동쪽에 두 섬이 있었는데 하나는 지소도池蘇島이고 하나는 오시마도吾時麻島였다. 모두 항복은 스스로 와서 복종하지 않았다. 오시마도는 공격 토벌하여 귀순한 지가 십수 년이 지났다. 지소도는 매년 토벌하기에 이르지만 버티며 복종하지 않고 있었다.

성은 3겹으로 되었고 모두 돌로 쌓은 성이었다. 성의 높이는 조선의 도성과 닮았으나 약간 높았다. 성문도 또한 우리나라와 같았다. 그 성은 구부려져서 마치 굽이굽이 휘돌아 흐르는 물처럼 흘러내렸다. 두 성 사이 거리가 마치 한 필疋의 베를 펼친 듯하였다.

국왕은 2층의 궁궐에 거처하였다. 지붕 위나 거리에는 동물 모양 시사라는 것이 시선을 끌었다. 그 전각은 모두 울긋불긋 단청을 입히고 지붕을 판자로 덮었다. 용의 머리처럼 생긴 망새에는 푸르스름한 잿

빛의 금속으로써 진하게 칠하였다. 궁전에 딸린 부속 건물 정전正殿 아래 남전과 북전이 주위 둘레에 돌아가면서 서로 잇닿았다. 군사들이 머물러 궁궐 경비를 위해 궐내에서 몇 곳 정도 눈에 띄었다. 정전에 모여 임금에게 문안드리고 정사를 아뢸 때와 죄수를 신문하기 위하여 설치하던 임시 관아에서 형장을 가하여 중죄인 신문할 때 군사들은 갑옷을 입고 임금을 모시어 호위하여 참석하였다. 또 얼굴을 가리는 투구를 착용하였다. 마치 가면 모양 같았다. 쇠로써 사슴뿔을 닮은 두 뿔을 만들어 금과 은으로 진하게 칠하였다. 쇠로써 그 두 다리를 묶었다.

국왕은 아들 4명이 있었다. 장자長子 맏이는 나이가 15세쯤이고, 그 나머지는 모두 어리었다. 세자가 출입할 때 군사 10여 명이 모시고 따랐다. 왕자들은 국왕과 더불어 같은 곳에 살지 아니하고 딴 곳에서 살았다.

옛 궁궐은 거처하는 궁성의 남쪽에 있었다. 그 층 각과 성곽의 제도가 항상 기거하는 궁궐과 같았다. 때때로 왕래하면서 혹은 이삼일씩, 혹은 사오일씩 머물러 거처하였다. 국왕이 행차할 때 호위하는 군사는 대략 3백여 명 정도이었다. 모두 갑옷을 입고 말을 탔으며, 잡은 병기는 활과 화살이거나 혹은 창이거나 또는 검이었다. 모양이 갈고리鉤 같은 것도 있었다. 앞뒤로 대열에 섞여서 행진하였다. 국왕은 가마를 탔다. 혹은 말을 타기도 하였다. 그를 호위하는 군사들은 노래를 부르기도 했다. 그 악곡의 마디가 마치 우리네 조선에서 모내기나 김매기를 할 때 불렀던 농부가를 부르는 것 같았다. 국왕의 나이 어린 세 아들은 대열의 앞에 있고, 장자는 대열의 뒤에서 따랐다.

　국왕이 한가롭게 지낼 때는 붉고 흰 명주를 사용하거나 검은 명주를 사용하여 머리를 싸맸다. 만약 출입할 때는 일본 갓 같은 것을 착용하였다. 그 모양이 마치 본국 여자들의 죽립과 같았다. 안은 붉고 바깥은 검었다. 복장은 조정 신하와 별다름이 없었다.

　닷새마다 한 번씩 조회하였다. 좌우에 각각 하나의 부대 안에서 방위를 나타내던 다섯 가지의 큰 군기를 세웠다. 행차할 때 위엄을 보이기 위하여 격식을 갖추어 세우는 데 필요한 병사들이 쓰던 각종 무기는 없었다. 신하들이 뜰에 들어가 합장하여 세 번 절하였다. 그날 백성들이 술통을 가지고 와서 궁궐에 술을 바치고, 또 생모시도 바쳤다.

　백성들이 사는 곳의 거주 밀도가 촘촘하고 빽빽하여 집들이 가까워 담장이 붙었다. 밀도가 촘촘한 것은 살기도 좋겠지만 본도 이외에 다른 지역의 '아지'의 가족들이 일질로 잡혀 있어 중앙집권의 한 모습으로 보였다. 길거리가 매우 좁은데, 인가人家에서는 특히 소나무와 종려나무 두 그루를 심는 것을 좋아하였다.

　의복 제도는 하나같이 왜구 옷과 많이 닮았다. 다만 바지를 입지 않았다. 그 복장은 비단, 생사로 짠 명주와 모시풀 껍질의 섬유로 짠 피륙을 사용하는데, 남녀가 같은 복장이었다.

　그 풍속에 항상 크고 작은 칼 두 자루를 차고 다녔다. 음식을 기거할 때도 몸에서 떼어놓지 않았다. 칼의 모양은 본국의 군복에 갖추어 허리에 차던 것으로 지휘할 때 사용하던 장비 같았다.

　모든 이는 신을 신는데 일본 신발과 같았다. 궁성에 들면 신지 않았다. 비녀는 아울러 모두 맨발로 다니며 신발을 신지 않았다. 비록 성 밖이라고 하더라도 만약 나이가 많은 사람을 만나면 또한 벗어버렸다.

남자는 상투를 땋아서 머리의 왼쪽으로 놓고, 여자는 상투를 땋아서 머릿골 뒤에 놓았다. 항상 비단으로 만든 두건을 쓰지 않았다. 비가 오는 날에는 혹은 일본인 갓 같은 것을 쓰기도 했다. 혹은 종려 잎을 쓰기도 하고, 더러는 뭔가 윗도리에 입는 홑옷처럼 쓰기도 하고, 또는 도롱이(蓑衣:사의)를 쓰기도 하였다.

조관 녹봉은 한 주가 되기 전에 5일마다 한 차례 임금이 신하들에게 녹봉이나 물건을 내려주었다.

외성 안에 창고와 궁궐 안의 마구간이 있는데, 항상 큰 말 여러 필匹을 길렀다.

완만한 경사면과 골짜기가 있는 지역이 많아서 그런지 강가에 성城을 쌓고, 그 가운데 술 넣는 창고를 배설하였다. 방 안에 큰 옹기그릇을 배열하고 술들을 가득 채워 놓고서, 일 년산, 이 년산, 삼 년짜리로 창고에 그 순수한 진액 순서대로 구분하여 글씨를 써 붙였다. 또 병기를 보관해 두는 창고를 설치하여 철갑옷, 창槍, 검劍, 활과 화살을 그 가운데에 가득 채워 놓았다. 여러 가지 곡류가 모두 갖춰있었다.

시장 저자는 강江가에 있었다. 남만, 일본, 중국의 상선이 와서 서로 교역하기 가까운 지역에 위치하였다. 남만은 나라의 정남 쪽에 있는데, 순풍이면 석 달 만에 도착할 수 있다. 일본 국은 본섬 나하 동남쪽에 위치하여 마치 다른 나라로 보였다. 약 오 일 정도 만에 도착할 수 있는 정도로 떨어진 정도였다. 중국은 본국의 서쪽에 있는데 순풍이면 이십 일 만에 도착할 수 있다고 했다.

  현재 살아가는 형편에 따르는 유형 도둑은 많지 않은 듯하였다.

  그러나, 국법에 모든 도적은 모조리 사형에 처하였다. 아니면 국왕이 친히 국문하고 군사들이 잡아가서 성 밖에서 처형하였다. 혹은 관아에서 여러 사무를 맡아보는 집사가 죄를 다스려 징벌하기도 하였다.

오키나와에 남은 조선의 흔적

오키나와는 조선과 교류가 있기 전, 후에는 중국은 명, 원, 청에 걸쳐 그리고 고려, 조선, 일본, 미국 그리고 동남아 지역과 교류가 있었다. 삼 산의 세력이 통합되기까지 긴 세월이 성함과 쇠함이 필요했다. 류큐는 남해의 빼어난 지점에 입지를 잡아, 조선의 뛰어난 문화를 접하여 배우고, 명은 광대뼈와 잇몸으로 여기고 불가분의 관계를 맺고, 일본과는 입술과 이로 삼아 친밀한 관계를 맺어, 이들의 중간에 솟아, 무역선을 조종하여 만방에 다리를 놓는 역할을 다했다. 조공무역으로 세계의 상품이 가득하였다고 밝히고 자부심으로 가득하였다.

유구의 유적지를 둘러볼 즈음 그림이 시선에 들어왔다. 한때 원의 공격으로 沖繩(충승) 조에 공물을 바치라는 요구로 심한 공격을 받았다는 자취와. 그리고 유구 특공대의 저항으로 물러난 옛이야기가 엿보이는 원의 교역 요구 흔적이 그림이 걸려있었다.

홍길동의 추모비 건립이 화면을 겹치면서 먼저 장면이 서서히 사라지는 현상이 연출되었다.

'오야케 아카하치'의 추모비가 1953년에 오키나와 교육위원회서 건립되었다. 오야케 아카하치(홍길동)의 추모비에는 아카하치가 상진왕의 탄압으로 그 봉건제도에 반항하여 자유 민권을 주장하고 섬 주민을 위해 용감히 싸웠다. 결과는 패하고 자취를 감추었다. 그의 정신과 행동을 높이 기려 추모비를 건립하여 후세에 전하고자 했다.

당시 조선의 모습과 유구의 사정을 몰래 훔쳐냈다.

수리성 궁전에 전시[36]된 유구국의 궁성 권좌에 있던 국왕들은 어떤 모습이었을까? 남 전과 그에 이어져 있는 당직실에는 왕의 복식을 입은 대형 걸개그림을 전시해 두었다. 이 국왕 도가 어떤 국왕을 모델로 해서 그려졌는지는 알 수 없으나, 세력 한창 왕성한 시기 국왕의 모습을 잘 보여주고 있었다. 비단을 사용한 바탕에 옥과 유리 등으로 장식한 '피변관'이라 불리는 왕관을 쓰고, 구름 속의 용 그림이 그려진 붉은 색깔 옷을 입은 왕은 손에 홀을 잡고 있었다. 신숙주의 '해동제국기'에서는 "중국 사신이 오면 국왕은 오사모를 머리에 쓰고, 홍 포를 입고 옥대를 허리에 띠며, 군신들은 관직의 품계에 따라 각각 그 관복을 입는데, 모두 중국의 의복 제도를 모방"하였다고 언급했다. 남 전과 번 소에는 이들 왕뿐만 아니라 왕복을 입고 옥좌에 앉아 있는 역대 왕들의 초상화도 진열해 두었다. 자세히 들여다본다면, 역대 유구 국왕들의 면모도 제법 알 수 있으리라는 생각이 들었다. 역대 왕들의 모습이 유사하여 구분하기 어려웠으나, 위쪽에 쓰이어진 이름으로 구분할 수 있었다. 그중에서도 상진왕 편액이 눈에 들어왔다. 그것은 홍길동의 활동 시기에 함께한 사람이었다.

한때 일본 사람의 상선 1척이 조선에 다다랐다. 이 배편에 특별히

---

36) 수리성공원관리센터, 「정전에 걸려있었던 황제의 편액」 참조

정사와 부사 등을 보내온 적이 있었다. 당시 유구국에서 삼가 자문과 예물을 싸서 순조롭게 뱃길을 건너 조선에 바친 물품이 다양했었다. 또한 대장존경 전부를 구하여 얻는 것까지 성공했다. 수리성에 조선에서 보내온 경전을 보관하는 경전고 흔적이 오끼나와 예술대학에 남아 있다. 다행히 조선의 크고 깊은 아량을 베푸시어 그 책을 류큐로 가지고 와 백성들을 가르치고 깨우쳐 영구히 국가를 안정시키는 데 이바지한 바가 있었다.

길동의 이주 이후 정착하여 후대들의 업적이 오키나와 구지천성 발굴 과정에서 조선식 유물이 대량 출토되었다. 1500년부터 1513년까지 오키나와를 지배했던 오야케 아카하치라가 홍길동과 동일 인물이라 언급하는 이들이 있었다.

흔적으로 조선식 성터 조성 기술은 길동이 공주에서 활동 시 공주 무성산 정상에 요새를 쌓고 관군에 맞서며 무리와 집단생활을 영위하면서 축성 기술이 쌓였다, 도자기도 조선의 남쪽 지역과 현상이 일정한 관계가 있는 듯했다. 상비 옥산에 조선식 초가집 8채와 우물이 유적으로 남아 있다. 길동 무리가 집단 이주의 가능성이 확인할 수 있었다. 오키나와 언어에서도 '할아버지'를 '아부제' '어머니'를 '안마'로 불리며, 일본 씨름 '스모'보다 한국 전통 운동 형태에 가까운 '씨름'이 남아 있으며, 조선과 비슷한 악기와 복장의 농악이 남아 있었다.

'오야케 아카하치'의 추모비가 1953년에 오키나와 교육위원회서 건립되었다. '오야케 아카하치' 홍길동이라 불리는 추모비가 남아 있었다. '아카하치'가 상진 왕 탄압으로 말미암아 봉건 체제에 반항하여 자유 민권을 주장하고 섬 주민을 위해 용감히 싸웠다. 결과는 패하고 자취를 감추었다. 그의 정신과 행동을 높이 기려 추모비를 건립하여 후세에 전하고자 추모비였다.

홍길동은 유구의 역사서 '구양'에 '아카하치'가 용모가 괴상하고, 성격이 괴팍하다고 이상야릇하게 진술되었다. 얼굴 모습이 이상야릇하고 성격은 성미가 까다롭고 별나다고 평하고 있다. 조선의 소설 판본 속에서 느끼는 이미지와는 온전히 달랐다. 석원도 대빈촌을 중심으로 민중을 규합해 상진 왕에 맞서서 버티어 겨루어 반역한 인물로 기술되었다. 상반되게도 '궁고 사전'에는 진압된 것이 아니라, 오히려 '미야코지마(궁고도)'와 '구메지마'를 점령해 해상왕국을 건설하였다. 그 이후 일본, 중국, 조선을 상대로 무역했다는 서로의 시각이 확연히 구분되어 있었다. 조선과 무역은 조선보다 유구 측이 긍정적이고 능동적이었다.

중계무역의 하나로 중국 상품이나 동남아 생산품을 파는 시장으로서 지세가 중요한 곳이었기 때문이었다. 그러나 조선으로 가는 항해 루트는 큐슈, 쓰시마 등의 민간 무역업자나 왜구가 활동하는 바다였다. 이 지역은 유구의 배가 종종 방해받고 습격당할 위험에 노출되어 있었다. 이런 위험성으로 인하여 유구는 15세기 중기 이후부터 방침을 바꿔 직접 무역선을 파견하지 않고 큐슈와 대마도 상인을 매개로 한 간접 무역 방식을 취하였다. 이것이 유구의 대조선 무역의 운명이 되었다.

간접 무역은 길동의 운명을 좌우하는 계기가 되었다.

일본, 조선 루트에는 일본 상인이 개입하여 유구에 가져온 무역품 중에 왜구가 약탈한 노예도 포함되어 있었다. 당시 사정으로 봤을 때 사화 이후 혼란한 조선의 사정에서 정치적으로 문제가 되었던 그들은 사회적 불안을 무겁게 하는 사회악의 요소였다. 그들을 사회로부터 영구히 격리하려는 방편으로 역할도 했다.

당시에 민간 무역업자나 왜구가 유구국 상진 왕에게 의뢰받지 않았는데도 유구의 사자라고 칭했을 정도였다. 이는 조선과 무역을 요구하는 큐슈, 대마도의 민간무역 업자의 행동 때문에 혼란스러웠다. 이를 '위사문제位使問題'라 일컬었다. 조선의 조정에서도 이런 문제로 조정에서 논의되기도 하였다. 만약 이것을 거부할 때 그들은 왜구로 돌변하여 연안을 황폐하게 만들기도 했다. 사태를 염려하여 이 '위사'가 지방 벼슬아치로 묵인할 수밖에 없었다. 유구와 실질적이며 직접적인 무역은 왜구들 방해로 뜨음하였다. 조선에서는 간혹 표류하여 오는 유구인 몇 정도 있었다. 조선은 민간무역을 통제할 수 있을 정도로 강력하지 못했다. 오히려 민간의 힘이 연해나 도서부 혹은 해상에서 강력했다. 일본도 역시 민간 무역업자가 왕래하는 간접교역 방식이었다. 왕래하는 일본 상인 중에는 종종 왜구가 포함되어 있었다. 대일본, 조선 루트에는 일본 상인이 개입함으로써 유구에 가져온 무역품 중에는 왜구가 약탈한 노예도 포함되어 있었다. 다나카 다케오의 '중세 대외관계사'에서 나하가 동아시아는 중요한 노예시장이 되었다고 언급했다.

세종조(1431년)에 조선 연안에서 폭력을 써서 남의 것을 억지로 빼앗은 노예가 나하에 100명이 된다고 했다.

세종 26년(1444년) 화포 기술 익히는 방법에 대해 논의하다.
세종이 승정원에 이르기를,
"예조 판서 김종서가 아뢰기를, '일본 사람 등구랑 말에,「내가 여러 나라 병선을 보니, 중국 배가 제일 좋고, 유구국이 그다음이고, 조선이 가장 낮은 등급이다.」라고 하였는데, 내가 생각하기에는 옛날 명나라 태조 고 황제가 화약을 특별히 주었다. 그런데 우리나라에서 그것을 잘 사용하지 못하고 있다. 짐이 들으니 중국 화포는 한 방 쏘는데 화살이 무척 많이 나갔다는데, 조선은 태조, 태종 때 한 방 쏘는데 화살이 10개도 못 되었고, 짐의 대에 와서는 화살 7, 8개를 쓰는 것도 역시 잘 되지 않았다. 이것은 필시 우리나라 사람이 그 매우 교묘한 꾀를 모르는 것이다. 요사이 조선에서 이미 명나라에 왜인 포로를 바쳤고, 또 명나라에서는 왜구를 막으라는 훈계나 알릴 문서를 보내왔다.
그러므로, 이런 때 화포를 요청하는 것이 마침 잘 되었도. 내 부탁해 보고자 한다. 만약 화약 만드는 기술자를 요구해 보아서 기술자를 주지 아니하면, 만든 화약을 청구하고, 또 만든 화약을 주지 아니하면 조선 사람을 보내어 기술을 배워 익히도록 할 것이다. 또 유구 또한 배를 만드는 숙련된 기술자로 병선도 '이 예'에 의하여 3단계로 나누어서 차례로 청구하기를 바라니, 의정부에 명하여 이리저리 비교해 보고 알맞게 헤아려 의논하여서 올리게 하라." 하니,
영의정 황희가 의논해 아뢰기를,

"사람을 보내어 기술을 배워 오는 것이 좋겠나이다." 하니,

 마침내 우의정 신개, 좌찬성 하연, 좌참찬 권제, 우참찬 이숙치 등이 함께 의논하였다.

 "지금 중국 황제가 비록 우리를 한 집안같이 보고 있으니, 어찌 해외의 여러 나라를 다 믿을 것입니까? 더구나 중국 조정마저 우리를 의심하지 않겠나이까? 또 다행으로 우리의 청을 들어준다 해도,

 만약 왜적이 명나라를 침범할 때 명나라에서 칙서를 내려서,

 '너희 나라에서 병선과 화포에 관한 기술을 배워 갔으니, 이 두 가지 것을 갖추고 또 군량을 많이 준비하여 대기하라. 짐이 장차 너희에게 장수를 명하여 일본을 치게 하겠다.' 하면, 우리가 무슨 말로 이에 대처하겠나이까? 또 요즈음 와서 임금께 아뢰어 청한 일들도 자주 있었으니 너무 성가심이 되지 않겠나이까? 지금 이것을 청하였다가 훗날 또 청하지 않으면 안 될 일이라도 있으면, 어떻게 조치하겠나이까? 신 등의 의견으로는 청하지 않은 바가 낫지 않을까? 하옵니다." 하니,

 화포 기술을 익히는 방법을 신개, 하연 등이 서로 의견을 내어 토의함에 따랐다.

 유구는 유황이 생산되어 화약 기술이 앞섰음을 짐작했다. 화포 기술은 유황과 밀접한 물품이었고, 유황은 유구국의 중요한 생산지였다. 조선과 유구는 서로 교역하고 있었다.

 '히가시온나 간준'의 '여명기의 해외 교통사'에는

 세조(1456년) 때 유구인들 중 노인이 5명이고, 여성은 모두 유구 사람과 결혼했다고 전하고 있다.

'노예시장'으로서 나하는 유구에 꼭 필요한 수요가 있어서가 아니었다. 노예를 파는 상인이 찾아오고, 또 이것을 사는 상인이 찾아오는 관계에서 생긴 거래소 성격이었다. 유구국 왕은 그 거래 과정에 참여하여 노예를 사서 종종 조선에 송환했다. 명의 영향 아래 만들어진 규범이 허기진 백성들을 낳았다.

세종 조의 긴 가뭄과 질병 군역 조세의 부담이 생계형 도둑과 강도가 생겨났다. 이들의 해결책은 이질적인 사회나 집단에 속하도록 하는 것은 어쩔 수가 없었다. 양쪽의 영향을 함께 주고받으면서, 그 어느 쪽에도 완전하게 속하지 못하는 경계인을 만들어 내는 결과를 가져왔다. 어려운 처지에 내몰린 무리는 품지 못하여 먼 이역 땅으로 남의 지배 밑으로 남에게 넘겨주는 이미 정하여져 있는 목숨이나 처지도 있을 듯했다.

길동의 무리는 유구로 가는 그 길로 조선에서 야에야마 제도 곧 팔중산으로 떠났을 것이다. 낯선 환경을 극복해야 하는 처지였다. 무리가 닥칠 어두운 그림자는 상처를 입은 살을 찌르듯이 아프지만 가슴은 오히려 시원섭섭하였다.

평화로운 기회의 땅

길동이 만났던 세상의 모습은? 그의 눈에는 전쟁이나 분쟁 따위가 없이 여유롭고 평온하며 꾸밈이나 거짓이 없고 수수하며 기회가 많은 땅일 것이라 믿고 있었다.

그들의 풍속은 남자는 귀천이 없이 모두 머리 왼쪽 모서리 쪽에 크기가 주먹만 한 상투를 틀어 감는데 머리숱이 많으면 깎아서 감하고 비단 헝겊으로 싸서 돌렸다. 그 비단 헝겊의 색깔은 푸르기도 검기도 붉기도 한데 귀인은 누런 황금색을 사용했다.

신은 신지 않고 말을 타거나 보행할 때도 모두 맨발이었다. 의복 제도는 우리나라 승려의 옷과 같고, 오직 조아朝衙[37]에서만 검은 사붙이로 만든 예모를 쓰고 금, 은, 옥의 띠를 했다. 여럿이 모두 꼭 같이 중국의 제도처럼 하였다. 여자는 귀천을 막론하고 속옷 치마裙를 입지 않고 상裳을 몇 겹으로 둘러서 살을 드러내지 않으며, 머리 뒤에 쪽을 틀고 장식은 하지 않았으며, 오직 귀인만이 새색시가 머리를 치장하는 데 쓰는 비녀를 쪽을 튼 곳에 꽂았다. 다닐 때는 항시 얼굴을 옷깃 속

---

[37] 한 달에 여섯 차례씩 5일 간격으로 열던 대조회(大朝會), 즉 육아일(六衙日)을 말함. 입춘(立春)과 동지(冬至)에도 대조회를 하였음.

에 숨기고 두 눈만 내놓을 뿐이었다. 의복제도는 역시 승려의 옷과 비슷했다.

그 지방은 항시 따스하고 춥지 않아서 남녀의 살결이 곱고 윤택하였다. 여자는 미색이 많은 편이고 화장하지 않았다. 또 여자도 관직이 있어 모든 여성은 정무를 집행하며 여성 관리가 결재했다. 이 당시에 공적인 신관인 신녀 조직이 있었다. 시마의 제사를 담당하는 '노로'가 있었다. 아침에 입궐하여 알현하는 것도 국왕에게 하지 않고 왕비에게만 했다. 궁녀가 나다닐 때는 말을 타도 안장에 걸터앉지 않고 안장 위에 웅크리고 앉아 두 발을 말 등자鐙子에 얹되 마치 휴대용 접는 의자에 앉듯 했다. 말 머리에서 지위가 높은 사람이 행차할 때는, 구종驅從38) 별배別陪39)가 잡인의 통행을 금하던 일은 소임이나 복종(僕從)들은 모두 여인을 썼다.

재상의 자제로서 연소한 자를 택하여 그들에게 은냥을 많이 싸 주었다. 바다를 건너 남경에 들어가 유학하면서 남북 두 경의 말소리를 겸해 익히게 했다. 그들의 학문이 성취되기를 기다려서 배를 보내어 데리고 돌아온 다음 그들이 배운 바를 시험하여 능통한 자에게는 관직을 주었다. 능통하지 못한 자에게는 은 냥을 도로 징수했다. 그러기 때문에 자제로서 남경에 들어가 유학한 자는 자신의 학문이 성취되지

---

38) ①관원을 모시고 따라다니는 하인. 혹은 말을 탈 때 고삐를 잡거나 뒤에 따라다니는 하인. 노비는 아니지만 사령使令보다는 낮은 신분층이라고 보아야 함. [유사어] 구솔丘率. ②관아官衙에 소속된 종
39) 벼슬아치 집에서 부리던 하인

못함을 알면 감히 돌아오지 못했다.

그 나라 특유의 풍속은 마음이 너그럽고 후덕하고, 정직하였으며, 교활하게 남을 속이는 것과, 남을 속여 넘기는 나쁜 풍습이 없었다. 공적이든 사적이든 간에 모두 몽둥이를 쓰지 않았다. 백성의 살림집이 많이 모여 있는 곳에서는 서로 헐뜯거나 비방하지 않았다. 서로 싸우거나 다투지도 않았다. 죄과가 있으면 유사有司가 이를 기록하여 세 번 범죄 한 연후에야 삼진 아웃 형태로 먼 외딴섬으로 내쳐서 종신토록 나오지 못하게 했다.

상인이 보화를 가게에 벌여 놓고 팔다가 혹 무슨 일이 있어 밖으로 외출할 때 사람이 없어도 도둑질하는 자가 없었다.

농사는 농민들이 경작하였지만 왕부에서 관인들에게 농지를 하사하여 통치하였다. 일반 농민도 마히토라 하여 논, 밭을 경작할 수 있었다. 정월에 씨앗을 심어 5월에 수확했다. 또 6월에 심어 10월에 수확했다. 10월 이후에는 토란을 그 전지에 심어서 연말에 캤다. 3모작을 했다. 토란은 조선에서 심는 것과 같으나 맛이 향긋하여 익히지 않아도 목구멍을 자극하지 않았다. 밭곡식도 1년에 두 번 수확하는 이모작을 했다.

11월의 기후가 조선의 3월~4월과 같아서 본래 눈이란 없다. 주민들은 생사 또는 연사로 짠, 광택과 무늬가 있고 두꺼운 수자직의 비단을 입거나 혹은 얇고 가는 비단을 입는데 갖추어지는 대로 사용하고 귀천의 등급이 없는 평등한 사회이었다.

사람이 죽으면 삼 년 동안 흰 것을 덮어쓰고, 조문 등의 일은 대략 조선과 같은데 초상 중에도 고기 먹는 것을 폐하지 않았다. 장례를 지낼 때는 바위를 깎아 궁궐 형태로 만들고 그 안을 파내어 공허하게 한 다음 목판으로 문을 만들고 널을 그 속에 두었다. 한집안에서 죽은 자는 모두 그 속에 넣었다. 제사 때에는 문을 열고 제사가 끝나면 즉시 닫았다. 재력이나 능력이 없는 자는 바위 구멍이 가난한 상태의 감옥처럼 생긴 데를 구하여 그 속에 널을 두며, 땅에 묻지는 않았다.

화폐는 동전을 사용했다. 화폐 백 전錢은 그 가치가 쌀 2 말斗에 해당했다.

결혼할 때는 신랑 집에서 먼저 돈을 신부의 집으로 실어 보냈다. 잔치 등의 모든 예식은 다 여인의 집 부담으로 베풀었다. 신랑 집에서는 한 가지도 준비하는 일이 없었다. 혼인 기일이 이르면 신랑은 잘 차려입고 말에 오른 다음 여러 족속이 뒤를 옹위하고 갔다. 두 은으로 만든 합을 사용하여 폐물을 담고 꽃을 꽂고는 말 머리 앞에서 인도했다. 또 그들 풍속은 부처를 성대하게 섬기며 사가나 관청에서나 모두 불상을 벌여 놓았다.

산천은 산의 모양이 완만한 경사면과 골짜기가 있는 구릉지 많고 토지는 비옥하였다. 초식 동물 사슴과 노루는 있어도 육식 사자, 범 따위의 맹수는 없었다. 나무로는 잎사귀의 모양은 큰 양산과 비슷한 것 같은 것이 있는데 매우 부드럽고 질겼다.

여인 중에 귀부인들은 그 잎사귀로 관복·예복을 입을 때 망건 위에 쓰던 물건처럼 만들어 쓰고 다녔다. 그 잎사귀를 허리까지 드리워서 남이 얼굴을 보지 못하게 했다.

또 모든 포장을 하는 데도 다 이 잎사귀를 사용하고 농부가 밭갈이 하거나 김을 맬 때 역시 이 잎사귀를 사용해서 삿갓을 만들었다. 풀로는 여러해살이풀인 잎이 긴 타원형의 원기둥처럼 된 것을 베어서 겉껍질은 버리고 속껍질을 취하여 등급이 낮은 베布를 짰다. 그 껍질의 안팎에 따라 베의 품질이 거칠고 가는 것이 다르게 만들어진다고 했다. 제일 속에 있는 것은 극히 가늘고 윤택하며 색깔이 깨끗하기가 흰 눈처럼 그 곱고 정밀하기가 비할 데 없었다. 여자들의 의복 중에서는 이 속에 있는 것을 최상의 품질로 삼았다.

국왕이 자리에 왕림하는 궁전은 그 높이가 5층인데 판자로 덮었다. 왕은 붉은 비단옷에 위가 평평한 관을 쓰고 한 중과 마주 앉아서 망궐례望闕禮[40]를 행하였다. 명나라를 섬기기 때문에 망궐례[41]를 행한 것이었다. 백관들은 관직의 서열대로 반열을 나누어 뜰 아래에 무리를 백관의 반열 뒤에 세워서 일시에 절을 하도록 했다.

'그대의 나라도 명나라의 신하이니 절을 하지 않을 수 없다.' 하였다. 무리가 돌아 나올 때 그 나라 왕비가 불러 보고 후한 선물을 주는 모습이 목격되었다.

지방 행정 제도로 '시마'라는 제도가 있었다. 당시에는 '무라(村:마을)'라 했다. 하나 또는 복수의 자연 촌락을 묶은 행정단위였다. 몇 개의 '무라'를 묶어 광역 단위로 편성한 오늘날의 시, 정, 촌 구획의 전신

---

40) 정월 초하룻날 임금이 신하들을 거느리고 중국의 궁전을 향하여 절하던 일
41) 여기는 중국의 궁전을 향해 절하는 예식임.

이었다. 사령서는 다양한 지방 관인이 직책에 따라 사용되었다. 오키나와 중남부는 사용되지 않았다. 세습제가 배제되어 있었다. 곧 지방 관인들은 슈리 왕부가 모두 장악하지 못했다.

지위를 보증하는 증명하는 사령서는 관인들을 통제하는 '조종줄' 같은 의미였다. 이것은 한 장의 종잇조각이 아니었다. 직책과 직위에 따라 '누키'라는 면적의 밭을 수입원으로 주었다. 시마를 관리하는 '오키테'가 받은 땅을 '오키테 땅'이라 했다. 그 직을 수행함에 종사하는 일꾼을 징발할 수 있는 '데마즈카'는 '일꾼 노동 징발권'을 인정해 줬다. 일꾼 사역은 하루 노동의 단위를 '스키마'라로 계산했다. 논은 '가리야'로 대표되는 면적 개념으로 표시되었고, 소유토지의 표시도 고치기 전의 이름 '하루나' 방법을 사용했다. 일반인도 농토를 가질 수 있었다. 논, 밭을 '마히토'라 했다. 벼슬아치들은 대신 국왕에게 바치는 세금인 '미카나'를 부과하였다. 세금은 곡물, 현물, 특산물을 공물로 바쳤다. 이 제도는 조선과는 비교가 되지 않는 제도였다. 이곳은 세금을 내어도 우리들이 먹을 것이 있는 곳이었다, 도둑이 될 이유가 없었다. 이런 제도와 문화가 마음에 받은 심한 자극이나 영향은 새로운 삶의 출발을 다짐하는 순간이 되었다.

이들이 이곳에 정착함은 행운이었다. 이미 선택받은 땅으로 떠난 것이었다. 도둑이 되지 않아도 되는 구조였다. 자연적으로 얻어지는 열대과일, 춥고 배고픈 사람들이 이겨낼 수 있는 기후 환경 천혜의 자연, 큰 경쟁 없이도 살 수 있는 여건 등 모두 태평한 삶을 실현할 수 있는 곳이었다.

오키나와 본도 슈리 왕부 나하를 제외한 중남부 지역을 '태평산'이라 일컬었다. 산이 많아서가 아니었다. 거의 평지에 가까운 구릉지였다. 이 지역에 큰 섬이 제2 위의 서표도가 있지만 열대 밀림 지역으로 주민은 적었다. 다음으로 비교적 큰 섬 궁고도와 석원도가 유인도로 환경이 좋아 주민이 많았다.

길동의 무리는 주로 이곳 섬들과 인근 섬을 중심으로 활동하였다. 이 지역 궁고도의 '아지' 나카소네는 슈리 왕부 관직의 임명이나 해임 따위의 인사에 관한 명령을 적어 본인에게 주는 문서를 부여받아 가족들은 본도 나하에 살게 했다. 중앙집권 형태로 지방 호족의 자제를 볼모로 중앙에 머물게 하는 일종의 기인제도를 실시하였다.

그는 왕부에 충성을 맹세하고 이 지역을 관장하던 지방관이 되었다. 평화롭던 지역에 나카소네의 욕망이 재앙의 근원을 불렀다. 과도한 세금과 폭정으로 주민들의 반발을 샀다. 그럴 즈음에 길동의 무리는 석원도를 중심으로 정착하게 되었다.

이곳은 땅이 비옥하였다. 굶주림에 허덕이며 사는 모습은 볼 수가 없었다. 토질은 기름지고 기온은 따뜻하였다. 길동이 조선을 떠나오던 1월의 날씨는 매섭기만 했다. 그날 날씨는 전혀 다른 분위기였다. 평온하고 화목한 듯했다. 넉넉하고 느린 삶이 이루어지는 곳이었다. 이런 곳이 진정 이상세계가 아닌가? 바로 길동이 꿈꾸던 율도국이었던가?

녹림호객綠林豪客 홍길동
야에야마(팔중산) 제도를 훔치다

연산군 1500년 12월에 유배형을 받게 되어 다음 정초 겨울에 출항한 지 한 달 남짓 항해 끝에 길동 무리는 섬 최남단 파조간도에 입항했다.

조선과 류큐 왕조 사이 서계로 유배형 이행에 따라 무리가 유구로 보내졌다. 온 무리를 두고 무슨 비밀 협정이 있었는지는 자세하지 않지만 서로의 사이에 비밀교류 협정은 있는 듯했다. 그 시기에 조선에서 서표도와 석원도 인근에 수백 명의 강제 이주하여 온 무리가 있었다. 길동을 비롯한 조선에서 버려진 자들을 중심으로 450여 명은 석원도와 서표도 여나국도 등으로 이주하였다.

그들은 학조대사 문하에서 배운 참선과 수행을 바탕으로 민본의 가치로 활동했다. 군웅할거 시대에 꽤 영리한 재주로 두각을 나타내다 무질서한 혼란을 부추겼다. 조선에서 혼란한 삶 속에 아주 모질고 끈질기게 생존이라는 이름으로 그들은 단련되어 있었다. 현지서도 뛰어난 적응력을 발휘하여 지배권을 장악해 나가는 힘이 되었다. 그들은 억척같은 삶으로 적응해 가는 밑바탕 되었다.

진출 후 3년 동안에는 이시가키지마(석원도) 오하마무라(大浜村)

후루수토 지역에 정착하였다. 이곳은 왕부 힘이 크게 미치지 못하였다. 이주 후 논 과 밭을 분배받았다. '마히토'라 했다. 정착하여 농사를 지을 수 있다는 것은 행운이었다. 조선에서는 일정한 정착지 없이 유랑하여 살다가 정착하는 삶은 새로운 형태가 마음의 여유를 불러왔다. 그의 억센 말투는 온화하고 부드러워졌고 행동은 신중하고 단호했다. 곧 사람됨이 달라졌다.

'그래, 얼마만큼의 세금만 내고 인민 사역만 감당하면서 우리 모두 함께한다면 당당히 정착하여 살 수 있겠다.'

다짐의 묵언수행을 하는 듯했다. 그는 집단생활에 익숙하여 이를 일사천리로 해결하려는 태도와 조직을 관리하는데 뛰어난 재주를 발휘했다. 거기다가 재물을 빼앗아 가난한 사람을 도와주던 화적 활동으로 백성을 섬기는 자세와 적극적 행동으로 일정한 곳에 자리를 잡아 머물러 살았다. 주민을 사랑하고 아끼는 친화력으로 이웃과 관계는 자연적으로 형제처럼 동화되었다. 그의 삶의 패턴을 바꾸어 놓았다. 세월이 그의 삶을 치유하는 약이었다. 주민들의 집단 거주지를 비롯한 인근의 죽부도, 서표도, 여나국도 등 남의 행위를 개입시키지 않고, 스스로 지배할 수 있도록 힘을 길러 섬을 장악해 영향력을 확대해 갔다.

1503년 비로소 석원도 '대빈촌'에 뿌리를 내려 류큐제도에 향화하기까지 기간이 3년 정도 걸렸다. 호적은 3년마다 한 번씩 정리되었다. 문적에는 거주 이동이나 신분 변동 사항에 따라 군역과 조세 등 기록되었다. 그 당시 이주해 온 사람들의 호적이 함께 정리되었다. 조선에서 호적은 3년마다 한 번씩 개정이 되었다. 조선 국적을 박탈당하고 경계인으로 살면서, 류큐 왕부 새내기로 국적을 얻은 것이었다. 도래한 지 3년 만에 귀화해서 자격을 취득했다. 새롭게 탄생한 것이었다. 대 명국의 영향권에 있는 나라들의 국적취득은 거의 3년 뒤에야 취득이 되었다. 결국 귀화한 무리의 호적이 만들어졌다. 그는 '고을노'라 불리는 여인을 아내로 삼고 '장전대주'를 처남으로 얻어 그의 도움으로 석원도에 뿌리를 두었다. 또 자녀까지 두었다.

동아시아지역 내 소국에서부터 대국에 이르기까지 국경 지역에 관리가 취약한 지역에는 개인의 특수한 사정에 따라 국적을 옮기는 일이 빈번하였다. 범죄로 죽음을 모면하기 위해, 유배로, 반역죄로, 과도한 조세와 군역을 면하기 위해, 살인자로, 해적, 및 화적, 강도 행위, 노예 생활 등으로 천국과 지옥을 오가며 귀화가 이루어졌다. 때론 가족이 헤어져 가족이 그리워 다시 귀국하려는 경우가 있었다. 각자의 삶의 방식이 서로 같지 않지만, 그들 선택이 다양했다. 길동도 그런 범주를 크게 벗어나지는 않았다. 기약할 수 없는 삶이라도, 어려운 삶을 경험하면서 보다 나은 삶을 찾아 떠났다. 제 값어치 외에 조금 더 얹어 주는 덤 인생이라 여겼다. 결국 3년이라는 고난의 과정을 겪어 향화한 것이었다. 아니, 도래한 3년이 지났다. 재탄생했다고 볼 수 있었다. 그 3년의 차이가 조선에서의 출생과 사망 해가 3년의 차이가 나는 것이 아닌가? 하고 생각했다.

세종 때 이후 연산조까지의 향화(귀화)한 '왜倭'가 상상 이상으로 많았다.

세종 즉위 원년에

여러 섬의 왜적들이 기근으로 매년 양식을 구걸할 때면 곧 그냥 주기도 하였다. 또 우리의 주변 지역에서 장사할 것도 허락하였다. 그들이 살게 된 것은 조선의 배려와 은덕이었다. 그들이 염치없이 변방 주민들을 침략하여도 모른 체 하였다. 도리어 군사를 일으켜, 우리 충청도 도두음곶이를 침략하였다. 우리 백성들을 죽이고 병선을 불살랐으며, 또 우리 황해도 해주 땅 경계에 와서 도적질까지 하였다. 전에 이미 조선에 와서 귀화한 왜인들은 조선의 백성이다. 그 이름을 따로 밝혀 등록하게 하고, 각 포구 병선에 배분하였다. 집마다 세금을 면제하고 그 이름을 적어서 알리게 하였다. 이 중에 공이 있는 자는 상을 후하게 주었다.

왕조실록에 태종부터 연산 조까지 '귀화인' 검색 건수 총 53건이 검색되었다.

길동이 추방되는 해의 사례가 있었다.

연산 6년(1500년) 7월 10일에 귀화인 호인胡人 '동청례'를 위장으로 삼은 문제를 의논하였다.

신승선은 의논드리기를,

"동청례는 비록 호인胡人이지만 귀화한 지가 몇 해가 되었으니 조선 사람과 무엇이 다르겠습니까? 다만 궁중을 지키고 임금을 호위하고 경비하던 친위병이 모든 걸 거느리는 일만은 옳지 못합니다. 송여해는 범죄가 가볍지 않으니, 현직에 임용할 수 없으며, 안진생은 과연 나약한 사람이며, 채숙저도 또한 경력이 없으니, 아마 임무를 감내하지 못할 듯하옵니다. 이균은 일찍이 수원 부사가 되어 지방의 아전과 백성들이 사랑하고 사모하였습니다. 그러니 지금 정3품관서 제용감濟用監 정正을 임명한들 무엇이 불가하오리까?" 하였다.

　또한 '청례'는 다른 종족이니 대간이 아뢴 바가 과연 옳으며, 우연히 죄를 범한 '송여해'는 임금의 잘못을 지적하여 고치게 하는 정오품 벼슬을 지냈고 도사로 삼는 것이 함부로 임명한 것이 아닌 듯하며, '안진생', '평해', 그리고 '채숙저' 내력이 없으므로 어진지 그 여부는 신도 알 수 없어 감히 억측하여 의논할 수 없었다. '이균'은 수원 부사로 있은 지 6년 만에 자못 치적이 있었으니 지금 정 삼품 당하관 제용 감정에 임명하는 일은 신은 늦은 감이 있다고 생각했다.

　논의 끝에 의논을 좇았다.

　길동은 지난날의 실패 아픔이 떠올랐다.

　'지난날 길동은 해상에서 활동하던 시절 '해상봉쇄령'이 내려지자, 성종 년간 피신하다가 조난되어 유구의 어느 섬에 잠입하여 살았다. 그러다가 유구에서 조선으로 왕래하는 뱃사람의 도움으로 섬 생활이 시작되었다. 조난 사고가 벌어진 후 바로 그곳의 문화를 익히며 친근하게 그들에게 다가갔다. 그의 말과 행동이 분명하며 빠른 문제 해결력으로 점점 믿음을 얻으며 유구인이 되어 갔다.

　그 과정에서 전화에 휩싸이게 되었다. 당시 야에야마八重山 제도 내 이시카키石垣 섬의 오야케 아카하치遠弥計赤蜂 곧 홍길동 무리는 상진왕이 축제 금지에 맞서 세차게 반대하였다. 섬 주민들의 뜻에 따라 힘을 모아 항전하였다. 본도에서 파견된 신녀 군사에 저항하며 반란에 참여하기에 이르렀다. 모두가 주민의 뜻에 따라 본도 상진 왕조에 찬성하지 않고 맞서서 거스르는 편에 섰다. 준비 없는 미비함으로 전투에서 결국 실패했다. 짧은 기간 동안 유구 체험의 전체 현상의 부분적인 면이었다. 그러나 그는 유구인 문화를 이해하며 주민과 함께 사는 법을 배웠다. 그들의 눈에 진정 팔중산을 위하는 전사였음을 확인시켰다. 그 전쟁에서 패하고 구릉지로 홀연 사라졌다.

섬에서는 자취를 감춘 후 결국 다시 조선에서 활동 흔적이 드러났다. 그의 흔적이 유구에서 사라진 후 수년 후 조선의 김천 직지사에 나타났다. 그는 그곳에서 학조대사를 운명적으로 만났다. 그는 대사를 만나고서야 세상에 대한 진정한 눈을 뜨게 되는 계기가 마련되었다. 장년의 길동이 조선 땅에서 활동하며 삶의 존립 근거가 '백성'이라는 사실을 깨닫게 되었다. 도둑이나 강도 화적이라는 이름으로 피신하며 음지에서 살았다.

충청도 일대는 군도들의 활동으로 수년 동안 기름진 밭을 가꾸지 못할 정도로 커다란 피해의 상태나 정도가 매우 중대하고 절박했다. 그때 소굴의 우두머리 귀손 힘을 믿고 의지하여 당상관의 의장을 하고 다녔다. 그 배후의 힘으로 무리들은 대낮에 무기를 지닌 채 아무런 제약도 받지 않고 관아를 드나들었다. 충청과 서도인 황해도와 평안도 일대를 옮겨 다니며, 정부나 관청을 괴롭혔다. 백성에게 도움을 주고 지원받으며 활동했다. 그는 조정에 해악을 끼치는 위험한 인물이었다. 홍길동 검거령이 내려졌다.

결국 귀손의 비행으로 말미암아 길동도 활동이 자유롭지 못하였다.

결국 홍길동의 비행도 범죄 사실을 진술하던 말에 의해 세상에 밝혀졌다. 남이 저지른 범죄와 관련되어 불러들이는 형식으로 체포되어 남해로 유배되었다. 중죄인이라 하더라도 목숨을 거두는 결정은 군왕만이 내릴 수 있었다. 가장 먼 곳으로 떠나면서 목숨을 구할 수 있었다. 강산이 변할 만큼의 긴 세월 동안 조선 땅 음지에서 군도라는 이름으로 유명세를 업고, 백성과 호흡하며 살았다. 그때는 사화 이후로 공직 기강이 해이 해지고 혼란한 시기였다. 자신의 결심으로 자수하여 죗값으로 먼 곳 3000리(1200km) 밖으로 내쳐진 것이 류큐제도의 어느 섬이었다.

당시 1500년 겨울에 유배되어 3000리 밖으로 내쳐진 후 1501년 인월(1월)에 유구인 20여 명과 조선인 포함 470명이 유구로 출항했다. 정상적으로 간다면 10일 전후에 도착할 수 있는 곳을 40여 일 후 파조간도에 입항했다.

이 섬에 발을 내딛고 중산지역에 적봉이 되어 유구인으로 살아가는 모습이 파노라마처럼 지나갔다. 나락으로 떨어지면서도 희망의 끈을 놓지 않았다. 언젠가 판도라 상자를 열어젖힐 에너지가 축적되었고 인간의 존엄을 체득하기까지 이웃이 내 가까이 있음을 확인했다.

류큐는 삼 산을 통일한 이후 상씨 왕조를 중흥시킨 인물로 역사가들은 상진(尙眞, 1477-1526)을 꼽는 데 주저하지 않았다. 어머니 '오기야카'가 재위 중인 시동생 '상선위尙宣威'를 재위 6개월 만에 물러나게 하였다. 12살 된 자식을 왕위에 앉혔다. 그가 '상진 왕'이었다. 당시 척 족이 왕실에서 어느 만큼의 위력을 발휘했는지 역사 기록에 따라 알게 되었다. 그는 50년간 재위하면서 각지의 호족이라 할 수 있는 '아지'들을 수리로 강제 이주시켜 인질로 삼아 통치했다.

이 무렵 15세기 말에는 아에야마 일대에서 또 다른 중앙집권형 국가를 세워가고 있는 때였다. 오야케 아카하지와의 싸움에서 승리를 거두면서 영토를 크게 확장하였다. 또한 신녀 조직을 체계화하여 문득 대군을 정점으로 하는 제정일치에 의한 중앙집권체제를 확고히 하였다.[42]

그보다 상진 왕은 불교를 장려하는데 힘쓴 군주로 알려졌다. 많은 사원을 짓고 더불어 불교 예술을 진흥하였다 그렇지만 조선과 관련 있는 사업은 무엇보다 대장경을 얻기 위해 조선 정부에 사절을 파견하여 경전을 구한 일이 있었다. 1502년에 조선의 연산 왕이 보낸 이 귀중한 '방책대장경方冊大藏經'을 보관하기 위하여 궁성 밖에 경판각을 지었다. 이때가 길동 집단이 이주하여 2년 차로 중산지역에 정착하고 있었다.

현재 그 판각 보관소 흔적이 '오키나와 예술대학' 옆에 남아 있었다. 또 그것을 보호하기 위해 주변에 나무를 심고 연못을 팠다. 이곳은 현재 '변재천당'이라는 이름으로 남았다. 또 상진 왕은 녹색 왕궁을 만들기 위해 애쓴 왕으로도 이름이 났다. 그 당시에 조성한 변재 천당 일대에 가면 그가 활동했을 시기에 심었을 것으로 추측되는 거목들을 만날 수 있었다.

---

42) 新城俊昭, 개정판, 「유구 오키나와의 역사와 문화」, pp.26-27.

유구 왕국의 역사를 주목해 보면, 이 왕국 자체도 유구 열도를 중심으로 외부로 팽창해 온 역사로 세 번의 팽창 과정을 거쳤다. 역사 교과서에 실려 있는 일본의 이분 안과 청 조의 삼분 안이 언급되어 분분했다. 삼산 국 중에서 중산 국을 중심으로 한 통일 왕조 때가 한 번이고, 두 번째는 1466년에 단행된 본서 북부의 아마미(奄美, 엄미) 일대에 대한 군사 정복이며, 세 번째는 1500년에 있었던 남부의 아에야마八重山 및 미야코지마宮古島 열도에 대한 최종적인 승리라 할 수 있었다.

역사 서술에 관한 이야기가 설화 형태로 남겨져 내려오고 그 안에 슬픔이 감추어져 있었다. 남부 열도의 한 섬인 미야코에서는 대국인 중산에 조공을 바치고 나서야 비로소 항해의 안전을 보장받았다든가, 아에야마를 정벌하러 온 본도의 전선戰船 이야기와 관련된 정복된 설화가 그런 예에 속할 것이다.[43]

지난날 명 홍치 연간에 궁고도 수장 나카소네 도유미아가 슈리 왕부의 명을 받아 대장군 오자토大里 등을 따라서 토벌하러 온 세력과 주민의 뜻에 따라 반란에 참여한 혼가라와 아카하치(홍길동)은 전투에서 패하여 자취를 감추었다.

열도 사이에는 상상하지 못할 정도로 깊은 상처 자리로 남아 가슴엔 치유하기 힘든 웅덩이 패여 있었다. 잘 알려진 것처럼, 수리 왕부 대규모 군사 원정에 맞서 싸운 당시의 '오야케 아카하치' 전쟁이 위와 같은 설화를 낳은 셈이었다. 15세기 중엽 무렵에 수리 왕부 전쟁에서 패

---

43) 정병철 등,「류큐설화집 '유로설전'」, pp.160-163 참조.

배한 아마미 제도 사람들은 몇 차례 반란을 일으켰다. 결국 무력으로 진압당했고 그때 유구 왕국의 군대가 벌인 잔혹상은 이곳 사람들에게 아픈 이야기로 남아 있었다.[44]

길동은 바위틈에 달라붙은 난초같이 석원도 팔중산 지역에 뿌리내렸다. 주민의 지지를 받으며 현지화 과정을 거쳤다. 진정 백성의 마음을 얻어 향화한 유구인이 되었다. 적봉赤蜂이라는 별명을 얻어 홍가왕洪家王이라고도 불리는 결실도 얻었다.

그의 끈질긴 삶은 어쩌면 붉은 눈을 가진 알기생벌과의 곤충의 모습을 가졌으며 어두운 누런색의 이미지를 떠올린다. 그리고 머리, 앞가슴, 배는 검은색, 눈알은 붉은색이다. 마치 해로운 벌레에 기생하여 그것을 죽이는 이로운 곤충으로 강인하게 살아가는 동기부여가 되었다. 바로 적봉의 존재가 연상되었다.

적봉赤蜂 홍길동은 중산지역을 근거지로 지방관으로 활동하며, 말과 행동이 순수하지 못하거나 인색하기보다는 상대방에 대해 진귀하고 소중하게 바라보거나 남에게 귀 기우러 듣기에 즐겁고 좋은 마음을 느끼게 할 만하였다. 이런 태도가 주변에 널리 알려졌다.

---

44) 新城俊昭, 개정판, 「유구 오키나와의 역사와 문화」, pp.34-35.

새로운 삶의 출발

조선의 사회가 신분의 차별로 길동이 도적이 되었다가 쫓기는 신세가 되었다. 그의 피로감으로 조선의 힘이 미치지 않은 먼 세계를 동경하게 했다. 어린 시절 그가 살던 곳은 간혹 멀리서 배를 타고 표류하여 사람들이 가끔 출현하던 곳이었다. 때때로 왜인들의 출현은 주민들을 괴롭히거나 힘들게 하였다.

언어는 다르지만 자신과 비슷한 형색의 인물들도 만나보곤 하였다. 현실의 팍팍함을 힘겨워하며 먼 섬에 사는 사람들은 어떠한지 궁금했다. 훔치거나 강탈 해가는 자들이 아니라 목적지에서 벗어나 해류를 타고 온 자들이라 선한 사람들이었다. 곧 유구의 섬사람 들이었다.

그들은 표류하다가 조선의 어느 지역에 정박한 자거나 중산 사람으로 조정의 '서계'를 지참한 사람들이었다. 낯선 바다를 표류하다가 고생하며 살아난 경험담과 그들의 환경에 대하여 조선에 찾아온 사신들의 이야기에 길동은 미리 남이 하는 말 따위를 귀담아 두었다. 그것이 일의 결과가 잘 맺도록 하게 만들었다.

길동은 스스로 기운을 펴지 못하게 만든 세력으로 말미암아 짓누름을 느꼈다. 재난을 피하여 가는 길은 오히려 희망의 섬이기도 했다. 성종 때 체포령이 떨어져 인근의 섬에도 해상경계령이 내려져 인근 섬에 숨어들었으나 왜구들의 핍박, 노략질, 농간, 섬의 열악한 환경 등으로 피난하는 신세도 한계점에 이르렀던 시기였다. 결국 여러 유구 사람의 도움으로 중산제도에 입항하는 계기를 마련하였다. 지난날 조정에서도 권장한 이 사회를 한번 경험한 것은 신세계에 대한 새로운 다짐이었다.

새로운 삶의 출발은 신세계의 경험이 또 다른 결정적인 원인이나 기회가 됐다. 신천지는 낯선 환경에 대한 두려움과 신분에서 시작된 차별적 대우는 하지 않을 것이라는 막연한 동경의 세계였다. 두려움과 외로움을 극복하며 삶의 기반을 다져갔다.

낯선 섬이라기보다는 편한 마음으로 그들의 도움을 받으며 진실한 맘으로 백성들의 마음을 샀다. 특유의 적극성과 붙임성으로 신뢰를 쌓아갔다. 조선에 대한 불신이 극에 달한 길동은 마침내 그간 운동의 근거지로 삼고, 외로움을 버티며 주민들과 긴밀한 관계를 쌓았다.

조선을 버리고 결국 낯선 섬으로 찾아왔을 때 지난 날 짧은 기간 상황이나 환경에 적응해 봤으나, 주민들은 호락호락 받아들이지 않았다. 언어와 이해 부족으로 좌절하면서 그들 곁으로 숨어들어, 또 기회를 엿봤다. 주민이 살아 숨 쉬는 중산 열도의 석원도, 서표도, 등 섬으로 이주하며 생업에 골몰하며 백성들의 뜻에 합류했다. 그러나 그 섬에는 그들만이 믿는 사교가 있었다. 상진 왕이 세력을 넓혀 유구의 지역을 통합해 가는 과정에서 중산지역과의 의견이 서로 충돌이 생겨났다. 상진 왕이 해결 방법으로 조건으로 사교를 폐지할 것을 강요하였다. 주민의 뜻은 완강했다. 결국 길동도 주민의 편에 서서 항거했다.

결국 그들의 주장은 뭉개지고 마음에 받은 심한 자극이나 영향으로 종적을 감추었다.

그런데, 이곳 주민들은 마치 아카하치의 영웅담이 입에서 입으로 전해져 그의 투혼이 살아있는 전설처럼 그를 환영하는 듯했다. 그만큼 아카하치에 대한 숭배심이 높은 곳이 이리오모테나 이시카키, 아에야먀, 미야코지마 등라고 할 수 있었다. 훗날 이시카키에는 오야케 아카하치의 동상까지 세워 그를 기리고 있다는 사실을 알았다.

난 홍길동의 '율도국'이 바로 '이시카키 섬' 지역에 있었으며, '아카하치'는 바로 홍길동이었다는 주장을 뒤에서 지지하고 도와주는 일이라고 고 믿었다. 그런데 오키나와의 고교용 역사 교과서에는 아카하지 전쟁 당시 아카하치 '홍가와라'(赤蜂)라는 두 사람이 이 전투를 주도했다는 기록의 주장도 있지만, 그 사실을 부정할 수 없는 근거가 된다고 모자람이 없이 넉넉한 사실로 받아들였다.

곧 다른 사람인 것처럼 지칭하는 '홍가와라'(赤蜂)는 지역의 유력자인 '가시라'(頭)를 가리키는 말이기 때문에 오야케 아카하치 '홍가와라'는 한 사람을 지칭한다.[45]

이 때문에 아카하치가 홍길동이라고 믿었다. 그가 동경하던 이상 국가로는 율도국이 이시카키였다.

아마미나 아에야마는 적어도 수리 왕부에 의해 완전히 정복당하기 이전에 정치적으로나 문화적으로 독자적인 발전을 해왔던 지역이었

---

45) 新城俊昭, 개정판, 「유구 오키나와의 역사와 문화」, pp.36-37.

다. 하지만 유구왕국에 강제 편입되면서 그 특성을 점차 상실하였다. 그러니, 현지인으로서는 내심 정벌에 대하여 분개하여 몹시 성나 오랫동안 축적되었는지 모를 일이다. 그러니 적어도 아마미에서 오키나와 본섬, 그리고 아에야마 제도에 이르는 긴 류큐 열도 사이에도 힘의 우열이 매겨져 있어, 마치 제국과 식민지 같은 관계가 지속되었다.

역사의 변화 과정에서 오키나와 주민의 문제를 수용할 수 없는 처지가 되자, 끊임없이 그들의 요구가 이루어지기를 소망하고 있다. 이런 문제로 오키나와 문제를 현 주민들이 스스로 찾고자 하는 노력이 일어나는 실정이었다.

이곳은 삼별초 후손들이나 홍길동 무리의 후손이 외치는 소리가 귓가에 맴도는 듯하였다. 한때 조선과의 교류로 조공을 바치는 류큐국이었다. 서로 신의가 바탕이 되어 조선의 자비로운 은혜로 덕을 가르치고 이끌어서 올바른 방향으로 나아갈 수 있도록 함이, 어찌 그들의 바탕이 마련되지 않았겠는가? 지난날 명절 때나 왕이나 왕비의 생일에 각 지역의 관원이 '궐闕' 자를 새긴 나무패에 절하던 의식이 있었다. 그들은 어느 곳을 향해 무엇을 생각하며 스스로 바로 설 수 있길 소망했겠는가?

연산군 때 유구국 사신이 왕에게 절을 하였다.

상진 왕이 사신을 통하여 글에 이르기를,

"유구국 중산왕 상진은 삼가 조선국 국왕 전하께 아룁니다. 성의를 다하여 신의로 맺어 함께하는 맘은 서로 똑같은 길이요, 피를 나눠 마시며 맹세를 강요하는 것은 인심이 자기 혼자서 하는 것입니다. 그런데 보건대, 귀국의 자비로운 은혜가 널리 드러나 보이지 않게 되고, 덕을 가르치고 이끌어서 올바른 방향으로 나아갈 수 있게 하였습니다. 이 때문에 선왕 때부터 천선사를 지어놓고 경전이 없다고 하여 특별히 정사 보수고와 부사 채경 등을 파견하여 자문과 예물을 바치고 대장 존경 전부를 얻을 수 있었던 것입니다.

 늘 사신을 파견하여 험한 산을 넘고 멀고 먼 바다를 건너갔지만, 뱃길을 알지 못하여 조난되어 서신 연락이 오랫동안 끊어져 갈 수도 없었습니다. 근래까지 절을 세워놓고 경전이 없다고 생각하고 있는 차에 일본 사람의 상선 1척이 조선에 도착했기로, 배편을 통하여 특별히 정사와 부사 등을 보내었습니다.

 삼가 자문과 예물을 바치고, 대장 존경 전부를 구하여 얻어 오도록 한 것입니다. 현명하신 전하께서 크나큰 아량을 베푸시어 조그마한 정성으로 받아들였습니다. 그 책을 조선의 더할 수 없이 높은 베풂으로 백성들을 가르치고 깨우쳐 영구히 국가를 안정시키기를 바랍니다. 우러러 사모하는 마음이 지극함을 견딜 수 없습니다. 예물을 품목별로 정리하여 조선에 진상하였다. 왕이 즉시 술 1병을 전하께서 술을 내려주며 이르기를, "맛보라." 하였다.

 그 맛이 지극히 향기가 그윽이 풍기며 온화하고 순하다고 하였다.

길동의 해상왕국 건설 흔적

 지난날 길동은 오키나와 진출 이래 홍길동은 1502~1503년경 후루수토 지역에 집단거주지를 조성하고 죽부도, 서표도, 여나국도 등 인근의 지배권을 장악했고, 4년 후(1504) 미야코지마[46]의 추장인 '나카소네'가 혹독한 권력이나 폭력으로 꼼짝달싹하지 못하게 억누르고 과중한 세금으로 고통에 시달렸다. 그것은 바로 '궁고도' 원주민을 지배 통치하려는 목적을 이루려고 탄압하였다. 길동의 무리와 토착인 들은 그들 세력에 맞서 사람이나 세력을 규합하여 전쟁에서 승리했다. 이곳은 상비 옥산上比屋山에 조선에서 오키나와로 이주한 사람들의 초가집 군락으로 집단 주거 지역을 조성되었다. 길동 집단이 궁고도의 토착민과 처음으로 교류한 장소로 알려진 동굴 우물 사당이 있었다. '도래인 주거지'로 조선 양식의 초가집이 8채가 상비옥산 유적 남아 있었다.

 또 길동은 도래 후 1505년부터 1508년까지 그 사이 구메지마久米島에 상륙하여, 추장 '마다후쓰'를 몰아내고 일본, 유구국, 중국을 상대로 중계무역을 하면서 동중국해의 해상권을 장악했다. 섬의 요처에

---

46) 궁고도

적으로부터 방어하기에 유리한 조선 양식의 성城을 구축했다. 구미도의 구지천성은 성 축조 방법이 얇은 돌로 기왓장처럼 차곡차곡 포개놓았다.

그가 젊은 시절에 공주 무성산에서 활동할 때 쌓아놓은 거친돌의 모습은 그의 흔적을 보는 듯하였다. 적봉이 유사시에 방어벽으로 혹은 화살로 사용하기 위해 시누대를 세웠다. 생가터 시누대 울타리처럼 이 성의 외곽에도 시누대가 성곽을 이루고 있었다. 그곳에서 내려다보이는 곳은 완만한 기복을 이루고 있는 지형으로 평지와 산지의 중간적 성격의 구릉지였다. 시야가 트이어 적의 공격에 대응하기에 적격이었다.

그리고 우강성, 중성, 지나하성 등 적봉 집단이 축조한 10여 개의 산성과 함께 이곳에서 발굴된 각종 유품과 관련된 농기구, 화폐, 우물, 조선식 집 등 유적과 유물들이 곳곳 산재해 있었다.

안내자는 가끔 몇 마디를 거들었다.

"그가 낯선 곳에 도래해서 섬을 정복해가는 과정은 혹독했지요."

우에구수쿠宇江城는 홍길동의 장남이 구축한 성으로 섬 최정상에 현재 일본 자위대의 군사기지가 되어 레이다가 설치되어 있고요.

나카구수쿠中城는 전해지는 바로는 홍길동의 차남이 조성해서 이룩된 성이지요.

또한 구시가와구수쿠具志川城, 지나하성은 함께 한 길동의 무리가 축조했다고 하네요."

"그의 활동 흔적은 곳곳에 남아 있지요."

10년 후(1510) 한문본 홍길동전인 위도왕전과 정우락본 홍길동전에서 그의 나이 70세에 사망한 것으로, 유구국 박물관에도 기록되어 있었다.

　그의 출생이 3년의 차이는 무슨 까닭일까? 그것은 길동의 무리가 조선에서 추방되고 국적을 상실하여 새롭게 유구에 향화하여 국적을 취득하는 기간이 3년이었다. 대명 국의 법이 미치는 지역의 규정은 대동소이한 것이었다. 왕조실록에 귀화인 관련 내용을 검색해보니, 조선 초부터 연산 조까지 53건이 검색되었다. 유구의 그 무리의 호적에 대전장주가 홍길동의 처남으로 기록되어 있다. "1443년이 도래냐? 탄생이냐?"의 논란도 이 근거의 바탕이 아닌가? 당시 450여 명이 집단 이주에 따라 정착을 시도하였다. 그 당시 유구 본도 왕부의 유인도로서 행정력이 미치기가 어려웠다. 토착인으로 살고자 노력하고 있었으나 경계인들이 복잡한 정치적 상황에 의해 삶의 터전이 마련되어 가고 있었다.

　홍길동이 세운 오키나와 열도의 해상왕국은 그들의 고난에 의해 복속되었다. 훗날 길동이 건국한 왕국이 일본이 점령됐다. 홍길동의 무리는 흔적을 남기고 사라졌다. 그들은 눈앞에 보이듯이 명백하고 또렷이 삶의 흔적은 남겼다. 유구는 죽었다. 그렇지만 길동의 이상세계 이야기는 아름답게 살아남아 있었다.

　황윤석이 홍만종의 '해동이적'을 증보하여 펴낸 조선시대 야담 '증보해동이적'에 홍길동이 장성의 아차곡(아치실마을)에 살았으며, 첩의 자식이라 과거를 볼 수 없어 집을 떠나 의적 활동하다 해외로 탈출

했다. 라고 기록하고 있었다. 그곳이 파조간도 가 있는 팔중산 쪽이었다.

성종 때 경국대전이 완성되어 차별이 시행되었다. 예전에, 부정하게 재물을 빼앗아 가난한 사람을 도와주던 활동을 접고 유배형의 형벌을 받고 운명적으로 해외로 떠났다.

연산 조에 죄인을 귀양 보내던 일로 관련되어 유구 팔중산 지역 가까운 섬으로 갔다. 가난에 얽매여 쫓기는 삶은 아니어서 좋았다. 낯선 환경이었으나 대부분은 나빠하는 기색은 아니었다. 입항하여 살면서 세력을 점점 확장하여 이웃 섬으로 자신의 문화를 즐기는 섬으로 만들어 갔다.

어느 날 이웃에 상례가 있었다. 마을 사람들이 서로서로 도와 제사를 지낸 후 함께 나누는 형태로 축제가 열렸다. 예부터 조선의 향촌에는 자치적인 촌락 공동체 조직인 향도香徒, 각종 결사인 계 및 공동 노동체인 두레 등이 존재하였다. 사림세력이 성장하여 점차 유교적인 향약과 의식으로 변화하였다. 그때도 그들의 놀이가 문화 조직을 음사淫邪 성격이 짙으니 음흉하고 사악하다고 하여 금지하라고 하였다. 마을 축제에서 부정한 귀신에게 제사를 지내는 것을 금지했다. 이곳에도 유사한 일이 일어났다. 길동의 무리는 국왕의 말을 듣지 않았다. 그건 주민의 뜻이었다. 그러다가 반역적 기질이 살아나 조공을 의도적으로 거부했다. 그러다가 상진왕 아들 개입으로 전쟁에서 패배하였다. 패배 후 종적을 감추었다.

길동의 흔적은 오랫동안 없었다.

유구의 전투에서 실패 후 평원으로 사라진 후 조선에 홀연히 나타났다.

여러 곳을 은신하며 힘든 날을 보냈다. 삶의 고달픔에 부대낄 때쯤 직지사에서 학조대사를 만났다. 참선하며 수행할 때처럼 시련에 대한 아픔을 다져갔다. 무오사화 이후 혼란한 시기에 연산군 때 와주 엄귀손과 인연으로 활동은 계속되었다. 그의 위세를 업고 겉으로 드러나지 않게 뒤에서 보살펴 주는 힘을 믿고 함부로 활동하여 도가 넘치기에 이르렀다. 그러다가 신분에 거슬리는 당상관의 복식을 한 죄로, 의금부에 스스로 체포되어(1500년) 남해로 유배됐다.

그 후 유구인 일부와 대부분 조선인으로 구성된 470여 명이 여러 척의 배로 나눠 타고 조선을 떠났다. 유구에서 온 사람들과 조선과 무슨 논의가 있었는지는 사연은 자세히 알 수 없었다. 그들은 분명 조선에서 버림받은 자들이었다.

유구인 22명을 제외한 인원 중에 접대해야 할 사람은 누구란 말인가? 3척의 배에 40명씩 왜 분리했는가? 그 외 인물들은 누구인가? 무슨 사연이 갖고 있을 법한 배인 것은 틀림없었다. 448명의 인원이 무슨 사정이 있는지 밝혀지지는 않았다.

그렇지만 배의 항로가 류큐에서 가장 먼 파도간도를 거쳐 팔중산 지역에 보내진 곳은 이곳이 중국의 영향력 속에 놓여 있는 팔중산 지역이었다. 이 당시 나하를 중심으로 상진 왕이 세력을 확장해 가는 때였다. 이곳은 인가도 인기척도 없는 쓸쓸한 밀림처럼 열대지역이었다. 또한 통치권이 잘 미치지 못하고, 사연 많은 사람이 모여 사는 곳이기도 하였다.

그러나 구분된 배에는 자신과 비슷한 처지 사람들이라 믿고 있었다. 길동이 남해로 유배되어 삼천리 밖으로 내쳐진 지 2개월가량 뒤였다. 그해는 11월 윤달이 끼인 윤년이었다. 그해는 몹시 길었다. 조정에서는 20일분 정도의 식량을 싣고 유구로 내쳐졌다. 정상적으로 간다면 3달분 정도의 식량이 실린다. 그러나 그들에게는 생존에 필요한 최소한의 분량이었다. 그들은 고된 항해 속에 어느 섬에 당도하였다. 육지와 그다지 멀지 않는 곳으로 한 주일 정도로 여기고 떠났으나 한 달 남짓 걸려서 섬에 입항했다. 그곳은 사람이 살지 않는 무인도가 많이 있었다. 그리고 몇몇 큰 섬에는 사람들이 살고 있었다. 그 지역이 야에야마 제도(팔중산 제도)였다.

길동은 시원한 나무숲 아래에 낮잠을 잤다. 꿈에 명 사신을 만났다. 그가 도망치듯 떠난 온 후 명나라로부터 온 사신이 있었다.

사신이 이르기를,

"해외 어느 나라의 사신이 임금에게 표로 올리던 글을 가지고 섬에 이르렀는데, 왕의 성씨인 아무개가 水자 옆에 共(물과 함께할) 자가 있으니 이는 무슨 글자인가?"라고 하였다.

어떤 이는 그것이 길동이 성을 바꾸어 그런 것이 아닌가? 의심스러워하였다. 길동이가 홀연히 혼자 말을 타고 와서 형 일동을 뵙고 오래도록 만수무강하기를 기원하여 술잔을 올렸다. 여러 날을 묵다가 장차 떠나가며 말하기를,

"이로부터 두 번 다시는 오지 않을 것입니다."하고는 떠나버렸다. 그

예의에 맞는 행동거지와 용모는 두 번 다시는 다른 사람 아래에 있을 자가 아니었다. 틀림없이 해외로 가 지혜와 재능이 뛰어나고 용맹하여 보통 사람이 하기 어려운 일을 해내는 사람이 되기를 꿈꾸었을 것이다. 재주가 있는 것을 믿고 스스로 적극적이고 훌륭하여 작은 일에도 거리낌이 없으니, 과거에 임하라. 학식과 문벌이 높지 않은 자리를 주더라도 벼슬에 맞게 처신하라. 뒷날에 높이 될 벼슬을 고려하여, 현직을 맡을지라도 허용되지 않는 국법에 연연하여 스스로 구속받지 말라. 홀연히 의지와 상관없이 내쳐졌다.

낯설고 물선 그곳에 점차 정착해 갔다. 백성들의 신임을 얻으면서 섬 생활이 익숙해 가기 시작했다. 점차 백성들의 지지를 바탕으로 섬의 문제에도 깊숙이 간여하였다. 자신과 백성을 지키기 위해 전투와 전쟁에도 참여했다. 길동의 세력과 나카소네 세력의 갈등으로 충돌이 나타났다. 의병장 길동은 석원도를 중심으로 세력이 형성되었고, 왕부 세력의 지원을 받은 나카소네 세력은 궁고도를 중심으로 세가 형성되어 있었다.

길동이 활동한 율도는 八重山 제도의 석원도 대빈촌大浜村 지역을 근거지로 삼았다. 그 무리는 지역을 중심으로 주로 활동을 해왔다. 이곳은 일본인 들도 자주 드나들며 정착하여 살기도 하였다. 팔중산에는 한국인 위령탑이 서있고 팔중산박물관도 전시되어 있었다. 이 지역의 언어도 일본어 혹은 토속어 '야이마', 유구어 '에마'가 사용되며, 최남단 파조간도는 일본어가 사용되었다. 왕성 '슈리성'이 있는 본섬은 일본어를 사용하며, 길동의 활동지는 본섬에서 450킬로 정도 떨어진 곳이기도 했다. 이들 지역은 본섬과 언어와 풍습도 조금 달랐다.

한때 길동은 성종 무렵에 해상 봉쇄령이 내려진 이후 자취를 감춘 적이 있었다. 도피 중 조난으로 운명적으로 찾아온 것이 팔중산 제도의 어느 섬이었다. 팔중산 인근의 본섬이 있는 곳의 제도와 풍습이 달랐다. 나하의 지배가 미치는 곳은 제도와 풍습이 달랐다. 조세 문제와 신녀 제도로 말미암아 그들의 요구를 거절한 바가 있었다. 그때 본섬의 상진 왕이 보낸 신녀와 전쟁을 치렀으나 실패한 사실을 똑똑히 기억하고 있었다. 길동은 그런 아픔을 지닌 지역의 백성을 하늘처럼 여겼다. 그의 출현은 주민들의 힘이 응집되어 백성의 중심에 서 있었다. 과거의 이력이 그의 소중한 경험이 될 줄은 몰랐다.

그는 원주민을 이해하고 책임 있는 행동으로 믿음을 줬다. 무릇 사람을 쏠 때 그 자리를 지킬 수 있는 용기 있는 사람이 되어야 했다. 그런 믿음이 추천을 들어줄 수 있는 계기가 되었다. 관에서 노비, 논밭, 집, 군기 등의 물건을 받을 수 있는 근거도 마련되었다. 만약 그가 유능하지 못하면 주민들의 지지는 없었을 것이다. 이시가키지마(석원도)의 주민들은 길동을 믿고 따르며 그를 지지했다. 꿈에 그리던 율도국인 태평산 지역의 세력자를 물리치고 항복시켰다. 결국 율도의 개척자로 우뚝 설 수 있는 기틀을 마련했다. 그 전투에서 성공과 실패를 경험하며 명성과 세력을 확장하였다.

길동의 부인은 '고을노'로 3남 2녀를 두었다. 고을노는 홍길동을 따라 조선에서 오키나와로 갈 때 오곡 종자 항아리에 품질 좋은 볍씨를 담아 갔다. 현지인들이 '풍요의 여인'으로 부르며 매년 제사를 지내는 풍습이 현지에 남아 있다. 타케토미 지마(섬)에는 씨앗 채취 축제가 열린다. 이틀간 해뜰 무렵까지 노래 부르고 계속 춤을 추는 행사가 진행되는 풍습이 남아 있다.

길동의 율도국律道國이란?

길동의 율도국律道國는 '정율도활빈자正律道活貧者'였다.

'규율과 법도를 바르게 세워 가난한 이들을 살게 하라' 사회였다. 어느 지역 섬이라 하더라도, 질서나 법치가 있어 백성과 함께하는 사회였다. 가난한 자들의 맘을 훔쳐 함께 가는 길이었다. 그것은 길동이 안고 가야 할 내전이었다.

세상이 너무도 어지럽고 차별이 있으며 현실이 부조리하여 삶의 희망이 무너지고 행복을 기대할 수 없다면 인간은 과연 어찌할 것인가? 아무리 노력해도 먹는 문제가 해결되지 못하고 미래가 없다면 현재의 사회 질서에 안주할 것인가? 도피하여 숨어 살까? 아니면 적극적으로 해결 방법을 찾을 것인가? 당면한 현실적 문제에 대해 갈등이 있다고 하라도 괴로움과 아픔을 겪어내야 했다.

길동은 좀 더 적극적이고 합리적으로 세상 자체를 살 만한 곳으로 바꾸어 보고자 하는 꿈을 꾸었다. 유교의 유토피아적 상상력은 현실 세계를 이상 국가로 탈바꿈시키려는 데 방점을 두었다. 만약에 그 꿈이 있다면 요순시대처럼 덕이 있는 자가 지금 팔중산 섬에 태평성대를 구현하여 만백성이 함께 등 따숩고 불합리가 없는 어려움을 서로 나누며 배부른 공동식사와 열린 축제를 가능하게 하는 세상을 만들어

보자는 생각이었다.

 이상 국가의 모형은 백성과 함께하는 사람이 우선인 백성의 신분적 평등과 일 그리고 재화를 치우침이 없이 고르게 하는 것이다, 사람으로서 마땅히 지켜야 할 도리가 구체적으로 나타나는 것이다. 곧 '온 세상이 번영하여 화평하게 되는 사회'였다.

 맹자가 양나라 혜왕에게 물었다.
"사람을 죽이는데 몽둥이와 칼로 하는 것에 차이가 있나요?"
(孟子對曰殺人以梃與刃有以異乎)

그가 대답했다.
"차이가 없지요."(曰無以異也)

연달아 물었다.
"칼로 죽이는 것과 정치로 죽이는 것에 차이가 있나요?"
(以刃與政有以異乎)
"없습니다."(曰無以異也)

그제야 맹자는 정작 하고 싶었던 말을 쏟아 놓았다.
"왕의 부엌에는 기름진 고기가 있고 왕의 마구간에 살진 말도 있는데, 백성들의 얼굴에는 굶주린 기색이 있고 들판에는 굶주려 죽은 시체가 있다면 이것은 짐승을 불러들여 사람을 먹게 하는 것이지요."(曰庖有肥肉廐有肥馬民有飢色野有餓莩此率獸而食人也)

 도대체 무슨 말인가? 짐승을 불러들여 와서 사람을 먹게 하다니……. 임금이 백성들로부터 세금을 혹독하게 거둬들여 부엌을 풍요롭게 하고 기르는 짐승을 살찌우면, 백성만 죽어나는 포악한 정치가 될 수밖에 없다는 말이었다.

이어서 맹자는 어수선한 끝매듭을 지었다.

"이따위 정치를 행한다면 어찌 백성의 부모 노릇을 할 수 있겠는가?" 하고

참으로 날카롭고 매서운 비판을 했다.

'예기'에는 행복한 나라의 모습이 잘 그려져 있다. 이 책에서는 똑똑한 사람을 뽑고 능력 있는 사람에게 일을 맡기며, 서로 믿고 화합하며, 사람의 분수에 맞는 일을 하게 하면 이상향인 온 세상이 번영하여 화평하게 되는 세계를 이룰 수 있다고 하였다.

서로 비슷비슷한 '대동 사회'란 현명하고 능력 있는 사람이 나라를 다스리고, 사리사욕을 추구하기보다는 공동의 선을 지향하여 온 세상이 번영하여 화평하게 되는 사회를 일컬었다. 또한 나라는 민생의 복지에 힘쓰고, 백성들은 도덕과 윤리 준칙에 따라 행동하는 사회를 말했다. 공자가 언급했다고 하는 이 사회는 사람들의 끝없는 인격 도야와 합리적 통치 방식을 모색함으로써 성립할 수 있다는 점에서 도가의 유토피아와는 현저하게 다르며, 강력한 현실 개혁적 지향을 지녔다.

모든 게 하나로 어우러지는 사회를 일컫는다. 유가에서 인간은 하늘의 형상과 땅의 기품을 이어받은 중간적 존재라고 보고, 인간은 하늘과 땅 사이에 존재하는 천지 만물과 조합을 강조하고, 대동 사회는 사람이 자연과 한 덩어리가 된다는 의미를 지니고 있다. 이는 큰 대의에 따라 사회가 조직되고, 운영되며, 이 도에 따라 사회가 움직여진다고

보고 있다. 큰 도가 행해지면 전체 사회가 공정해져서 현명한 사람과 능력 있는 사람이 지도자로 뽑히게 되며 신의가 존중되고 친목이 두터워지면 바람직하다고 여겼다.

그러므로 모든 사람은 자기 부모만을 부모로 생각하지 않고 남의 부모도 내 부모와 똑같이 생각하며, 홀로 외롭고 불우한 환경 속에서 성장한 탓도 있겠지만 자기 자식만을 자식으로 생각하지 않고 남의 자식도 관심의 대상이 될 수 있는 사회가 되어야 한다고 생각했다.

성리학을 국가의 이념으로 삼았던 조선 초 신분사회에서는 이러한 유교적 공동체를 실현하고자 하는 소망이 길동에게는 담겨 있었다. 사 계층들은 우리의 공동체 조직문화를 음사淫邪라 보았다, 갈등할 수밖에 없었다. 길동의 꿈에도 나타났다. 그의 '율도律道'란 '법'과 '도'로 「정율도활빈자正律道活貧者」 곧 '법과 도를 바르게 세워 가난한 이들을 살게 하라.'라는 뜻이었다.

마땅히 지켜야 할 도리가 행해지고 모두 하나 되며 백성과 함께 잘사는 대동 세계형의 이상향이었다. 그의 이상 국가는 꿈으로 남아 있는 사회가 아니라 현실로 존재하는 사회였다. 모순된 조선의 사회에서 견디지 못하고 체험하여 얻을 수 있는 그런 사회였다. 중년이 되어서야 그런 곳을 찾았다. 그곳이 파조 간도와 인근에 석원도가 있는 유구 제도라고 믿고 있었다.

인간은 그 시대가 안고 있는 지배적인 생각의 틀을 홀로 뛰어넘기 힘들다. 따라서 조선 땅에서 길동에게 백성이 결정의 중심에 서 있는 국가의 이상을 기대한다는 것은 지나친 무리였다. 그 또한 총명하고 재능 있는 사람이었다. 홍길동 역시 유교라는 시대적인 생각의 틀이 만들어 낸 사회를 구성하는 일반 백성으로서 지혜와 재능이 뛰어나고 용맹하여 보통 사람이 하기 어려운 일을 해내는 사람이었다. 길동은 조선 땅의 백성이었기에 불충不忠스러운 반역을 통해 통치자가 되기보다는, 인접국에 들어가 분노의 에너지가 분출되기 시작되었다. '사람이 먼저'라는 민중의 힘을 빌린 정벌을 통해 그가 꿈꾸었던 함께 이상 국가를 건설하는 것이 지극히 자연스러울 수 있었다.

이중환은 오랫동안 궁리한 성과를 담은 책 '택리지'에서 저술자 실제로 평생 살 만한 땅을 찾아다녔다. 그는 이상향의 한 가지 조건으로 '인심人心'을 강조했는데, 더불어 사는 사람들의 순박한 마음과 훈훈한 풍속이 더할 나위 없이 중요하였다. 곧 '사람'을 숭배하는 것을 실천하였다. '율도국'이 이러한 모습을 확인할 수 있었다. 생산성을 높여 모두가 함께 잘 살게 해주는 것이다. 백성들이 여유롭게 살 수 있도록 만드는 지혜가 있는 것이 통지자 덕목이었다.

유교적 사회의 이상향은 신분상의 위계질서가 존재했다. 그러나 그의 꿈은 행복한 나라를 유지하기 위해 최선을 다할 것뿐이었다. 홍길동은 백성이라는 이름으로 대동단결하여 섬들을 고난 끝에 정벌하지만, 상대에 대해서도 최대한 예의를 갖추는 덕성을 발휘했다. '아지' 왕과 자살한 그의 장남을 정성껏 장례를 지내 인간적 면모를 보여주었다. 그뿐만 아니라 사면령을 내려 죄인을 석방하고 백성들을 구휼했다. 봉건 국가에서 민본이라는 기본 이념, 즉 백성들이 국가의 기틀이라는 관념은 항상 강조되었다. 대개는 말뿐이었다는 점에서 홍길동이 점령국에서 취한 조치들은 덕을 지닌 자비로운 통치자로서의 면모를 유감없이 보였다.

율도국의 홍가왕이 된 이후 나라의 상황은 태평성대의 모습 그대로였다. 현명한 통치자로서 왕도 정치를 실현했기 때문이었다.

'예기'에서 말한

"교화가 크게 행해져서 백성들이 길에 떨어진 물건을 주워 갖지 않았다." 말한 것으로 미루어 보면 그곳이 모두에게 기회가 보장되고 대도가 행해지는 '대동 세계'와 다름없었다. 더할 나위 없이 풍요로운 사회를 꿈꿨다. 율도국의 백성들은 본능적인 물욕을 절제하고 공공의 선을 추구하는 미덕을 지닌 사람들이라 할 수 있었다.

훗날 조선 후기 실학자 연암이 쓴 '허생전'에서 도둑들의 무리를 모아 빈 섬으로 떠나는 모습을 상상하게 하는 이상 사회였다. 역시 도둑들의 사회적 문제를 해결하려 섬으로 가는 노력은 같았다.

허생이 늙은 사공을 만나 나눈 대화에서,

"바다 밖에 혹시 사람이 살 만한 빈 섬이 없던가?"

"있읍지요." 대답했다.

허생은 높은 곳에 올라가서 사방을 둘러보고 실망하여 말하였다.

"땅이 천 리도 못 되니 무엇을 해 보겠는가? 토지가 비옥하고 물이 좋으니 단지 부가옹은 될 수 있겠구나."

"텅 빈 섬에 사람이라곤 하나도 없는데, 대체 누구와 더불어 사신단 말씀이오?"

사공의 말이었다.

"덕德이 있으면 사람이 절로 모인다네. 덕이 없을까 두렵지, 사람이 없는 것이야 근심할 것이 있겠나?" 허생은 말했다.

유구는 노동만 하면 굶주려 죽을 수 없고, 사람들이 일하지 않고도 자연의 산물을 두루 누릴 수 있는 풍요로운 곳이었다. 최소한 노동의 대가가 보장될 수 있는 정도의 기름진 땅이었다. 사람들이 노동한 만큼 수확을 거둬들일 수 있을 정도로 토질도 좋았다. 기후도 조선은 겨울인데도 유구는 3~4월 정도의 온화한 섬이었다. 그만큼 환경적 조건이 좋았다.

다행스럽게도 길동이 찾은 파조간도는 꽃과 나무가 제멋대로 무성하며, 벌 나비가 날아들어 과일 열매가 절로 익고, 짐승들이 떼 지어 놀 수 있는 곳이었다. 인간의 삶의 가치가 실현되는 곳이었다. 유교적 이상인 덕치德治가 실현되는 곳이었다. '덕이 있으면 사람은 절로 모인다.'는 것을 실천한 길동은 '백성'을 하늘처럼 모신다는 덕의 정치를 펼칠 수 있는 어진 통치자였다.

비록 조선보다 작은 류큐라 하더라도 환경이 가난을 물리칠 수 있는 꽃과 나무가 제멋대로 무성하고 벌 나비가 날아 과일 열매가 절로 익는 곳이었다. 길동은 절로 차분하여 씩씩하고 굳센 기운을 얻어 백성의 마음을 살 수 있었다. 이런 자연적 조건이나 사회적 상황은 덕이 실현될 만한 곳이었다. 지난날처럼 가난이란 사회적 굴레가 씌워진 사회는 아니었다. 이곳은 사회적 약자인 백성의 맘을 위로하고 어루만져 달랠 수 있는 사회였다. 곧 팔중산은 인간을 구현할 수 있는 세계로 삶의 가치가 실현되는 곳이었다. 길동의 용기를 따르는 백성들이 많아, 결국 아름다운 사회를 이룰 수 있는 참되고 애틋한 정이나 마음이 인간을 중시하는 생각이 나타난 것이 아닌가? 그는 인본주의자였다. 그의 이상세계는 신이나 자연처럼 숭배의 대상이 아니라, 오직 '백성' 곧 그들의 인간성(humanity)만이 존귀尊貴하다고 믿는 실증주의적 인간성 숭배의 사상을 지닌 사람이었다.

결국 그의 꿈을 향한 처절한 몸부림은 백성마저 훔쳤다. '규율과 법도를 바르게 세워 가난한 이들을 살게 하라'는 사람됨을 존귀하게 여기는 율도 사회였다.

백성을 우상으로 섬겨라

 길동은 장 70대를 맞는 형을 받고 3000리 밖으로 내쳐진 후 무리들과 함께 남해의 감옥에서 유배지로 떠났다. 1501년 1월 몸을 에는 추운 날에 사십여 일 항해 끝에 오키나와 팔중산 석원도까지 이르렀다. 섬 주민들의 따뜻한 환대로 그곳에 정착을 준비하게 되었다. 주민들의 마음을 이해하고 그들의 삶의 방식대로 살아갔다. 세월 흐름에 따라 저절로 생활이 익숙해지고 편안해졌다. 그러면서부터 토착인 지지와 도움으로 섬에 쉽게 동화되어 갔다. 인근 섬에 나까소네의 간섭받으면서 점차 혹독한 시련을 겪기에 이르렀다. 그러면서 자신의 지지 세력을 넓혀가는 계기가 되었다. 결국 섬을 조금씩 자신의 섬으로 바꾸어 갔다. 백성들의 지원으로 섬을 개척해 가면서 강과 산이 변해갈 무렵이 되어서야 그가 꿈꾸던 이상 국가를 세워 '洪家王'이라는 명성을 얻게 되었다. 십여 년을 향화인으로 살며 토착민처럼 진정 류쿠인이 되어, 정복자로서 그의 꿈을 성취해 갔다. 전쟁에서 이기고 성도 축조해 갔다. 의지는 초지일관 '백성'을 주인으로 모신다는 생각에는 변함이 없었다. 그는 류큐의 진정한 영웅으로 추앙받기에 이르렀다.
 그가 건설하려고 했던 유구국은 현실적으로 녹록하지 않았다. 낯설고 익숙하지 않은 새로운 생활과 풍습이 그를 괴롭혔다. 조선을 떠나

이곳에서는 적서차별 타파하려는 노력은 보잘것없이 아주 미미했다. 사회적으로는 혼란과 모순 속에서 살아가는 그들의 고민을 해결하려 노력했다. 그리고 이미 지나 버린 과거의 날 잊어버리고 탐욕스럽고 수완 좋은 엄귀손의 장점을 닮아 주민과 결탁하여, 무리끼리 작당하여 백성의 맘을 훔쳤다. 그런데도 백성들에게 큰 해독을 끼치는 탐관오리 모습을 자탄했다.

지난날 조선 병오년(1486) 팔중산 섬으로 몰래 들어와 살 무렵, 오키나와 본도는 중산왕조 상진왕이 사신을 야에야마八重山 지역에 파견하였다. 그는 국왕의 의향에 따라 지방행정을 추진할 수 있는 체제 강화가 필요했다. 그들은 섬들의 복속을 원했으나 주민들은 그들의 요구에 고분고분하지 않았다.

마침내 이 지역의 축제가 빌미가 되었다. 그 섬 지역 축제를 부정한 것으로 간주하였다. 섬 주민들의 삶의 행동하는 모양이 죽은 사람의 넋에게 제사를 지내는 사교로 규정하여 금지하였다. 이 신앙 탄압에 대하여 간섭하며 탄압하기에 이르렀다. 주민들은 격분하였다. 그리하여 주민들과 '적봉' 무리는 반기를 들었다. 그는 꿈이 현실에 부딪힐 때마다 반항적 기질은 나타났다. 그들은 중산中山에 대한 조공을 중단하였다. 중산지역의 반응을 기다렸다.

그러나 섬 주민들은 그들의 요구에 점점 반감을 갖게 되었다. 상진왕은 대리 왕자를 대장으로 삼아 구미도久米島의 신녀 군남풍과 함께 정예부대 삼천 명과 병선兵船 46척을 보내 반란 진압에 나섰다. 당시 쇼신 왕 시대에는 신녀 조직이 확립되었다. 신들에게 제사 지내는 것은 여성의 몫이었다. 오키나와의 본도 지배층의 신앙이었다. 오나리 女性는 영향력이 높고, 에케리男性를 수호하는 힘이 있다고 믿었다. 농경의례를 중심으로 하는 연중행사와 제례가 있었다. 신들에게 풍작의 기원과 수확의 기쁨에 감사하는 것은 여성이었다. 지역 제사를 관리하는 여성 신관으로 '노로'가 있었다. 그 조직은 중앙에서 지방으로 위에서 아래로 명확한 위계질서가 있었다.

길동의 무리는 사회의 음지와 양지를 두루 경험했다. 사회 집단이나 조직의 구성원이 빚어내는 개인적, 정서적인 관계의 차별화는 피부로 확인하기 어려웠다. 지위나 계층 따위가 등급화되어 가는 사회계층이라는 숨겨진 실상을 경험하며 우리를 그들의 성향에 따르는 근본을 이루는 실제로 틀을 다져갔다. 빼앗긴 자, 밀려난 이, 억눌린 사람에게 관심을 거두어들이지 않았다. 앞으로 이들의 숨결과 목소리를 들어줄 자는 누군가?.

조선은 왕권 정당화와 권력 승계의 영속화를 위한 상징적 차별이 이루어지는 것을 지켜봤다. 지배계층은 피지배층의 삶을 아는가? 백성들은 생존의 문제와 인간다운 삶에 몸부림칠 수밖에 없었다. 조선의 권력자들이 예와 도를 주도하거나 일정한 영역을 지배하는 전략을 어떻게 구사하고 펼쳤는가? 그들은 권력에 권위를 심어주는 위세와 존엄을 담아 우리를 혼란케 하였다. 향교와 성균관은 지배 질서 유지와 계급 재생산을 위한 유교 화 작업에 얼마간의 도움이 되기에 이르렀다 한때 조선에서의 기억은 고스란히 기억하고 있었다. 이곳도 사람들이 살아가는 곳인데 근본적으로 유교적 이념은 크게 다르지 않았다. 그러나 생존의 문제와 인간다운 삶은 다소 느슨한 형태로 보장되고 있는 듯했다. 지배자와 피지배자의 문화 충돌은 피해갈 수는 없었다.

지난날 조선에서의 기억이 되살아났다.

태조 이성계 때 재위 동안 사헌부의 중요한 일이 생겨 임금에 상신하여, 임금의 판단을 얻던 일이 있었다. '장사(葬) 한다' 또는 '장례 치른다.'라는 것은 '사람 시체를 잘 챙겨서 갈무려(藏) 준다'라는 의미로 시신을 잘 수습하여 훼손하지 않고 공경히 정리하여 간수하라.는 뜻이었다. 그 해골을 감추어 밖에 드러나지 않게 잘 어지러운 마음을 바로잡아 정리하거나 시신을 정성스럽게 간수하는 것이거늘, 그러나 불교도의 화장법이 여전히 성행하게 되어 있었다. 그때도 이미 불교가 보급되어 있었다.

조선은 유교를 국시로 했다. 사람이 죽으면 장작더미에 시신을 들어 올려 뜨거운 불속에 넣어서 모발이 타고 살이 타 녹아 없어지게 하고 다만 해골만 남게 했다. 어떤 자는 심하게 해골도 태워서 그 재를 뿌리기도 하고 일부는 물고기나 날짐승에게 주었다. 그들이 말하기를, '반드시 이와 같이 한 뒤에야 극락에 가서 다시 태어날 수 있고 서방정토西方淨土에 갈 수 있다.' 했다. 한 번 이런 현상이 언급되면서 사대부로서 식견이 높고 사물에 밝다고 하는 사람 중에도 모두 거기에 혹하여 땅에 매장하여 장사 지내지 아니한 자가 많게 되었다. 아아! 참 심히 어질지 못한 일이로구나! 사람의 정신이란 성격이 화끈하고 마음 씀씀이가 넓어, 죽어서나 살아서나 사람이건 귀신이건 간에 근본은 서로 똑같으며 서로 통하는 낌새가 있는 것이다.

조부모가 무덤 속에서 편하게 있으면 자손도 또한 마음이나 몸이 거북하거나 괴롭지 않은 것이요, 편치 아니하면 이와 반대로 거북하거나 괴로울 것이다. 또는 사람이 세상에 태어난 것이, 나무가 땅에 뿌리를 내리는 것이 몸이나 마음을 의지하여 맡기는 것 같다. 그 뿌리와 몸을 불사르면 가지와 잎이 말라 시들어지고 사라질 것인데, 어찌 잎이 피고 가지가 자랄 수가 있겠는가? 이것은 어리석은 남녀들도 다 같이 아는 바이다. 성인께서 세 치[寸]의 관에 다섯 치 관을 담는 궤櫃로 마련하면서도 오히려 속히 썩을까 염려하며, 염하는 옷이 수십 벌이면서도 그래도 야박한 것이 아닐까 두려워하였다.

또 관속 곡식을 넣으면 혹시 벌레나 개미가 침입할까 염려하였다. 장례를 끝마치는 예절이 이와 같거늘, 도리어 변방 되놈의 아비 없는 가르침을 사용하려는 것이 어진 일이라 할 수 있겠는가? 지금부터는 일체 화장을 금하고 이 법을 범한 자는 죄 주게 하자고 주장했다. 지방의 백성들은 부모의 장삿날에 이웃 마을 사람과 상여꾼들을 모아놓고 함께 술 마시고 노래를 부르는 것이 조금도 애통한 마음이 없이 불경한 것 같으나, 예로서 풍속을 이룩하는데 누가 되는 것이 말할 수 없는데도, 역시 조정에서는 모두 엄금하라 하였다.

조선은 유교적 국시에 의해 창건된 나라다. 이와 같은 지방의 백성들은 조금도 애통한 마음이 없는 것 같다고 여기고 있었다. 이런 행위는 예로서 풍속을 이룩하는데 누가 되는 부정한 귀신에게 지내는 제사 같은 것으로 판단했다. 백성들의 행위는 '음사'는 음흉하고 사악한 것으로 간주하고 금지하였다. 백성의 삶과는 동떨어져 있었다.

이곳도 명의 영향으로 보수적인 사대부들에 의해 국정이 운영되었다, 그들의 가치관에 어긋난 것들은 당연히 배척되었다. 지금의 우리 생각으로는 그 정도는 허용해도 되지 않느냐 하는 생각이 들지만, 그만큼 현재 사회가 개방적인 사회가 되지 못했다는 뜻이었다.

서로 갈등이 생기자, 그들에 반감을 갖고 배척했음에도 불구하고 지금까지 공동체 문화 전해져 오는 이유는, 그것들은 사대부 문화의 성격에는 맞지 않았지만, 일반 서민들의 문화의 모습을 보여주고 있기 때문이라고 생각했다. 조선 국시인 성리학적인 유교 사회 분위기에는 맞지 않지만, 이곳에는 개방적인 서민문화, 대중문화가 존재하였다. 그런 서민들의 모습과 솔직하고 소박한 소망을 담아 이웃과 함께 나누는 진솔한 문화가 추구됐다.

기존의 국가권력이나 지배권력은 사회, 정치 체제를 부정하고 변혁을 도모하고자 하는 형세가 한쪽으로 기울어진다고 여기고 민간신앙, 종교를 음사淫祠 또는 음사淫祀라고 하였다. 이는 '이단', '좌도左道'와 유사한 뜻이다. 중국에서는 국가에 의해서 민간의 제사가 정리되고, 제천 의례를 정점으로 하는 제사의 전례가 정비되었다. 이를 사전祀典이라고 했다. 이미 「예기」 곡례에서는 제사 지내서는 안 되는 것을 제사 지내는 것을 음사라고 하였다. 사전이 정비되었다. 그 이후에는 국가의 제사를 지내는 예전에 들어 있지 않은 것을 음사로 보게 되었다. 이런 사전의 정비가 음사의 관념 확립과 유교에 의한 사상통일에 힘이 되었다.

길동의 무리가 민간의 신위를 모신 사당 신앙의 모습을 보여주고 있었다. 음사 중에는 민중의 신앙을 얻었기 때문에 국가나 지방관은 힘으로 억눌러 지배하지 못했다. 길동의 무리와 함께하는 신앙은 민중 중심의 대동제와 같은 결속력이 있는 것은 당연히 억눌러서 못 하였다. 이들은 국책 수행상 사상의 통일에 방해가 되었기 때문이었다.

지난날 조선은 향촌공동체 중심이 아닌 유교적 사회였다. 백성은 사족과 함께하기 힘든 기억이 되살아났다. 사족들은 우리를 음흉하고 사악한 무리로 취급하였다. 예로부터 향촌에는 자치적 촌락 공동체 조직인 향도, 각종 결사체인 계, 공동 노동체 두레 등이 있었다. 두레는 단순한 노동조직이라기보다 마을 문화의 총체적 모습으로 서로 관련되어 기능하고 있었다. 이 두레는 백성이 바탕이 되는 민중 집합체이었다. 이념보다 앞선 지연공동체 문화였다. 상부상조를 중심이 되는 백성들의 자주적이고 민주적이며 개방적인 마을조직이었다. 이런 집단이 성장함에 따라 점차 유교적인 향약과 의식으로 변화하였다.

양반들은 이들의 문화 조직을 음사淫邪라 하여 금지하였다. 그들은 향촌 문화가 음흉하고 사악하다고 보았다. 유교적 사회의 기틀이 점차 형성되었다. 점차로 작은 단위 촌락(리, 면)은 오가작통 제가 운영되었다. 촌락은 농민 생활의 기본 단위일 뿐 아니라 향촌을 구성하는 기본 단위로 자연촌으로 존재하는 조직이 편제되었다. 조선시대에 신흥 사족이 향촌 지역으로 이주하면서 향촌 사회에서 주로 양반들이 거주하는 반촌으로 평민들이 거주하는 민촌이 나타나기도 하였다.

그러나 대개의 향촌에서는 두서너 개의 씨족이 서로 인척 관계를 맺고 있었으며, 양반, 평민, 천민이 섞어 살았다. 반촌은 동성의 특정 성씨만이 아니라 친족, 처족, 외족의 동족으로 구성되어 다양한 성씨가 거주하게 되었다. 민촌은 대부분 평민과 천민으로 구성되었으며 다른 촌락에 거주하는 지주의 소작농으로 생활하였다.

촌락 내 여러 형태의 동계, 동약, 향린계, 동린계의 조직이 생겨났다. 사족들이 촌락민들에 대한 지배력을 강화하고자 하였다. 지주제를 통하여 사회경제적 지배를 끝까지 밀고 나갔다. 향도계와 동린계는 일반 백성들이 농촌에서 조직한 자생적인 생활 문화 조직으로 향도는 불교와 민간신앙 등의 신앙적 기반과 동계 조직과 같은 공동체 조직의 성격을 모두 띠었다. 주로 상을 당했을 때나 어려운 일이 생겼을 때 서로 돕는 활동을 하였다. 상여를 메는 사람인 상두꾼이 향도에서 유래된 것은 그 좋은 문화였다. 두레는 촌락 공동체에서 함께 노동의 작업을 하는 조직문화로 주민들과 일체화되는 계기가 되었다.

조선 세종 때 동린계와 향도계가 발달 되었다. 그러나, 이들 조직은 '음사'로 취급되었다. 사림 계층들은 이들 공동체 조직을 '음사'로 취급해 권력 따위로 억눌러 꼼짝 못 하도록 했다. 마치 향촌 인들이 뭐 이상한 짓이라도 한 것처럼 대우하였다.

향촌은 공동체 중심으로 스스로 생겨난 조직된 생활문화가 백성들에게 정착되었다. 그들은 양반들의 동약이나 향약과 같은 것을 본보기로 '향도계'와 '동린계'가 만들었다. 이들은 상부상조의 정신 아래 제사를 지내주며 도와주는 형태로 발전되었다. 그 예로 동리에 상을 당했을 때 상두꾼을 자발적으로 만들어 상부상조하게 이르렀다. 남녀

노소 없이 참가하는 마을 축제였다. 점차 이것을 서서히 전통을 세우기에 이르렀다.

예부터 향촌에는 자치적인 촌락 공동체 조직인 향도香徒, 각종 결사인 계 및 공동 노동체 두레 등 존재하였다. 사림 세력이 성장 함에 따라 점차 유교적인 향약과 의식으로 변화하였다. 양반들은 이들의 문화 조직을 성격이 음흉하고 사악하다고 하여 음사淫邪를 금지하기도 하였다. 유교적인 명분에 맞지 않는 신앙과 풍습을 모두 음사淫邪로 규정 금지하였다. 전통적인 공동체 조직인 동린계나 향도계는 향약으로 대체되도록 하였다.

상여계는 조선시대 향촌공동체를 중심으로 모인 자생적 생활문화 조직이다. 이곳의 문화는 지역별로 차이가 있었다. 길동이 살아가고 있는 지역은 본도의 영향력이 덜 미치는 지역이었다. 이 지역은 상을 당하였을 때 마을 구성원들의 상부상조하고 마을공동체 축제처럼 여겼다. 상여의 운반 및 무덤 터다지기, 묘 쓰기 등은 여러 명의 일손이 필요했다. 장례에 관계되는 일을 하는, 두레 형식을 모방한 공동조직으로 운영되었다. 상여계는 마을과 상여의 규모에 따라 달라지는데 보통 수십 가구 안팎으로 조직이 이루어졌다. 운구와 무덤을 만듦에 따른 많은 인력이 필요하지만, 상여계에 참여하고 있는 사람들은 계원들이 모든 일을 맡아서 해주므로 별도로 품을 살 필요가 없었다.

상계는 보통 부모, 본인, 처의 사상四喪에 필요한 경비와 노동력을 충당할 목적에서 조직되었다. 동일지역 거주자나 동일 관청 사람 사이에 행해진 것으로, 상사 시 경비 조달 외에도 계원 간 방문, 애도하는 것이 의무처럼 행해지고 있었다. 이는 구성원 간에 직접 노동력을 제공하는 상두계의 형태로 주로 조직된 계로 구성되었다. 일명 위친계爲親契라고도 한다. 이러한 조직은 그 성격은 조금씩 다르지만, 상여계, 향도계 등으로 불리며 지금도 지역사회 곳곳에서 행해지고 뿌리를 내리고 있었다.

조선 사회에서는 이러한 모습은 사족들의 교육에도 나타났다. 서원 교육은 사학 특유의 자율성과 특수성이 존중되는 분위기 속에서 이루어졌다. 유교 교육이 교재의 범위와 학습이 정형화되는데 대체로 소학과 사서삼경을 비롯한 경전의 차례에 따라 학습이 진행되었다. 유교 경전 외에도 서원 나름대로 선별한 교재로 특유의 교육 과정을 마련하여 교육했다. 불교 등의 이단 서적이나 '음사淫邪'에 관련된 내용은 철저히 금지되고 있다. 양반들이 성리학적 사회 질서의 강화를 위하여 '동약'과 '향약'을 중심으로 지배하려 할 때 동린계나 향도계는 음사淫邪로 배척했다. 사족들은 향촌 사회의 지배 기반을 확대하였다. 결국 성리학과 연결되지 않는 것은 음사로 규정하여 배척하기에 이르렀다.

즉, 명분론에 합당하지 않은 전래 무속 등 여러 민간신앙을 비롯한 불교·도교의 의례를 음사陰祀로 규정하여 이단시하였다 이곳 팔중산도 피지배 계층을 조선과 비슷한 음흉하고 사악한 무리로 간주했다. 중국의 영향권 속에 놓여 있어 마찬가지라 생각했다. 한때 그들은 공동체의 이익을 지키기 위해 방어 전투에 나섰으나 조직의 힘과 기량의 부족으로 패하였다. 그리고 빠지면 헤어나기가 힘든 어려운 환경으로 지형이 낮은 벌판에서 종적을 감추었다.

한동안 세상을 피하여 숨어서 살았다. 패자로서 아픔을 간직한 채 길동이 조선에 나타났다. 1488년(성종19년) 즈음이었다. 그때 학조가 직지사 주지로 있을 때 그를 수소문해 찾아 나섰다. 한참 지나서야 길동의 접견이 이루어졌다. 길동의 나이 40대 후반쯤이었다. 그 시절 무예와 병법 학문보다는 참선과 수행을 하며 산중생활을 했다. 학조의 선종을 접하는 계기가 되었다. 선종은 참선으로 자신의 본성을 구명하여 깨닫는 사람의 생각으로는 미루어 헤아릴 수 없이 이상야릇한 경계를 [47] 터득하고, 부처의 깨달음을 가르치며 설명하는 것 외에 이심전심으로 중생의 마음에 근본이 되는 중요한 뜻을 전하는 종파였다. 자신의 정체성을 찾아가는 가르침이었다. 이때 비로소 처한 현실 속에서 진정한 삶의 의미는 무엇인가를 찾아 현실 생활에 적응해 갔다.

무오사화 이후 정치적 사회적 혼란은 가중되었다. 어떻게 하든가 조선 땅에서 현실의 부조리를 해결하려 했다. 뜻대로 되지 않았다. 그의 신세가 조선에서는 별로 쓸모없는 사람이라 느꼈다. 양지 밖으로 나와 당당하게 살 수 없었다. 음지에서의 삶도 제한되는 한계가 있었다. 세상을 뒤집지 않고서야 불가능했다. 좌절과 분노 속에 하루하루를 살았다. 인간이 인간다울 수 있는 세상은 평등한 세상이었다. 곧 신분

---

47) 불가사의한 경계. 관 법의 지혜로 볼 때 그 대상인 만법의 하나하나가 모두 실상의 이치를 가지고 있는 것을 뜻함.

제도로 인간의 존엄성이 훼손될 수 없는 사회였다. 결국 1500년 11월에 길동은 활동을 중단하고 소굴 우두머리의 체포로 스스로 힘이 달려 밀리는 형세로 체포되어 검거되었다. 그는 의정부에 문초를 받고 남해에 유배되어 3천 리 밖 어느 섬으로 내쳐졌다.

연산 조(1501년) 1월 겨울의 일이었다. 정상적이라면 열흘 정도면 도착할 것을 한 달 남짓 항해 끝에 최남단 류쿠 열도의 하나인 파조간도에 입항하였다. 여러 섬을 거쳐 그곳에서 새로운 삶이 시작되었다. 처음은 화적 불한당으로 불리는 도둑 강도였으며 사회적으로 큰 공훈이 없었다.

그러나, 길동은 봉건제도에 대항하여 자유 민권을 주장하고 자신과 백성들을 위해 당당히 백성 속으로 들어갔다. 백성을 사랑하는 그의 정신과 행동은 훗날 여러 도둑 중 사람들의 입에 오르내리는 이름을 남겼다.

여기 팔중산 지역에 비석을 세움으로써 그의 위업을 기렸다. 그의 공을 기려 1953년 4월 6일 조선에서 가져간 각종 농기구와 화폐 등 유물 따위를 사람들에게 보였다. 그가 꿈꿔 왔던 봉건제도에 항거하며 차별이 없는 자유 민권 쟁취를 위한 공적을 고스란히 남겼다. 홍길동 집단의 족보를 아에야마 박물관에 소장하기에 이르렀다. 이웃 섬이 어려움이 처할 때마다 미야코지마宮古島과 이시가키石垣島 원주민은 도움을 줬다.

이곳은 조선과 다르게 도둑을 흔히 볼 수 없는 평화로운 곳이었다. 관리도 천거해서 임용했다. 국왕을 호위하는 사람의 수도 적어 단출

하였다. 조정 신하는 무릇 사람을 쓸 때 그 자리에 있는 사람의 추천을 들어주었다. 관官에서 노비奴婢, 논밭, 집, 군기 등의 물건을 주었다. 만약 유능하지 못하면 파면하고 아울러 그에게 주었던 노비와 논밭 그리고 집 등을 회수하였다.

각박하게 경쟁하면서 살아가는 곳이 아니었다. 전쟁을 통해 지배자가 생기지만 통치자가 되더라도 엄청난 권위와 명예 그리고 부를 가진 것도 아니었다. 위엄 있는 군대를 가지고 있는 곳도 아니었다.

만약 길동이 유능하지 못하였다면 조신으로서 파면이 되고 아울러 그에게 주었던 물건을 회수당하였을 것이다. 영웅은 '충군애국사상'이 박약하거나 국가적 결합이 느슨한 곳에서 태어난다. 유구는 왕조가 성립되었으나 본도 슈리성과 인근의 섬에만 행정력이 미쳤으나 중산, 남산 지역에는 통치권 제대로 미치지 못하였다. 사령장 주고 대리통치를 했다. 수많은 섬은 언어 풍습 종교도 다소 차이가 있어 전체를 통합하기는 어려웠다. 슈리성의 먼 곳은 전쟁이 오랫동안 지속되었다. 크고 작은 전투에서 살아남으며 모질고 악한 학습을 하였다.

길동은 사회적으로는 팔려 간 용병이 아니었다. 오키나와에 온 과정은 힘난했다. 그러나 현지화 과정을 거쳐 갔다. 정월 초나 전후 그믐, 보름에는 서낭제가 열렸다. 이것은 달이 차고 기울어짐과 밀접한 관련이 있었다. 사리와 조금이 일어나는 때를 가려 풍랑의 수위를 알아줄어했다. 유구는 섬나라였다. 무역이나 고기잡이에 영향을 미쳤다. 이를 계기로 재앙을 면하고 이웃의 화합과 번영을 기원하는 의식이었다. 이는 자신들의 안녕과 주민들이 함께 단합하고 믿음을 갖게 하기 위함이었다. 이것은 조선의 풍습으로 조정에 누가 되는 행위였다.

슈리 왕부는 신녀 '노로' 중심의 위계질서가 있는 조직이었다. 길동 무리의 행위는 곧 국책에 반역 행위였다. 중산의 토착 인과 함께 행복과 고통을 나누었다. 이 지역 조정 관리인 나카소네가 백성들을 과도한 세금과 노동을 강요받았다. 화약을 만드는 유황 광산에 동원되어 노동에 시달리기도 했다. 이를 실어 나르는 말도 지쳤다. 가죽을 얻기 위해 소를 기르고 도축하였다. 바다에서는 라각과 해파를 채취하였다. 중산도의 어려움을 주민들과 함께 나누었다. 끈끈한 정도 생겨났다. 이때 지방 관리인 '아지'들은 슈리 왕부에 가족들과 함께 인질로 잡혀가 있어 왕성에 인구가 증가하였다. 지방에는 사람이 줄어들고 관리체계가 느슨해졌다. 길동의 세력은 점점 커갔다. 석원도石垣島를 중심으로 세력을 확대했다. 미야코섬宮古島을 중심으로 나카소네는 좀 더 혹독한 탄압을 통하여 이들 지역을 통치했다. 길동은 이시가키섬石垣島 주민의 지원에 힘입어 온몸으로 맞서며 어려움을 극복해 내며 정복해 갔다. 그들은 서로 경쟁하는 관계였다.

나카소네는 왕권에 완전히 복종하여 공경하는 마음으로 섬기며 따르는 관계였, 길동은 그들의 힘에 서로 맞서서 겨루며 석원 주변 섬을 사수하며 자기의 권익을 지키는 것이었다. 쇼신 왕(상진왕)은 원정군을 석원도로 보냈다. 나카소네가 원정군에 세력을 한데 모았다. 전함 100척을 보내 태평산을 공격하고 통치를 확립하였다. 쇼신 왕의 지방장악은 저항하는 지역 세력을 물리쳐 지방 통치제도의 강화에 뜻이 있었다. 길동의 무리는 상대가 되지 못하였다. 큰 세력 앞에 힘 한번 쓰지 못하고 무릎을 꿇었다. 무리는 쉽게 즉시 평정되었다.

그들에게는 씩씩하고 기개가 장한 기상만 있었지, 진정 상대가 되지 못한 채 싱겁게 헛된 결과로 돌아갔다. 실패한 병사들은 여러 섬으로 뿔뿔이 흩어졌다. 인근에 떨어져 있는 섬 밀림 지역이 있어 형세가 불리할 경우 도주가 어렵지 않고 매우 쉬웠고 은신처가 되기 안성맞춤이었다. 이 지역은 거주자가 거의 없어 전범자들을 잡아들이기는 쉽지 않았다. 제각기 살길을 도모하여 몸을 숨겼다.

전투의 흔적이 사라진 후 어느덧 세월이 흘러 세력이 점차 회복의 기운이 살아나기 시작하였다. 어느새 그들의 요구를 받아들이며 울분을 삼키며 숨죽이고 쥐 죽은 듯 살았다. 그럭저럭 수년 동안 크고 작은 충돌이 간간이 있었다. 수레바퀴가 돌아갈 때 삐걱거리듯 서로 의견 충돌로 불화를 치른 후 평화를 얻는 듯하였다. 그 속에서 안정을 찾아 농업에 종사할 우물이 있는 조선식 움막을 짓고 살았다.

이곳 섬은 화산 활동으로 용암의 분출로 이루어진 섬이었다. 용암의 풍화로 돌이나 바위 조각이 중력에 으스러진 곳과 분출 시 운반 퇴적된 지역으로 나눠 있었다. 관목과 야생초가 자란 곳이라 농업과 임업이 성해 식물이 잘 자랄 수 있는 환경으로 조성되었다. 섬에는 많은 용천수가 분포하고 있었다. 여러 마을은 용천수를 중심으로 형성되었다. 무리에게 권하여 농업을 힘쓰게 했다. 양식이 넉넉하였다. 병사들에게 군법을 지키도록 했다. 수천 군졸이 무예와 행군과 말달리는 법을 익히게도 하였다. 기량이 천하에 최강의 군대를 자랑할 만큼이었다.

섬 북쪽에 체제가 잘 갖춰진 한 나라가 있으니 이름은 슈리 왕국이었다. 명을 섬겨 조공을 바치며 중계무역을 하는 사람들이 살아가는 곳이었다. 대대손손 거처 자손이 번성했다. 옳지 못한 사람을 덕행으로 감화하여 백성들에게 실지로 드러나게 하는 곳이기도 했다. 나라가 태평하고, 백성이 넉넉하고 여유로우며 또한 그들은 순수하고 평화로운 사람들이었다. 그 섬에 주둔하여 백성들의 따뜻한 접대와 도움 속에서 그들의 문화 속으로 빠져들어 갔다. 이 지역은 남북으로 길게 늘어선 섬들로 이루어진 곳이었다. 상진 왕에 의해 통치되면서 주변이 어느 정도 안정이 되었다. 언어와 풍습이 비슷하였으나 크게 북부. 중부, 남부지역 삼산 3 지역으로 나누어져 있었다. 길동의 무리가 살아가는 지역은 본도에서 남쪽으로 멀리 떨어진 섬 지역이었다.

길동의 무리는 조선과 가장 먼 곳 팔중산 인근 섬에 들어가 여러 섬을 거쳐 큰 섬에 상륙하였다. 그러면서 세력을 넓혀갔다. 길동의 세력이 믿는 것은 백성들 마음을 사는 것뿐이었다. 그들에게 믿음을 주는 것이 그 섬을 지키는 일에 열중하며 살았다.

이전에 그 섬에는 종교적 믿음이 달라 한 때 본도의 간섭과 지배를 받은 적이 있었다. 본도의 세력이 커지면 커질수록 길동의 세력은 위축될 수밖에 없었다. 길동이 앞장서서 선부르게 조공을 거부하다 왕부의 개입을 불렀다. 신녀를 선봉으로 한 대군의 참여로 전투에서 힘과 경험의 부족으로 실패했다. 그 이후 길동은 단단한 내공은 축적되어 가고 있었다.

그러나 이번엔 달랐다. 주민들과 끈끈한 결속을 다졌고, 철저히 계획하고 준비하였다. 힘, 작전, 전술이 상당한 훈련 속에서 단련되었고, 사기도 살아 있었다. 실패의 경험이 성공을 부를 것이라 믿었다. 그는 성공을 위해 '백성을 우상으로 섬겨라.' 묵언 수행하고 있었다.

백성에게 올린 출사표

오키나와 사람들은 인간과 신을 연결하는 '마츠리'[48]를 통해 신과 인간의 흥겨운 만남의 축제를 치렀다. 여러 신들에게 풍년을 기원하고 감사를 표현하는 행사였다. 이 축하와 제사 행사에서 사용했던 밧줄을 끊어 집에 걸어두면 가족이 모두 건강하고 집안의 복도 불러온다고 믿고 있었다. 이 행사는 세시풍속이라 할 수 있는 연중행사로 촌락이나 마을, 혹은 사회 집단을 단위로 행해지는 전승적인 관습이기도 하였다.

민속 종교 '우타키'는 '중국으로 가는 길을 지켜주는 성역으로, 오키나와 전역에서 볼 수 있는 모습이었다. 촌락에서 제사 지낼 때 핵심을 이룬 형태였다. 지역에 따라 달랐다. 아마미 제도는 오가미마야, 미야코(궁고) 제도는 구스, 야에야마 제도에서 '온' 또는 '우간', '와' 등으로 불렸다. 미야코는 나카소네의 통치 근거지였다. 그는 스스로 복속되어 궁고도의 수장이 되었다. 왕의 신임을 받고 이 지역을 관할 땅으로 통치하고 있었다. 가족은 슈리성이 있는 본섬 나하에 두고 있었다.

현재 유구촌에는 나카소네仲宗根 고택이 남아 있다. 그 입구에는 사

---

48) 일반적으로 공적이면서 경사스러운 종교적 의식 즉 축제를 의미한다.

자도 아니고 사람도 아닌 '시사'의 모습이 익살스럽게 서 있었다. 그 고택을 바라보니 길동이 쫓기는 장면이 살아났다.

혼가와라 아카하치(保武川赤蜂:홍길동)의 반란을 토벌할 때이었다. 나카소네 도유미야仲宗根豊見親가 대장군 오자토大里 등을 따라서 야에야마(팔중산)에 이르렀다. 궁고도 수장으로 도유미야(豊見親, 소라비:空広)는 존칭이었다. 궁고도 지배자가 되어 슈리 왕부 명령이나 의사에 그대로 따랐다. 야에야마(팔중산) 지역의 주민들은 왕부 뜻에 따라 아무 탈 없이 순조롭게 살아왔다. 길동도 함께 협조하며 정착해 갔다. 어느 순간, 슈리 왕부 뜻에 따라 과도한 세금 부과와 그들의 관습에 순종하지 못하고 상태나 행동 등에 맞서 세차게 반대하였다. 결국 소란과 갈등이 발생했다.

길동은 왕부 뜻을 거역하여 역도로 몰려 토벌군에 쫓기어 어려운 처지를 당하였다. 그런데 나카소네는 친히 '우타키'에 나아가 참배하였다. 본래 왕부는 제정일치 사회로 제사를 중요시했다. 이런 제사를 주관하는 사람은 여성으로서 신녀가 있었다. 신녀는 주로 왕족이 중심이었고, 그녀들의 영향력도 컸다. 그들의 제사 정책에 따라 행하는 의식 행위였다. 그러나 이주 무리는 조선에서 단체가 되어 함께 모이는 행사가 익숙해 있었다. 서로가 의식 행위가 익숙한 형태로 하는 진행되는 것이 자유로웠다. 결국 갈등을 불러왔다.

문제 해결을 위해 나카소네가 본토로부터 진압을 명받았다. 출병할 때 그는 군왕에게 그 뜻을 적어 글을 올렸다. 매우 굳세고 힘찬 마음으로 적 무리를 무력으로 강압하여 순조롭게 평정되길 빌었다.

"지금 제가 대장군이 되어 야에야마(팔중산)를 진압코자 합니다. 엎드려 바라건대 신께서는 저의 뜻을 살피시어 큰 화를 지울 수 있도록 도움을 주소서" 했다.

그는 곧이어 전선으로 달려갔다. 그의 준비된 군대에 비해 길동의 무리는 상대의 적수가 되지 못하였다. 토벌군은 파죽지세로 별다른 힘을 들이지 않고 길동의 무리는 대상을 와해시켰다. 첫 전투는 싱겁게 승부가 결정되었다. 승자들은 우쭐대며 본도로 개선하였다. 본섬 토벌대는 돌아와 성역 우타키의 사방에 돌담을 둘렀다. 그리고 담 안에 나무를 심고 감사의 기도를 했다. 나중 종묘에 절하는 단壇에 깔아놓은 벽돌을 세우니 '우타키'는 볼 만한 풍경화를 이루었다.

사리와 조금이 여러 번 지난 후였다. 그날의 아픔을 잊지 않고 사라져 없어져 흩어졌던 길동의 무리는 하나, 둘 돌아왔다. 비 온 후 땅이 단단해지듯 실패 후 마음 또한 굳건했다. 이젠 그 지역과 주민이 낯설지 않고 동질성을 가질 수 있었다. 그런 믿음으로 그 땅에서 단단한 신뢰를 쌓아갈 수 있었다. 거기에다가 그의 담대한 연출력과 번쩍이는 지혜로 사람들을 놀라게 하곤 하였다. 그런 섬의 앞날을 논의하기에 이르렀다.

길동이 그 섬 주민들과 의논하기를,

"우리 어찌 이 바다 가운데 있는 섬의 안에만 지키어 세월을 보낼 수 있겠는가? 이제 '팔중산 제도'을 치고자 하니 각각 소견에 어떠하냐?" 의견을 물었다.

그들이 갖는 불평과 불만을 늘어놓기 시작했다. 분위기는 모두 지난날의 어설픈 대응 행위를 성토하며 분노의 에너지가 한곳으로 모이는 상황이었다. 즉시 택일하여 출사할 것을 결심하기에 이르렀다. 흥분된 목소리가 차분한 논의로 바뀌었다. 그들은 진정한 '율도의 나라'를 언급하기에 이르렀다.

한 번의 전투가 소멸은 아니었다. 새로운 세력의 씨앗을 심었다. 처음은 왕부 정책에 반기를 들어 길동의 세가 미약하였다. 첫술에 배부르지 않았다. 그렇지만 몇 번의 전투를 겨루면서 경험이 점차 쌓이게 되었다. 첫 전투에서 대군에 길동의 무리는 무너졌다. 일부만 살아남아 여러 섬으로 흩어져 피신하였다. 몇 년을 거쳐 조직을 의기투합하여 재건하며 전투력을 키워갔다. 중산지역은 본도의 풍습, 언어, 구성원 등이 다소 달랐다. 그리고 섬이 많고 지역이 꽤 넓었다. 이런 사정이 길동에게 힘을 얻는 구심점이 되었다. 그들에게 통치력이 미치기가 어려웠다. 그들을 완전 소탕하기에는 왕부 힘이 미치지 못하였다. 그 틈을 타 팔중산 제도 백성들의 민심은 길동을 향해가고 있었다.

활빈당 의병장 홍길동이 '일지군'을 대동하여 군사를 일으켰다. 길동 일지군은 3군제였다, 삼 호걸로 선봉을 삼고, 중군은 길동이 책임지고 스스로 일지군 무리 앞자리가 되어 중영의 정무 및 군무를 통할하였다. 우익장 '장전대주'와 좌익장 좌 선봉 김수녕이 좌우 각각 군사를 거느렸다. 섬은 대체로 구릉지와 평원이 대부분이었다. 전투의 승패는 공격과 방어에 따라 유리한 지형과 불리한 지형의 차이가 틀림없이 있다. 언덕도 아니고 험한 산도 아닌 어중간한 지형은 산성의 형태로 봐서 불리한 지역이었다. 곧 공격이 방어보다 유리한 지형이었다.

 전투에서 승리하기 위해서는 무거운 투구 같은 것은 벗고 군장을 가벼이 하여 주야를 쉬지 않고 길을 곱으로 걸어야 했다. 많이 걸으면 포로가 되기 십상이었다. 강한 자는 앞서고 지친 자는 뒤떨어져 일부를 잃을 것이 뻔하였다. 적정한 이동이 필요했다. 거기에다가 군수품의 원활한 보급으로 군수품을 지원해야 하는 어려움이 있었다. 배고파서는 전쟁을 할 수 없다. 모든 계획과 작전을 점검했다. 류큐 왕의 꾀를 모른다면 어떤 목적을 달성하기 위해서 그들과 가까이 지낼 수가 없었다. '산림험조저택山林險阻沮澤'을 알아야 했다. 산, 숲, 험한 곳, 축축한 습지, 물이 없는 골짜기의 지형을 모르는 사람은 행군할 수 없다고 했다. 지방에 밝은 길잡이 향도鄕道를 갖지 않는 자는 지리의 혜택을 얻을 수 없다는 말이었다.

 손자의 병법에 '풍림산화風林山火'라는 말이 있다.
 무릇 전쟁은 먼저 상대의 눈을 멀게 하고, 정체를 되도록 파악하지 못하게 행동하며, 다음에 가장 유리한 조건을 행해서 움직이고, 그 조건대로 상대가 대응하는 데 따라서 자유자재로 변화하고, 분산 집합할 수 있게 병을 움직여야 한다.

 바꿔 말하면, 움직이는 기회를 잡으면 거친 들판에 불어 대는 질풍 같아야 하고, 조용해야 할 때는 잠잠한 숲과 같아야 한다고 했다. 적지에 침입하면, 마른풀에 붙은 불같이 세가 맹렬해야 한다. 또 자중이 필요할 땐 큰 산의 모습같이 태연해서 마치 그늘에 숨어버린 것처럼 적군을 속여 은밀하게 잠복하고 있다가 번개같이 가장 유리한 조건에서 움직여야 한다는 뜻이었다.

 장전 대주를 후 장군으로 삼았다. 그는 길동과 함께 오랜 세월 함께 한 무리의 일원이었다. 길동과의 인연은 장전이 역참에 속하는 우두머리로 일할 때 역장의 공비로 지급된 토지를 잘못 사용하였다가 길동과 인연을 맺었다. 역마에서는 벼슬아치들이 부임할 때나 여행 시 마필을 공급하던 일을 했다. 사사로이 길동의 무리가 부당한 이용을 함에 따라 무리에 함께 엮이어 생계를 같이하게 되었다. 말 관리와 습성에 대한 식견으로 말을 다루는 솜씨는 빼어났다. 무예 기창은 150보 사이에 두고 말을 탄 두 기사가 창을 옆구리에 비스듬히 세워 끼고 상대방을 향해 달려가면서 창을 서로 부딪치면서 승부를 결정지었다. 기창 교전 이외에도 말 위에서 양손에 칼을 들고 재주를 부리는 마상쌍검, 말 위에서 긴 청룡도를 휘두르는 마상월도馬上月刀, 말을 타고 도리깨 모양의 곤봉을 휘두르는 무예가 있었으며, 그리고 맨손으로 말에 올라 재주를 부리는 마상재馬上才 등이 있었다. 이런 것은 무과의 시험에서 행하는 무예의 하나였다. 평소의 훈련 양에 의해 몸놀림은 자유자재였다. 지금은 실전으로 몸이 기억하고 저절로 우러나왔.

 조선에서 관군과의 전투에서 추격에 맞서 기동성이 높은 유인 전술을 잘 구사하였다. 이들은 상당한 정도의 훈련을 받은 수준 높은 정예군이었다. 길동과 함께 한 오랜 세월이 직감적으로 뭘 원하는지 잘 알고 입속의 혀같이 처신했다.

기병이 백이요, 보졸이 구백이었다. 서로 섞이어 울리는 함성은 섬이 진동하고, 군기와 창과 검은 하늘을 가릴 정도였다. 군사를 재촉하여 태평산太平山으로 향했다. 이른바 당할 자가 없어 기세를 몰아갔다. 적들이 조촐한 음식을 마련하여 군대를 환영하게 함으로 문을 열어 스스로를 굽혀 복종하게 하였다. 수개월 사이에 칠여 섬을 정벌하기에 이르렀다. 거침없이 물리치고 쳐들어가는 당당한 기세가 온 나라가 무너지는 소리인가? 했더니 소리내어 슬피 우는 소리였다.

　길동의 무리는 팔중산을 중심으로 자유롭게 살아갔다. 그러던 중 길동의 무리는 나하의 통치력이 미치자 점점 불편함을 느끼기 시작했다. 군왕께서 팔중산 지역 통치를 나까소네에게 맡겼다. 그가 좌전을 믿고, 좌전도 그를 믿었다. 그러나, 과도한 세금 부과와 폭정, 본도 나하 지역과 팔중산 문화의 차이 등으로 갈등이 생겨나기에 이르렀다. 그런 상황 속에서도 어려운 고비에 자신의 굶주림을 참아가며 살았다.

　충성을 맹세하며 슈리 왕부에 음식을 진상한 사람에게 땅을 하사하고 맡기셨다. 그가 바로 나까소네였다. 그는 국가에 바치는 더할 수 없이 극진하였다.

　이 상황을 지켜본 길동이 군왕에게 다음과 같은 마음을 간곡히 전하고 싶었다.

　……

'좌하께서 맡긴 땅에서 절대 반란은 전혀 없을 것입니다. 그 사실을 믿었습니다. 좌하께서 맡긴 땅에서 서서히 반란의 기운이 살아나게 되었습니다. 다른 의미에서 보면 좌하의 땅을 맡아서 다스릴 만큼 공이 없는데, 어찌하여 백성의 믿음을 살 수 없는 왜곡된 공으로 상을 줄 수 있습니까? 군주와 개인과의 관계 때문에 받으면 안 될 상을 받아서 화근이지요. 백성의 믿음을 받는 사람이 필요한 것 아닌가요? 지금 이 시대 그런 통치자와 비슷한 지배자가 있으면 기꺼이 찾아가 다스림을 받고자 하옵니다. 결정할 일이 있으면 단호하고 지혜롭게 살피소서. 청컨대 각 분야에 재능이 출중한 사람을 선발하여 적재적소에 쓰시옵소서. 좌하의 안색을 거스르면서 간절하고 정성스럽게 간언하옵니다.'

"감히 청컨대, 신을 세워 왕에게 옳은 말로 간하는 자로 삼으셔야 팔중산 모두가 삽니다. 이 땅을 다스리는 데는 길동이 충분하옵니다, 장차 패왕이 되고자 하신다면 적봉이 여기 있습니다.

천하에 패자가 되려면 적봉을 쓰시오."

감정이 격렬하게 일어나는 외침이 들렸다,

이 용기는 리더의 큰 미덕으로 흔들리지 않는 결단력이었다. 그리고 효율적으로 지휘부를 구성하였다. 적재적소에 능력 있는 인재를 배치하여 최선의 능력을 발휘할 수 있도록 하였다. 군영은 삼군으로 편성했다. 진영을 구축하여 전투에 승리할 수 있도록 깊이 생각하고 선택 의지를 보였다. 한때 황무지를 개간해 땅을 넓히고, 곡물을 생산하여 백성을 서로 이롭게 하며, 힘든 일을 함께 나누었다. 귀를 열어 구성원들의 의견 역시 들을 줄 아는 조직 분위기가 만들어졌다. 또한 조직 구성원 모두가 자유롭고 편안한 분위기를 조성할 수 있도록 하였다. 힘을 모으는 주문을 외우고 있었다.

진지를 구축하고 슈리 왕부의 격서를 전하였다.

일지군 의병 대장 홍길동은 삼가 글월에 하였으되,

슈리 왕 좌하![49)]

"삼 산을 통일한 이후 파란곡절을 겪고 왕부가 안정되어 가는 듯합니다. 사람이 변변하지 못하고 옹졸하고 천하여 서투른 자가 '아지'가 되어 주민들을 종교적 이념의 갈등을 불러일으켰습니다. 그리고 가혹한 노동과 과도한 세금의 부과로 백성들의 원성을 사기에 이르렀습니다. 급기야는 백성이 여러 부문에 걸친 왕부를 믿지 못하는 정치적 또는 행정상의 틀이 이리저리 흩어져서 질서나 체계가 서지 않아, 사느냐 죽느냐 하는 위급한 상황 맞게 되었습니다. 마침내 나라의 존망이 걸려 있는 중요한 지경에 이르고야 말았습니다. 나라는 한 사람이 오래 지키지 못합니다. 이런 까닭으로 성과 탕은 하와 걸을 치고, 무왕은 상주를 내치시었습니다. 다 백성을 위하여 난세를 평정하는 것입니다. 이제 의병 350여 명을 거느려 칠여 섬을 항복 받아내고, 오늘 의병들이 합세하여 1000여 명에 이르렀으니, 좌하께서 민심의 대세를 감

---

49) 글에서, 상대의 이름 뒤에 쓰는 높임말. 좌전(座前).

당할 수 있다면 자웅을 겨룰 것을 결단하시고, 민심이 불리하거든 일찍 생각을 거두시어 하늘의 뜻을 순순히 받드시길 바랍니다."
　격문을 전하였다.

　마침내 외쳐 말했다.
　"백성을 위한다는 명분으로 너무 쉽게 항복문서를 올리게 되면, 일방적으로 벼슬을 봉하고 관직과 작위를 준다면 팔중산의 운명이 되어 가는 모양이나 형편만을 살펴보고 하는 짐작만으로 상황을 어렵게 할 수는 없습니다." 하고
　만족한 빛을 얼굴과 행동으로 보이면서 소리쳤다.
　이때 '일지군 의병 대장'이 미처 생각하지도 못했는데, 이름도 없는 도적이 일곱 정도의 섬을 항복 받았다는 소식이 전해졌다. 모두가 기세를 올렸다. 이 여세를 몰아 좌하께 달려가니, 향하는 곳마다 그 무리를 대적하지 못하였다. 길동이 처음 말을 몰고 나올 때 손에 언월도를 잡혀 있었다. 요나구니 명마를 달리며, 말 위에 서서 그대로 안장을 안고 오른편으로 말을 뛰어 넘되 배가 안장에 닿지 않고 발이 땅에 잠깐 닿는 재주를 부렸다. 그러나 젊은 날의 몸놀림과는 확연히 달랐다. 또 왼편으로 말을 뛰어 넘되 혹 세 번, 혹 네 번 정한 수가 없을 정도로 마음대로 다루려 했으나 예전만큼은 아니어도 마음만 살아 있었다.
　즉시 거꾸로 서되 정수리를 말 목 왼편에 심었다. 이어 급히 말을 돌려 몸을 뒤집어 가로누워 거짓 죽은 척하였다. '우등리장신右鐙裏藏身' 하고 외쳤다. 자연스러운 것처럼 뽐내며 손으로 모래와 흙을 움켜쥐

고 어지러이 던지며 발등을 걸고 거꾸로 끌려갔다. 또 '좌등리장신左鐙裏藏身'을 하고 외치니 다시 안장을 끼고 등을 뒤집어 말꼬리를 베고 있는 듯했다. 말을 얽매여 달리는 모든 자세는 기수와 말이 하나가 되어 자유자재로 다루려 했으나 노쇠한 몸놀림보다 의욕은 넘쳤다. 도둑의 모습은 어디 가고 영웅이 되어 무예 실전하던 무인 그대로의 모습이었다.

이제 '태평산'을 침범하니 비록 군사는 열세라 하더라도 지혜 있고 용맹한 신하로서 어찌 방책이 없겠는가? 태평산은 길동의 무리가 정착한 주변 제도였다. 궁고 곧 미야코와 중산 곧 야에야마 지역을 일컬었다. 급히 사람들에게 알리려고 각처로 보내는 글을 들이자, 조정에 가득한 모든 신하가 어찌할 줄 모르고 성안에서 흥분하여 우왕좌왕 갈피를 잡지 못했다.

모든 신하가 의논하기에 이르렀다.

이제 도적의 대세를 감당치 못할 지경에 이르렀습니다. 싸우려는 의지도 없이 도성을 굳게 지키고, 기병을 보내어 깃발 단 군량미를 물길로 운반하는 통로를 막으면 어찌 적병이 나아가 싸움을 할 수 있겠는가? 또 물러갈 길이 없으면, 수개월이 못되어 적장의 머리가 성문에 매달릴 것이 뻔하지 않겠는가?" 하며 논의가 설왕설래 분분하였다. 논의가 명쾌하게 통일되기 어려웠다.

그때 수문장이 급히 알려 이르기를,

"적병이 벌써 성 십 리 밖에 진을 쳤습니다." 알렸다.

슈리성과 나하항은 왕국의 거점이었다. 이 두 곳은 어떤 경우에도 방위체계가 계획되어 있었다. 쇼신왕 시절에 슈리성과 도마구스쿠를 연결하는 도로를 정비하고 고쿠바 강에 마단교라는 가교를 놓았다. 이 토목사업의 목적은 유사시 나하항 방위의 거점인 도마구스쿠에 군대를 신속히 작전을 수행하고 또 선박과 나하 주민 용수원으로 꼭 필요한 존재인 네다테히 강이 있었다.

후에 '우딘다'라고 일반에 통용된 용천湧泉에 수비군을 신속하게 배치하려 군 조직을 편성했다. 유구왕도 3번番으로 편성된 '히키' 군을 방위 라인에 투입됐다. 또 삼 번은 우시丑, 미巳, 도리酉의 3군은 상비군이 주둔했으며 가까운 시마지리에 유사시 동원될 예비군 형태의 3군이 편성되어 있었다.

'아지' 나카소네가 정병 수천을 크게 나누어, 진지로 출발을 명하였다. 그가 대장이 되어 삼군을 재촉하여 요충지를 막아 진을 쳤다.

이때 길동이 처음부터 끝까지 상황을 보고 받고 사리의 옳고 그름을 조사 분석하였다. 기회를 엿봤다.

나중에 여러 장수와 의논하였다. 이어 명하였다.

"만약 임금이 몸소 나오면 '아지' 나카소네를 사로잡을 것이니, 군령을 어기지 말라." 했다.

길동을 비롯한 장전 대주와 김수녕 등 분노의 에너지가 한꺼번에 터져 나오며, 여러 장수가 마음과 힘을 다하여 떨쳐 일어났다.

이들 호걸을 불러 명령하기를,

"그대 대주는 군사 오백을 거느려 홍문과 청문 남편에 매복하였다가 한 치의 오차도 없이 내 명령을 수행하라." 명했다.

연이어 군장을 불러,

"그대 수녕은 군사 이백을 거느려 작전계획에 따라 임무를 수행하라." 명령하였다.

또 좌 선봉에는 '김수녕'을 세웠다. 그도 길동의 측근으로 산악 지형에서 지형지물을 잘 활용한 게릴라 전술을 잘 구사하였다. 그리고 기병대를 거느리고 있어 기동력 면에 있어서 탁월한 능력을 보였다. 그들의 활동 근거지는 산악만이 아니었다. 때로는 관군을 피해 민가로 숨어 흩어지기도 하였다. 마치 백성처럼 보여 고발하지 않으면 병사를 동원하더라도 어쩔 도리가 없었다. 모였다가 흩어지는 재주는 흔적을 남기지 않았다.

그를 불러 명령하기를,

"그대는 용맹하고 민첩한 기병 백을 거느려 대적하여 싸우라. 그러다가 목적한 장소나 방향으로 이끌어 속임수로 패하라. 그리고 '아지왕'을 유인하여 양문으로 달아나라. 추적하는 병사가 양관 어귀에 들거든 계획대로 수행하라." 하였다.

조선 군대가 사용한 용병술이 떠올랐다. 이 전투에서, 군사를 지휘하여 전투를 승리로 이끌기 위한 여러 가지 방법이나 기술로 '제승방략制勝方略'이라는 전법이 있었다.

'제승방략'은 적의 침공 지점에 가까운 관군들이 일차 거점 지역으로 이동하여 방어하고, 후방의 관군들이 중요 거점 지역에 집결하여 방어 태세에 돌입한 후 중앙의 장수들과 군영의 군무에 종사하던 정예 낮은 벼슬아치들이 이곳에 급파되어 지역의 관군들을 지휘하면서 적과의 전면전을 벌이는 병술이었다.

홍대장 깃발과 병마, 군사 장비를 내려주었다. 이튿날 해가 뜨는 시각을 기다렸다. 의경이 진영으로 드나드는 문을 크게 열었다. 대장 깃발을 진지 앞에 세우고 크게 외쳤다.

"무도한 '아지 왕이여', 감히 백성의 명에 순종하지 않고 맞서서 대항하느냐? 나와 겨루게 할 재주 있거든 빨리 나오라. 승부를 딱 잘라 결정하라." 고함을 질렀다.

진영으로 드나드는 문에 매우 세차게 달려들었다. 재주를 잘난 체하고 거들먹거렸다. 적진 선봉 '한석'이 소리에 응하여 반응을 보이며 말을 타고 달려 나가며 소리쳤다.

"너희는 어떠한 도적들이기에 제왕의 위엄을 모르고 태평 시절을 분란케 하느냐? 오늘 너희를 사로잡아 민심을 정리하여 안정되게 하리라." 하였다.

언필에 상장이 서로 맞붙어 싸웠다. 검이 번쩍 빛나더니 수합이 못 되어 김수녕의 칼자루가 '한석' 머리를 베니, 바닥으로 굴렀다.

겁 없이 함부로 맞닥뜨리며,

"아지 왕은 무죄한 장졸을 함부로 상하게 하지 말라. 바로 앞으로 나와 항복하여 얼마 남지 않은 쇠잔한 목숨을 보전하라." 하였다.

'아지 나카소네'가 선봉이 패함을 보고 분기를 이기지 못하였다. 푸른 도포와 입은 갑옷에 붉은 투구를 쓰고, 왼손에 언월도를 들고 소리쳤다.

고삐를 당겨 요나구니 섬 명마 천리마를 재촉하였다. 군사들의 대오 隊伍 앞으로 나섰다.

"적장은 잔말 말고 나의 창을 받거라." 소리쳤다.

급히 김수녕과 맞서 싸우니, 십여 합이 끝나자마자 수녕이 패한 것처럼 말머리를 돌려 공관으로 향하였다.

'나카소네'가 기세가 올라 엄하게 나무라듯 소리치며 외쳤다.

"적장 수녕은 비겁하게 달아나지 말고 말에서 내려 항복하라."

말을 재촉하여 수녕을 추적하여 공관으로 갔다. 수녕이 골 어귀에 들어서자, 겁에 질린듯 군기를 버리고 구릉지 쪽으로 달아났다.

'나카소네(중종근)'가 무슨 간사한 꾀가 있는가? 의심하다가,

"네 비록 간사한 꾀가 있으나 내 어찌 겁먹겠는가?" 하고 군사를 호령하여 급히 따라 붙였다.

이때 길동이 높은 지휘대에서 올라 주변을 살폈다. 나카소네가 양관 어귀에 듦을 파악했다. 신병 오백을 호령하여 대군과 합세하여 퇴로를 막았다. 나카소네가 적장을 쫓아 낮은 구릉지에 숨어들었다. 발포 소리에 어수선했다. 사면에 적을 기습하기 위한 전술로 길목에 군사를 매복시켰다. 군사들이 합세했다. 그 세의 흐름이 매끄럽고 시원스러웠다. 마치 남을 복종시키는 기세와 힘이라는 기세의 세와 힘이라는 '력' 시의 '운자'처럼 따라 흐르는 군사의 '소리와 음악의 가락'이 흐름에 따라 격에 맞았다. 흐름을 탔다. 남을 복종시키는 기세와 힘이 실렸다. 이 장면은 격에 어울리게 운치 있는 맛이 있었다. 또한 우아하고

고결하면서 담박하게 흐르는 산뜻한 한 편의 시 같았다. 일사천리였다.

나카소네가 꾀에 빠진 줄 알고 형세가 매우 어려워 군사를 돌려 나왔다. 공관 어귀에 미치자마자 길동의 대병이 길을 막아 진을 쳤다.

"항복하라" 하는 말에

피가 몰리고 얼굴이 붉어지도록 고래고래 소리를 질렀다. 그 고함은 짧고 묵직하게 압도하며 그들의 기운을 꺾었다.

나카소네가 죽을힘을 다하여 진문을 헤치고 들어갔다. 갑자기 바람이 몹시 불고 비가 거세게 요동쳤다. 천둥소리와 벼락이 휘몰아치듯 진지가 아수라장이 되었다. 아주 가까운 거리를 분별치 못하였다. 군사들은 크게 어지러워하며 갈 바를 몰라 허둥댔다. 길동이 신병을 호령하여 적장과 군졸을 단박에 결박하려 했다. 나카소네가 어찌할 줄 모르고 크게 우왕좌왕했다. 급히 헤쳐진들 어찌 진영을 어떻게 벗어날 수 있겠는가? 눈 깜짝할 사이, 혼자 간단한 무장을 하고 한 필의 말에 의지하여 줄행랑쳤다.

동서를 구분치 못하고 아무 거리낌 없이 일탈적 행동했다. 권위는 허물어져 온데간데없이 초라한 모습으로 도망쳤다. 길동의 병사가 적장을 추적하였다. 길동이 여러 장수를 호령하여,

"체포하라" 하는

소리가 여기저기서 서릿발치듯 쇳소리처럼 카랑카랑했다. 주눅이 든 나카소네가 사면을 살폈다. 따르는 군사가 흩어져 몇 없었다. 작전에 말려 몹시 놀라 넋을 잃고 혼비백산하였다. 홀로 진영을 벗어나 밀

림 지역으로 잠적하였다.

그는 '실패한 장군이 살아 무엇 하겠는가?' 스스로 뉘우치고 자신의 허물이나 잘못에 대해 꾸짖고 나무라고 있었다.

슈리성에 인질로 있는 가족의 품으로 돌아가지 못할 줄 알고 심한 낭패감에 빠졌다. 겨를도 없이 이후 종적을 감추었다. 그의 혹독한 탄압은 끝났다. 본도 슈리에 '쇼신 왕'이 이 소식을 듣고 결국 몹시 괴롭거나 슬퍼했다.

길동의 '풍림산화'의 병법에 말려 실패했다.

그는 삼군을 거느려 승전고를 울리며 본진으로 돌아왔다. 군사들에게 음식을 베풀어 군사를 위로하였다. 삼군을 재촉하여 성을 에워쌌다. 여러 신하가 마음이 서로 맞지 않아 그들 사이가 서먹하였다.

'슈리 왕부가 여러 대를 지키고 받들어 온 왕조를 그들 무리는 폭정을 하더니만 초라하게 항복하는구나!'

쇼신 왕 (상진왕)의 탄성이 들리는 듯했다.

길동이 꿈꾸는 세상은 백성을 중히 여기는 행복한 나라의 모습이었다. 그런 세상이 열리고 있었다. 녹림호객이 이끈 녹림군은 결국 백성의 길을 찾다가 야에야마(팔중산)지역 백성을 훔치는 계기가 마련되었다.

지난날의 기억이 엄습하듯 살아났다.

'자연재해는 가문과 기근 질병으로 살아 있는 백성이 몹시 가난하고 구차하거나 고통에 빠지게 했다. 왜소한 사회 안전망으로 무엇 때문인지도 잘 모른 채 참혹하게 죽임을 당하는 지경에 이르렀다. 저절로 지방 고을에서 소외되어 정상적인 생업을 포기하고 녹림으로 찾아들어 살길을 도모했다. 세상 어지럽기가 이와 같으니, 삶에 찌든 사람들은 뜻을 함께 모아 특별히 정하지 않은 어떤 곳이라도 찾아가서 무슨 수단과 방법을 꾀하려 하지 않았겠는가?

서로 억척같고 제힘에 겨운 일에 악을 쓰며 덤비는 몸짓으로 마음이나 뜻을 서로 맞춰갔다. 마침내 남의 것을 훔치거나 빼앗는 무리로 태어났다. 점점 생존에 몰리어 분노는 점점 솟구치더니 윤리도 도덕도 모르는 불한당이 되어 쫓기는 신세가 되었다. 이것은 자신의 죄가 아니었다. 취약한 사회 구조가 문제였다고 믿고 있었다.

마치 바람이 숭숭 새는 무르고 약한 사회 얼개가 갈등을 불러오는 생존의 갈림길에 서게 되었다. 7년 가뭄으로 흉년과 기근으로 온갖 질병에 찌든 몸뚱아리를 믿고 맡길 곳이 없었다. 이런 시기에 남의 재물을 빼앗거나 재물을 훔치는 사건이 발생하는 근심하지 않겠는가? 어느 때인들 분개하여 몹시 사나운 성깔을 불러내지 않겠는가? 하물며 어찌 자신의 정체를 불러일으키는 횃불을 들지 않을 수 있겠는가?

또한 떼를 지어 일을 꾸미는 무리와 마음이나 뜻이 서로 통하니, 어찌 무기를 가지고 도적질하며, 고을에 침입하여 파괴하고 임명관리를 다치게 하거나 생명을 해치는 흉악하게 위세를 떨쳐 중앙과 지방이 떠들썩한 일이나 사건을 일으켰다. 바로 반민들을 모아 푸른 산을 근거지로 도적이 아니라 백성과 함께하는 녹림군이 되어 관군에 서로 상대하여 덤비는 녹림綠林당 우두머리가 되었다. 조선에서 그들은 화적이나 도둑 소굴의 무리로 불한당이요, 화적의 무리로 불리었다.

나카소네의 장자가 끔찍한 결말 소식을 듣고 하늘을 우러러 탄식하였다. 패전으로 인하여 자진하였다.

허망함을 느낄 겨를도 없이 길동이 대군을 몰아 성에 들어가 백성에게 무력武力을 떨쳐 드러냈다. 그의 아들을 또한 예로 장사하고, 각 읍에 모든 죄인에 대하여 형을 사면했다. 죄인을 다 풀어주며, 창고를 열어 백성을 불쌍하고 가련하게 여겨 구제하여 주었다. 중산에 그 덕을 치하하지 아니하는 사람이 없었다.

조선의 일부 규율은 백성은 안중에도 없는 허울만 있고 내용이 빈약한 규정이라는 생각을 했다. 세상은 지배자가 학식이 높고 사리에 밝은 사람이 될 때만 진리에 맞는 올바른 도리의 사회가 구현되리라 믿고 있었다. 번민이 있어야만 또한 우리는 경이를 체험할 수 있다고 여겼다. 경이를 체험한다는 것은 내가 그들의 지도자가 된다는 것이기도 했다. 결국 사람으로서 사자에게 맞선다는 것은 결국 스스로 지배자가 됨을 뜻할 것이다.

꺼리거나 어려워하는 마음이 조금도 없이 올차고 다부지게 마음으로 읽고 있었다.

'슈리 왕 좌하! 고합니다.

'미야코섬을 혹독하게 통치하여 백성의 원성을 사는 자가 있더니, 이제야 궁고도의 주민들을 구할 수 있게 되었습니다. 부디 왕부 덕으로 다스려질 수 있도록 백성을 굽어살피소서'

하고 차분하고 당당하게 아뢰는 듯하였다.

세상이 잠잠해지고 어느덧 '호반새'가 조선에서 비가 그리워 다시 팔중산으로 찾아왔다.

쇼신 왕(상진왕:1477~1527)이 날을 가리어 중산지역의 '아지'에 직하였다. 공이 있는 삼 호걸로 대사마 대장군을 봉하며 병마의 정무와 군무를 통할하게 하였다. 장전 대주를 절도사로 명하시고, 김수녕을 부원수로 명하셨다. 그 남은 제 장은 차례로 상을 내렸다. 아무도 청원하는 이가 없었다. 중산에 새 영웅이 등극 후에 나라가 태평하고 풍년이 들었다. 나라가 평화롭고 백성이 편안하여 온 세상에 근심 걱정하는 일이 없었다. 옳지 못한 사람이 덕행으로 감화되어 남을 대신하여 어질고 너그러운 품행을 행하였다. 형벌이 준엄하여 백성이 법을 범하는 자가 없었다. 민심이 온순하고 인정이 두터웠다. 그의 출발은 파조간도에 입항이었으며, 지역의 민심을 훔쳐 그 마무리는 야에야마八重山 지역의 백성을 접수함이었다. 정복의 과정은 길이 험하고 평탄하지 않았다. 그러나 결과는 백성의 도움으로 세력이 번창하고 왕성하였다.

길동은 진정 유구국의 사람으로 탄생하였다. 참으로 유구인이 되기까지의 긴 시간이었다. 당시 오하마촌大浜村을 근거지로 집단생활을 하였으며 주민들의 지지와 신뢰로 민중의 영웅으로 추앙받았다.

앎이란 무엇인가? 신비로운, 초자연적인, 미래에 깨우쳐 보여줄 것은 숨어 있는 어마어마한 것들이 아니라 네 눈앞에 보이는 것! 백성들의 현실, 풀 한 포기, 돌 한 줌, 바로 이런 것들을 알라는 것이었다.

주민의 신뢰를 얻고 현지인이 되기까지 우여곡절을 많이 겪었다. 괴로움과 어려움을 참고 견디며 이뤄야 할 시간이 3년이나 흘렀다. 향화하기까지 긴 세월 동안 진정 그곳 주민이 되기 위한 최소한의 시간이었다.

'가별치패'라 하여 향화向化한 여진 추장酋長 가별치加別赤가 떠올랐다. 그가 직접 관할하는 백성으로 무리를 편성했다. 길동은 조선의 우두머리로 '관하 백성'들을 소속시켜 군사를 뽑아서 호위하게 하였다. 백성을 믿으며 고단한 삶을 남이 아닌 나로 살아왔다.

마침내 '적봉赤蜂'이라는 별명을 얻었다. 적봉은 시각적으로도 호전적으로 보이고 겁이 없고 배짱이 두둑하여 같은 부류의 먹이사슬 상위를 차지하는 녀석이었다. 질긴 청바지도 찢어버릴 수 있을 만큼의 강한 턱과 주민 친화적인 자기방어의 독침이 있었다. 생존이 도전받을 때 그것은 상대에게도 무척 위협적이었다. 그런 품격이나 됨됨이가 붉은 정열의 마력에 의해 주민들을 사로잡았다.

결국 야에야마 제도 이시가키 섬 오하마 곧 대빈촌에 세력을 얻어 강한 집안을 일궜다. 한편 중산제도 우두머리 '가시라'가 되기까지는 지난한 세월이었다. 그는 이시가키지마에 집단 거주지를 이루어 살며 향화한 유구인 일원으로 살았다. 그 후 3년 동안 백성과 더불어 살며 유구의 호적을 입적했다. 마침내 인근 팔중산 지역 섬과 석원도에 현지화 과정을 거쳐 향화하였다.

팔중산의 큰 섬은 이오리모테섬(서표도)가 있었으나 밀림 지역으로 사람이 많이 살지 않았다. 다음으로 큰 섬이 '이시가키(석원도)'였다, 이곳은 토착 인인 듯 보이는 사람들이 모여 살고 있었다. 이곳은 열대 지역이지만 한적하게 살기에 적합한 곳이었다. 결국 그곳에 뿌리를 내렸다. 조선에서 무리를 이끌었던 경험과 조직으로 백성의 마음을 얻어 향화한 유구인이 되었다. 적봉赤蜂은 중산지역을 근거지로 지방관으로 우뚝 서면서 얻은 홍길동의 또 다른 이름이었다. 아들이 장성한 이후 구메지마久米島에 상륙. 추장인 '마다후쓰'를 몰아내고 일본, 유구국, 중국을 상대로 중계무역을 하면서 동지나 해의 해상권을 장악 섬의 요처에 적으로부터 방어하기에 유리한 조선 양식의 성城을 구축하였다.

팔중산 지역은 군사가 단련되었고 위세가 사납고 세찼다. 그는 대적하는 무리를 '백성의 힘'으로 물리쳤다. 맞선 세력을 쉬지 않고 곧장 계속하여 굴복시켰다. 결국 이 지역에서 공동생활을 오랫동안 할 수 있는 계기를 마련하였다. 조선에서 수련되고 단련된 과정이 힘을 얻었다. 수년에 거쳐 섬들이 하나씩 접수되었다. '음사'의 무리라고 조롱 받던 그였다. 마침내 백성의 마음을 얻어 이상세계 '봉래섬'을 건설하여 그의 꿈이 실현되었다. 그는 시대적 현실 모순에 거역하여 우뚝 선 인물이었다. 그러나 주민 속으로 들어가 가난한 백성을 어루만지며 함께 살아가는 선택이 어찌 자연스럽다고 아니 하겠는가? 신분의 차별로 생존을 위해 불한당이 되어 화적의 생활을 하면서 앞날을 예측할 수 없는 하루하루를 살았다. 신분사회 얼자로부터 자신의 앞날을 찾지 못했다. 나쁜 무리라 남에게 비웃음을 당하며 결국 환경의 변화로 주민들의 지지를 받는 행동으로 백성의 영웅이 되었다.

어찌 지난날의 쓸쓸하고 아픈 현실을 탓하리오?

진정한 율도국인으로 태어난 개척자

길동은 진정 야에야마(팔중산)인이 되었다? 아니 유구 국인이 되어 갔다.

소설 판본 속에 길동 어미를 춘섬春蟾으로 부르는 것은 봄 두꺼비라는 뜻으로 집안에 부귀와 복을 가져다주는 염원이 담겨 있다.

그러나 현실 속에 길동 모는 자신의 신분으로 봐 기록에 의하면 옥영향 몸으로 얼자를 낳지 않았던가? 길동은 국내 숲을 떠돌며 녹림당 만들어 백성의 지지를 받으며 봉건세력에 대항했으나 뜻하지 않는 사연을 안고 유구국으로 떠나 자신의 운명을 개척했다. 우여곡절 끝에 결국 향화하여 류큐인이 되었다.

그는 이곳에 도래했는가? 아니면 탄생했는가? 또 그는 조선인인가? 경계인인가? 팔중산八重山 사람인가? 새로운 이야기의 말머리를 던졌다.

여러 판본이 남아 있지만 정우락본 '홍길동전'에는

"사적이 기이하기로 대강 기록하여 전한다."라고 서술하고 있다.

길동은 세 여인을 식솔로 두고 있었다. 그녀들은 고을의 종으로 슬하에 3남(현, 창, 석) 2녀 자매를 두었다고 했다. 조선에서 품질이 좋은 신품종의 볍씨를 '율도국律道國'이라 일컬어지는 오키나와에 가져갔다고 전해지고 있다.

현재 오키나와 야에야마八重山 지역에서는 풍요의 신에게 제사 지내는 문화가 남아 있다. 고을의 종을 풍요의 여인으로 추앙하는 풍습이 여전히 행해지고 있다. 타케토미지마에서는 해 뜰 무렵까지 노래 부르고 춤을 추는 씨앗 채취 축제가 열리기도 한다.

무오사화 이후 연산군 조 때(1500년) 11월에 붙잡혀 의정부로 압송되어 조사 진술서를 작성하고 남해로 유배되었다. 돌아가는 형편이나 까닭도 모르고 삼천리 밖으로 강제 이주하여 어디론가 떠났다. 설이 지난 몹시 추운 날이었다. 그 무리가 가족들과 함께 여러 척의 배에 차례로 승선하였다. 어디론가 뱃길을 따라 정처 없이 몸을 맡겼다. 생명의 희망을 틔우겠다는 생각으로 오곡의 종자를 항아리에 담아 갔다. 새 이상을 실현할 곳으로 '율도국'으로 정하였다. 무리와 힘을 모으고 맘을 나눌 수 있도록 기도하였다. 함께 풍요한 세상을 여는 것을 꿈꿨으리라고 짐작케 했다. 그런 꿈을 실현 방법은 백성의 믿음을 사는 일이었다.

고기는 물을 떠나 살 수가 없다. 백성은 물로서 그들의 마음을 훔쳐 호흡할 수 있을 때 생명력을 얻을 수 있었다. 경국대전에 의하면 당시 조선 사회는 적서차별이 있는 신분 사회였다. 조선은 도둑, 화적, 강도, 불한당으로 불리는 백성을 담아내지 못하였다. 그들은 절대적 생존의 시급한 문제 앞에선 스스로 '활빈당'이라 불렀다. 실록의 기록에 의하면 활빈당의 인식이 드러나 있었다.

조정은 대책이 아닌 대책으로 '마땅히 유의하겠다.'라는 가부의 대답을 하였다. 조선의 백성들은 자신들과 생각을 함께 할 때 그를 잠시 믿어줬다. 조선은 평등한 기회가 박탈된 사회였다. 꿈을 실현할 수 없는 곳을 떠나고 싶었다.

뜻밖에 운이 좋아 도래한 곳은 전쟁이 일지 않는 평화로운 곳이었다. 평등한 기회가 보장되는 사회였다. 넉넉하고 여유로운 세상이었다. 그는 조선 선종의 땡초 승려로 살았다. 그러나 백성을 버린 군왕의 존재는 어쩌면 탐나지 않았다. 사람에 대한 진지함으로 힘을 다하면, 결과를 얻을 기회의 땅이었다. 그가 성취한 것은 신분 차별로 인한 갈등이 사회적 구조의 변화로 그를 살릴 기회를 잡게 된 것이었다. 곳곳에 지뢰밭같이 놓여 있는 사회적 안전망이 갈등을 불러왔다. 그의 사회적 갈등의 해소가 그의 운명을 바꿔 놓았다.

비록 신분의 차이가 있더라도 인간의 존엄에 대한 평등한 기회가 보장되는 율도 사회를 만들 수 있는가? 이상 국가의 모형은 백성과 함께 하는 공동체 사회였다. 사람이 우선인 백성의 신분적 평등과 일과 재화를 치우침이 없이 고르게 하여 인류의 구현하는 '온 세상이 번영하여 화평하게 되는 사회'였다. 이것이 근본적으로 해결해야 할 가장 완전한 사회라 여기고 있었다.

그러나 자연환경은 녹록하지 않았다. 열대 밀림 지역으로 말라리아와 죽을힘을 다해서 싸웠다. 환경이 절대적 굶주림은 면할 수 있게 했다. 조선인 이주 정책으로 도래한 향화인이었지만 그들 속에 묻혀서 물과 고기처럼 살았다. 토착인처럼 섬사람들과 함께 호흡하면서 오곡 종자를 한톨 한톨 세상에 뿌렸다. 진정 향화한 팔중산 인으로 살았다.

아니 류큐국인 곧 팔중산 인으로 살았다. 10여 년의 세월 속에서 도술을 부렸다기보다는 조선에서 혹독한 삶을 바탕으로 차근차근 삶의 경험을 축적하여 그들과 아픔을 나누면서 풍요로운 기회의 섬으로 만들어갔다. 그 섬은 다시 태어났다.

바로 적봉 꿈이 담긴 '봉래섬' 이었다.

분노가 승화되었다. 유구국에서 무엇을 얻거나 무슨 일을 바라고 원하고 있었다. 단번에 쉬지 않고 곧장 터져 나왔다. 축적된 치열한 삶이 새로운 에너지로 분출된 것이었다. 그는 섬에 도래해서 귀화인으로 살면서 맹렬하게 현실을 극복하여 정복자로 꿈을 실현했다. 결국 백성을 위한 반봉건 체제의 희망으로 우뚝 섰다. 길동은 유구국 백성의 진정한 사랑을 받는 영웅이었다.

그는 팔중산 사람이었다. 아니 진정한 율도국인으로 태어났다.

그가 진정 사랑한 것은 팔중산 백성이었다. 그가 연민의 정으로 그리워한 것은 조선의 백성이었다.

그가 꿈꾸는 것은 차별 없고 배고픔을 모르고 인간으로서 존엄을 지키는 세계였다. 비록 삶과 죽음이 한 조각 뜬구름처럼 일어나고 사라지는 것에 지나지 않는데, 인간의 삶이 현상으로 나타났다가 뜬구름처럼 실체가 없이 사라지는 것이 아닌가? 그렇다면 무엇이 가치가 있단 말인가? 선문답을 불러내고 있었다.

바로 그곳엔 이상 국가 '율도국'의 영웅 洪家王(홍가와라)이 있었다. 길동은 이상적인 정치를 펴면서 아름다운 향기가 신명을 감동시켰다. 그것은 신에게 바치는 서직黍稷 곧 제물이 향기로워 감동하는 것이 아니었다. 백성을 덕치로 인하여 감동시킨 것이었다.

그는 이상 국가 건설이라는 꿈을 이루었다. 그는 유교적 출세주의의 끝을 본 것이었다. 또한 그는 불교의 선종에 귀의한 승려였다. 그는 또 다른 화두를 꺼냈다. '인생'이었다.

'정우락본'에 다음과 같이,
"셰샹을 싱각ᄒᆞ이 인싱이 초로 갓도다. 빅 연을 다 스ᄅᆞ도 부운과 ᄒᆞᆫ가지라." 서술하였다.

이 세상 사바세계를 생각하니 인생이 풀잎에 맺힌 이슬과 같았다. 백년을 다 살아도 뜬구름같이 찰나로 사라졌다.

소리 없이 '부운浮雲'을 불러내는 듯했다.

空手來空手去是人生(공수래공수거시인생)

生從何處來死向何處去(생종하처래사향하처거)

生也一片浮雲起(생야일편부운기)

死也一片浮雲滅 (사야일편부운멸)

浮雲自體本無實 (부운자체본무실)

生死去來亦如然(생사거래역여연)

獨有一物常獨露(독유일물상독로)

湛然不隨於生死(잠연불수어생사)

빈손으로 왔다가 빈손으로 가는 이것이 인생이여!

날 때는 어디서 왔으며 죽어서는 어디로 간단 말인가?
태어남이란 한 조각 뜬구름이 일어남이요,
죽음이란 그 한 조각 뜬구름이 사라짐이네.
뜬구름 그 자체는 實體가 없듯이
나고 죽고 가고 옴도 또한 그러하네.
그러나 그 가운데 오직 한 佛性이 홀로 드러나 있어서
깊고도 고요하여 삶과 죽음에서 벗어났네.

길동은 '죽음이란 그 한 조각 뜬구름이 사라짐'이라고 느꼈다. 사람은 사라졌으나, 그의 공과와 소문은 영원할 것이니라.
그러나 '그의 불성이 드러나 깊고도 고요하여 삶과 죽음에서 벗어났구나.'라고 염불하는 듯하였다. 그의 삶은 공空과 색色이 다르지 않은 시공을 초월한 묵언을 하고 있었다.
안내자는 나에게 물었다.
"길동이 진정 사랑한 것은 무엇일까요?"
나는 머뭇거리다가,
"똑같은 사람으로서 존엄한 백성이 되는 것'이 아닐까요?"라고 말했다.
침묵이 흘렀다.
안내자는 또다시 나에게 물었다.
"그의 꿈의 실현이 과연 무엇인가요?"
"그는 어둡고 답답한 삶을 불길같이 맹렬하게 살았지요. 인생길을 헤맨 사람으로서 화적, 불한당, 도둑과 강도라는 이름으로 어렵고 힘든 일에 버티는 길을 행한 것이지요.

……

그의 삶은 불 국을 찾아가는 과정이었다. 부처가 있는 국토의 모습은 탑의 형상을 닮아갔다. 마치 석가탑 다보탑의 기단 위 사각 난간에서 팔각 방륜 부로 이어져 위 둥근 원형 돌탑으로 만든 형상이 사각 모→ 팔각 모→ 둥근 원형으로 다듬어지듯 부처님의 깨달음의 과정처럼 이미지로 삶이 형상화되었다. 처음은 좌충우돌하며 살다가, 다음은 불타는 열망으로 분노의 에너지를 뿜다가, 고요한 참선에 미혹의 세계를 넘어 깨달음의 경지에 이르러 부처의 세계로 갔다.

그의 길은 최고의 선이었지요. 야에야마 백성의 지지로 '선을 행한 진정한 인간'으로 탄생한 거지요."

진정한 인생의 완성이란 무엇인가?

그는 자유롭지 못한 열악한 환경에서 사람들과 소통하기 어려웠을 것이다. 신분 한계 때문에 사람을 좋아하거나 마음의 여유를 누리기가 쉽지 않았다. 가난과 지위의 제한으로 자신을 지켜갈 힘이 모자람이었다. 또한 가족의 구성원에 소외되어 홀로서기를 감당해야만 했다. 그는 인간으로서 예측 불가능한 일을 행했다. 언젠가 기회가 올 거라고, 간절한 꿈을 믿는 자에게는 반드시 새 세상이 열린다. 늘 도전자, 개척자로서 치열하게 살았으나 백성만을 우상으로 삼았다. 그리고 자신만의 특정한 범위 안의 지역을 건설했다. 비록 그는 현실적 생계 문제를 뛰어넘어, 초월적 우주로 가는 인간의 모습을 예측할 만큼 적극적 의지를 꿈꾸지 못했다. 그래도 그는 생존의 당면과제와 당시 신분 차별 속에서 백성과 함께하여 이바지한 신묘한 노력이 사람들의 입에 오르내리지 않았을까? 오로지 스스로 능력과 의지로 실패를 두려워하지 않는 열정, 혼자가 아닌 백성과 함께 나누는 참되고 성실한 마음을 쏟았다. 그 힘으로 주민들과 관계가 도탑고 성실하게 맺어져 자신의 에너지를 얻었다. 더 이상 떼어낼 것이 없을 때 그의 삶은 완성되어 갔다. 그의 얼굴빛이 만족과 기쁨을 느끼는 행복감이 벅차올랐다. 그는 공동체에 이바지하며 힘써 행하는 자였다.

안내자는 재일 교포였다. 그는 오사카에 살았다. 그런데 '왜' 그곳에 머물지 않고 오키나와에 머물러 사는지 사정을 밝혔다. 녹림호객의 무리가 '어떻게' 정착하여 뿌리를 내린 이야기를 하는 듯하였다. 이곳은 조선인 후예들의 섬이라 따뜻한 온기가 있어 같은 민족이라는 느낌이 들어서 행복을 느낀다고 했다.

'이곳이야말로 차별 없는 진정한 인간으로 탄생하는 봉래섬'이라 여겼다.

잠시 생각에 잠기며,

턱 근육에 힘이 미치듯 입을 지긋이 다물었다.

태평으로 세월을 보냈다. 마침내 구름이 바람길 따라 흩어지니, 왕이 못내 몸까지 몹시 여위어 갔다. 유구국은 백성을 중히 여기며 범절로 사회를 지켜갔다. 그런 틀이 관리와 백성들에게 감동을 주었다. 장자로 태자를 봉하시고, 열 읍에 모든 죄인에 대하여 형을 사면하시어 태평연을 배설하고 함께 즐겼다. 왕이 그때의 나이 종심 곧 칠십이었다. 술에 몸을 전당 잡히고 칼을 잡고 춤추며 노래하여도 법도에 어긋남이 없었다.

적봉은 정적 속에 묻히었다.

'아지'라는 직을 추존追尊⁵⁰⁾하여 중산의 율도국 '홍가왕'이라 하였다.

홍길동은 출사표를 던져 백성을 훔쳤다.

풀잎에 맺힌 이슬이 햇빛에 영롱하게 반짝였다. 순간 사라지는 현상은 찰나여도, 생사를 벗어난 '이야기'는 썩지 않고 천년의 세월을 살고 있다. 나뭇잎이 떨어져 뭇사람에게 인상 깊은 의미를 남기면 아름다운 단풍처럼 책갈피에 넣어 오래 간직하고 싶지만, 시선을 끌지 못하면 그냥 말라 사라진다. 유한한 인간의 삶은 덧없이 사그라졌다. 그러나 가치 담은 그 '이야기'는 끊이지 않고 아름답게 흘러간다.

길동의 죽음은 그의 삶을 이야기하기 위해 태어난 생명이다.

그는 어렵고 힘든 일을 이겨냈다. 또한 죽음을 초월하여 오래도록 살아있는 존재를 확인시켰다. 그리고 스스로 뜻으로 꿈을 이룬 혁명가요, 두려움이 없는 정복자征服者로 '인간을 소중히 여기는 호민豪民[51]'이었다.

---

50) 왕위에 오르지 못하고 죽은 이에게 임금의 칭호를 주던 일.
51) 1. 읍락 안에서 그 구성원에 대한 실질적인 지배력을 행사하는 신분층이다.
    2. 가난한 백성을 가리키는 하호(下戶)의 상대어로서, 관직을 갖지 않은 부유한 상층민이다.

그러나 그의 삶은 달랐다. 어떤 것도 집착하지 않으며 자유롭게 행하지 못하도록 얽어매거나 제한받지도 않음은 물론 모든 변화를 전혀 두려워 않고 계속 성장해 가는 삶을 살았다. 곧 일생이 능동적으로 움직이는 과정이었으며 다른 사람과의 관계에서도 서로 주고 나누며 백성과 함께하는 삶에 관심이 있었다. 모든 일에 의욕적이고 능동적으로 바싹 다잡아서 대처하는 생명력 있는 삶을 형성하였다. 그것은 존재에 대해 긍정하는 삶을 사는 것을 보여줬다. 이것이 그가 바라던 생각은 인간과 세계에 대한 궁극적인 근본 원리를 구현하려는 철학에 바탕을 둔 것이었다. 그는 진정 인본주의자였다. 그는 인간 존재의 의미를 가르쳐주고 또한 앞으로 살아갈 사람들에게 진정한 용기를 주는 선각자였다. 또한 휴머니즘을 몸소 실천했다. 인간 중심의 나라를 팔중산 곧 율도국을 일구었다.

길동은 공동체 안에서 벌어지는 일들을 함께 공유하며 인간다운 삶을 누리려는 몸부림쳤다. 끈질긴 삶의 생명이 명멸해 가는 내면의 투쟁 과정이 우뚝 솟아났다. 이런 행위는 생활이 넉넉하지 못한 쪼들림으로 스스로 생존 문제를 풀어서 잘 처리하려는 노력이었다. 자기를 구하려는 방법과 꾀는 백성의 마음을 빼앗는 가난마저 훔치는 내전內戰을 치렀다. 결국 그의 적극적 의지가 지배권력에 맞서 싸웠다.

강산이 몇 번 변했다.

홍길동의 후예들이 고국인 조선으로 돌아오기 위해 탈출, 망명을 시도하여 배를 타고 경상도 앞바다에 도착하였다. 여우가 죽을 때에 머리를 자기가 살던 굴 쪽으로 둔다고 했다. 그들은 자신들의 뿌리인 조선을 그리워했다. 유구에서 초하루와 보름에 여전히 망궐례 의식을 행해오고 있었다. 그들의 마음속에는 아마 조공을 바친 중국이 아니라 조선을 향해 있을 것이다.

그러나 우리 조정에서는 조선의 후예가 나타나자, 왜구의 침공으로 오인하여 한양 일대에 비상계엄령이 선포되었다. 결국 그들을 살던 곳으로 다시 되돌려 보냈다.

이시가키섬 구릉 전망대에 서니 야에야마(팔중산)의 섬들이 한눈에 들어왔다. 멀리 남쪽에 '홍가와라' 추모비가 있는 파조간도가 희미하게 나타났다. 그는 경위와 도리를 분별할 줄 알면서도 진정 못 된 짓하는 사람이었는가? 과연 홍길동은 어둠을 걷으려 몸부림친 자로서 어찌 겉으로 속내나 속사정을 드러내지 않은 불한당不汗黨이었단 말인가?

조선과 류큐 사이를 오가는 여름 철새 호반새가 조선을 찾아왔다. 붉은 류큐 호반새의 울음소리는 핏빛이었다. ㅋㅋ과 ㅠㅠ의 합친 웃픈 소리 '큐큐'가 되어 훨씬 아리게 가슴을 헝클었다.

참고자료

「신분제도의 변화」

* 태종 14년 (1414년) 기생 소생은 아비가 양인이면 양인으로 인정함
* 세종 12년(1431년) 기생 소생의 경우 양인으로 인정받는 범위가 한층 엄격해져 기첩 소생은 무조건 노비로 삼기로 하였다. 이유는 관기는 남편을 자주 바꾼다는 이유로 제한하였다.
* 세종 28년(1446년) 관기의 입장 반영하는 조치가 발표되었다. 관기 자식을 낳았을 경우 관리(아버지)의 신청이 경우 양인으로 삼을 수 있도록 했다. 단, 그 자녀와 비슷한 또래의 다른 아이를 관청 노비로 바치는 조건이 있었다.
* 성종 9년(1479년) 종전과 같이 상하 관리가 집에 데리고 있는 기생첩 외에는 서울, 지방의 기첩을 범하여 낳은 자녀는 값을 치르고 양인으로 삼을 수 있도록 개정 조치 내렸다.
  집에 데리고 있는 기생첩으로 태어난 얼자만이 양인으로 인정하는 「경국대전」법이 반영되었다.
* 성종 9년(1479년) 이후 양인으로 편입된 소생은 얼마 되지 않았다.

14~15c 도둑에 대한 인식은
지재 권제(1387~1445)가 이르기를,

"도둑이 반드시 가난한 자가 아니고, 모두 사치스럽고 화려한 데가 있고, 부유하며, 품은 뜻이 흔들리거나 바뀌지 않고, 기세나 형세 따위가 힘차고 억세며 용감하고 사나운 자들이었다. 그러니 조금도 안쓰러울 것이 전혀 없습니다." 언급하였다.

「소설 홍길동 연대기」

1. 태어난 해 : 조선 기록은 1440년(세종 22년)

일본 오키나와 이시가키지마(석원도) 야에쟌 박물관에 소장된 장전 대주(홍길동의 처남)의 족보에는 正統八年 즉 1443년에 태어났다고 기록됨.

2. 태어난 곳 : 전라도 장성 현 아차곡(아치실)

→ 오늘날의 전남 장성군 황룡면 아곡 1리 '아치실'에 생가터가 있다.
장성군에서는 몇 해 동안 노력으로 연세대 국학연구원에 조사 의뢰되어, 홍길동이 건설했다는 율도국의 실체를 찾기 위해 일본의 오키나와 지방까지 답사했다. 그 조사의 대략적인 결과가 아치실이다. (홍길동 생가터 조성)

3. 홍길동의 가족

▶ 홍길동의 아버지 : 홍 상직, 남평 문씨 소생에는 두 형(귀동, 일동)이 있다. 족보에 일동과 길동이 기록되어 있음

▶ 홍길동의 어머니 : 판본에 춘섬으로 나오나 실록 기록에 관기(官妓) 옥영향(玉英香)으로 홍 상직이 총애하는 여인이었다.
조선왕조실록 '태백산 본'에는 홍상직과 옥영향이 함경도 변방에서 생활한 삶의 기록이 왕조실록에 남아 있다.
▶ 길동은 관기의 아들 얼자로 태어났으나 적서 차별이 엄격했다.

▶ 홍길동의 부인 : '고을노'라 불리는 여인 있음–슬하에 3남 (현, 창, 석) 2녀를 두었다. 조선에서 유구로 떠날 때 미질이 좋은 품종의 볍씨(쌀)를 오키나와에 가져감. 오키나와 일대에는 이미 안남미(安南米)라는 남방계의 쌀이 있었다. 그러나 질이 좋지 않았다. 현재 오키나와 야에야마(八重山) 지역에서는 '고을노'를 풍요의 여인으로 추앙하고 있다. '타케토미지마'에 씨앗 채취 축제가 열려 해 뜰 무렵부터 노래 부르고 계속 춤을 추며 물건을 바치는 예능 풍습이 있다.

4. 홍길동의 조선에서 활동기(국내)

조선과 유구국과 교류 관계
* 유구국 사신이 상진 왕 친서와 조공품을 선물로 가져옴
* 1458년 세조 때 '만국진량(萬國津梁)의 종'이 주조되었다. 그 이후 홍국선사(興國禪寺)를 세워놓고 경전이 없어 괴로워하고 애를 태우고 있는 차에, 일본 사람의 상선 1척이 조선에 도착했다. 이편으로 특별히 정사 '양광'과 부사 '양춘' 등을 보내어, 삼가 자문과 예물을 바치고, 대장 존경 전부를 구하여 얻어 오도록 했다. '경전'을 구하였으나 그때 모습은 사라지고 현재 오키나와 예술대학에 그 터만 남아 있다.

가) 청년기 : 1460년(세조 6년)~1470(성종 1년)

 세조는 현직 관리에게만 토지를 지급했던 토지법인 직전 법이 실시되었다. 계유정란 후 나라에서 부여받은 조세를 받을 권리를 줘야 했다. 상업과 공업도 물론 조선시대에 존재했다. 그렇지만, 가장 큰 '돈벌이'는 물론 농사였다. 농사를 통해서 서민, 양반, 국가는 재정을 조달하고, 또한 국가는 양반, 서민에게까지 세금을 부과해서 재정을 충당했다. 세조는 계유정란 후 서민이 양반보다 많은 세금을 치러주는 부담이 가중되었다.

* 홍길동이 조선에서 청년기 활동기 때 유구국 왕

 쇼토쿠 왕(尙德王: 상덕왕)은 류큐국 제1 쇼 씨 왕조의 국왕, 재위는 1460년부터 1469년까지였다. 쇼토쿠 왕은 제1 쇼 씨 왕조의 마지막 왕이었다.
 쇼엔 왕(尙圓王; 상원왕) 1415년 출생하여 1476년까지 산, 류큐국 제2 쇼 씨 왕조의 시조. 재위는 1469년부터 1476년까지이다.
쇼센이 왕(尙宣威王: 상선위왕) 1430년에 태어나 1477년 승하한 왕이다. 1476년 음력 7월 28일에서 1477년 음력 2월까지 재위하였다. 쇼센이 왕은 쇼엔의 아우이다.

 홍길동의 유구 활동 시에 재위한 왕은 쇼신 왕(상진 왕)으로 부왕은 '쇼엔'이었다. 상진 왕은 1465년 출생하여 1526에 승하했다. 재위 기간은 1477부터 1526년까지이다.

경국대전은 조선 세조 때 편찬되기 시작하여 성종 때 완성되어 반포되었다. 경국대전은 신분법의 성격이 강하였다. 신분 차별은 대전 곳곳에 드러나 있으며, 매우 엄격하고 자세하였다. 이는 노비나 농민 같은 피지배 계층에게 불리하게 작용하였다.

경국대전 규정에 따르면 승려들도 출가하려면 재물(베 20필)을 국가에 내고 예조에서 공인해야 승려가 될 수 있었다. 국가가 공인하는 승려의 수는 3년에 60명으로 제한했다. 주지도 국가에서 임명했다. 사찰이나 암자를 새로 짓는 것도 금지됐다. 승려는 거주와 통행의 자유가 제한됐다.

서얼의 관리 등용을 금지하는 경국대전의 반포로 길동은 과거시험을 포기하고 집을 떠나, 나주목 관할 장성 현, 갈재(葛嶺)를 중심으로 활동하다가 광주 무등산, 영암 월출산에 본거지를 정하였다. 주로 탐관오리와 토호 재산을 빼앗아 가난한 백성들과 함께하며 녹림당 활동하였다.

그 후 지리산 근처의 경상도 하동군 화계 현 보리 암자에 지휘부를 두고 관군과 대항하였으며 멀리 경상도 진주까지 세력을 펼쳤다.

* 1469년 예종 원년에 포도대장과 병졸들을 파견하여 전국 수배령이 내려져 숨어 살게 되었다. 그해 10월 정부는 도둑무리에 대한 대대적인 토벌 작전을 펼쳤다. 그로 말미암아 활동무대를 서남 해안 섬으로 옮기게 되었다. 그때 무안 출신 장영기라는 강도가 악명을 떨치고 있었다.

그때 장성 출신 홍길동은 그들과 서로 다른 지역으로 피신하였다. 그 후 장영기가 체포되자 길동은 장영기(張永己)의 명성에 의존하여 신분을 숨겨 전국 팔도(八道) 시장에 정보원(첩자)을 파견하여 민심을 파악하며 활동하였다.

* 1469년 11월 중순 관군에 쫓겨 전라도 영광 다경포(현재 법성포) 근처의 영평 곶에서 배를 타고 나주 압해도(현 신안군 압해도) 쪽으로 활동

근거지를 옮겼다.

 이로써 활동 범위가 육지에서 바다로 바뀌게 되는데, 이는 훗날 뱃길로 3천 리나 떨어진 일본 오키나와에 율도국이라는 해상왕국을 건설하는 계기가 되었다.

 특히 이 시기에는 집단공동체 생활을 하면서 생존 학습을 하였다.

 1470년(성종 원년) : 관군의 집요한 토벌 작전을 회피하기 위하여 가짜 홍길동을 내세워 체포당하게 하는 계략을 꾸몄다. 또한 홍길동 집단은 남서해안의 여러 섬을 전전하였다. 직접 농사도 짓고 염전을 경작하였다. 어업활동을 하며 시장에서 장사하는 활동까지 하면서 산업 경영 수업을 하였다. 부패한 정부와 관료를 상대로 반봉건 투쟁을 벌이며 산업 경영으로 생업에 종사하며 평화스럽게 살아갔다.

나) 홍길동의 장년기 활동〈1481년(성종 12년)~1500년(연산군 6년)〉

* 1485년(성종 20년) 11월 : 명예를 얻으려는 욕망이 강했던 전라도 도사 한 건이 이들을 폭도로 몰아 강경 진압을 결행하고 관아에 끌고 가 매질하여 죽이는 사태가 발생했다. 그러자 홍길동 집단은 생업을 뒤로한 채 재무장 투쟁에 나섰다.

* 1485년 성종 때 경국대전이 완성되어 차별이 시행되었다.

 그 후 쫓기는 삶으로 바다로 나갔다가 기후가 고르지 못하여 뜻밖의 불행한 사고를 만나 표류했다. 그때 제주도에서 조정에 진상할 물품을 싣고 가던 배가 조난을 만나 서로 표류하다가 만나 유구 가까운 섬에 도달하게 된다.

 그들은 유구 사람들에 인도되어 먼 곳 파도간도를 거쳐 오랜 기간 고행하며 본도 나하로 가게 되었다. 그곳 왕 부에 들러 접대받고 다시 조선으로 인도되어 가고 있었다. 그러나 본국으로 나오는 중에 궁중의 난으로 서로 운명 길이 달라졌다.

그들은 서표도(西表島)에서 군이 파조간도(波照間島)로 보내지고 계속해서 신성(新城), 흑도(黑島) 등을 경유하면서 죽부도(竹富島)와 석원도(石垣島)에는 들리지 않고 바로 다량도(多良間), 궁고(宮古)로 보내진다. 그들의 입국의 순서는 어떤 사유가 있었기 때문인지 먼 곳을 돌아가는 항행 과정이 궁금한 역사로 남은 흔적이 의혹으로 남는다.

상진 왕(성종) 때 유구 제도 팔중산 지역 가까운 섬에 입항하여 살면서 세력을 점점 확장하여 이웃 섬으로 들어갔다. 주민 속에 동화되며 자신의 섬으로 만들어갔다. 마을 축제에서 부정한 귀신에게 제사를 지내는 것을 금지했다. 길동의 무리는 제사를 지내는 문제로 국왕의 뜻을 듣지 않게 되었다. 주민의 뜻이었다. 그러다가 반역적 기질이 살아나 조공을 의도적으로 거부했다. 결국 상진 왕 아들이 개입하였다.

* 1486년 문명(文明) 18년 오키나와 본도 중산왕조 '상진 왕(上眞王)'이 사신을 야에야마(八重山) 지역으로 파견하여 '이리키야아마리' 축제를 음사 사교(陰祀邪敎)로 규정하여 금지하였다. 이 신앙 탄압에 대하여 섬 주민들은 격분하였다. 그리하여 '오야케아카하치'(적봉)는 반기를 들었다.

그는 중산(中山)에 대한 조공(朝貢)을 3년에 걸쳐 중단하여 중산 정부의 반응을 기다렸으나 상진 왕(尙眞王)은 대리 왕자를 대장으로 삼아, 구미도(久米島)의 신녀(神女)인 군남풍(君南風)과 함께 정예부대 3000명과 더불어 병선(兵船) 46척을 보내 반란 진압에 나섰다. 아카하치는 방어전으로 있는 힘을 다해 싸웠다.

그런데 이때쯤 길동이 전투에 참여한 이야기의 흔적이 나타남. 길동은 최선을 다해서 투쟁하였으나, 역부족으로 패하고 지형이 낮은 벌판(底原)에서 종적을 감추었다.

종적을 감춘 후 조선에서 활동 기록이 나타난다.

* 1487년(성종 22년) : 홍길동 집단은 물론, 생계유지를 위해 어민들이 주로 이용하던 거도선(바닥이 평평하고 근거리 이동이 매우 쉽다.)으로 이동하는 것을 금지하는 명령이 내려졌다.
* 1489년(성종 24년) : 해상 통행증 발급. 홍길동 집단을 색출하기 위해 바다를 왕래하는 사람을 상대로 통행증을 발급하여 활동을 원천적으로 봉쇄함.
* 1490년(성종 25년) : 관군의 해상봉쇄 작전으로 고립에 빠진 홍길동 집단은 2개 조로 나누어 전라도 남해안 광양 현(현재의 순천 광양만)으로 상륙을 단행하였다. 그러나 다시 관군에 쫓겨 지리산 근처 임실 평당원에서 자취를 감춤.

이 당시 학조대사가 황악산에 머물고 있을 무렵이었다. 길동은 그 후 김천 황악산에 들어가 학조대사에게서 가르침을 받는 계기가 생겼다. 바로 선종의 영향을 받아 참선으로 묵언수행을 통해 고된 노동의 의미를 깨쳤다.

* 1495년(연산군 1년) : 충청도 조령, 문경새재를 주요 활동지로 삼고, 홍주와 공주를 생활 근거지로 삼아 충청도 전역으로 세력을 넓혔다. 특히 공주 무성산 정상(614m)에 요새를 쌓고 관군에 맞서며 집단생활을 영위하였다. 이 시기에는 홍길동 일당도 우두머리 와주 엄귀손 등과 내통하였다. 그 당시 귀손 등 조정의 고위직 관리는 물론 지방의 수령, 아전, 유향소의 품관들까지 이들의 활동에 동조하였다.

* 1498년 무오사화로 인해 상당수의 사림파가 목숨을 잃거나 귀양을 가고 수년에 걸친 전국적 가뭄으로 조정에 대한 백성들의 원성이 하늘을 찌르자, 민심을 수습 차원에서 감옥에 갇힌 죄수들을 석방하여 가족과 함께 함경도지방에 가서 살도록 하는 대사면령을 내렸다.
* 1500년(연산군 6년) 10월 22일 와주의 체포로 말미암아 홍길동 집단도자의 반 타의 반으로 체포되었다. 의관이 고위 관직(당상관)인 것처럼 차려입고 거들먹거리며 관리를 업신여겨 욕보였다. 강상죄로 충청도에서 서울로 압송, 의금부에 갇혔다.
* 1500년(연산군 6년) 11월 : 남해 삼천리의 유배형을 받음. 그곳이 무인도에 가까운 파조간도였다. 남해에서 삼천리쯤 되는 약 1,200킬로 뱃길 팔중산 지역으로 유배 결정.

  이 해는 윤년으로 11월이 한 번 더 있음.

5. 해외 활동기(오키나와 야에야마 제도=팔중산 제도)

* 1501년 인월(정월) 홍길동을 비롯한 죄인들은 국적을 상실하고 영원히 서로 통하지 못하도록 사이를 막거나 떼어 놓아, 삼천리 유배길이나 다름없는 류큐 팔중산 지역 섬으로 떠남.
* 1501년 정월 설날 직후 유구인 22인과 조선인 448명이 시수선을 비롯한 여러 척의 배에 나누어 타고 20일분의 식량과 물 땔나무 등을 지원받아 유구로 출항했다. 오랜 기간 항해 끝에 최남단 '하떼루마지마(파조간도)' 도착하였다. 그때 홍길동 집단이 해외로 떠나면서 오곡의 종자를 항아리에 담아 함께 가져갔다.
* 1501~1503년 : 이시가키지마(석원도) 오하마무라(대빈촌) 후루수토

지역에 집단 거주지를 조성하고 인근의 지배권을 장악해(죽부도, 서표도, 여나국도…) 갔다.

이른바 팔중산 제도였다. 다시 나하로부터 떨어진 먼 곳에서 점차 인근 지역의 섬들로 영향력을 넓혀갔다. 그들은 주로 신성도, 여나국도, 죽부도, 서표도 등을 거쳐 석원도 대빈촌에 정착하였다. 그 인근 궁고도가 상진 왕부 통치가 미치는 섬이 있었다. 본도의 세력이 커지면서 궁고도에 과도한 세금 징수와 본도와 다른 문화 및 종교적 문제로 갈등이 생기게 되었다.

그들은 서표도(西表島)에서 굳이 파조간도(波照間島)로 보내지고 계속해서 신성(新城), 흑도(黑島)를 경유하면서 죽부도(竹富島)와 석원도(石垣島)는 들리지 않고 바로 다랑간도(多良間島), 궁고도(宮古島)로 보내진다. 그들의 입국의 순서는 어떤 사유가 있었기 때문인지 궁금한 수수께끼이다.

* 1504년 : 미야코지마(궁고도)의 추장인 '나카소네'의 혹독한 압제와 과중한 세금으로 고통에 시달렸다. 결국 길동은 원주민을 규합하여 전쟁에서 승리하고, '나카소네' 집단을 섬의 동북부 밀림 지역으로 몰아낸 후, 상비옥산(上比屋山)에 조선 도래인의 집단 주거를 위해 초가집 집단마을이 조성되었다.

* 1505~1508년 : 구메지마(久米島)에 상륙. 추장인 '마다후쓰'를 몰아내고 일본, 유구국, 중국을 상대로 중계무역을 하면서 동지나 해의 해상권을 장악 섬의 요처에 적으로부터 방어하기에 유리한 조선 양식의 성(城)을 구축.

우에구수쿠(宇江城) - 홍길동의 장남이 구축(섬의 최정상에 위치, 현재 일본 자위대 레이다 기지가 설치됨)
나카구수쿠(中城)-홍길동 차남이 조성
구시가와구수쿠(具志川城)

* 1510년 : 한문본 '홍길동전'인 '위도왕전'에서 그의 나이 70세에 사망한 것으로 기록됨.

* 1543년 : 홍길동의 후예들이 해상 무역 활동 중에 태풍을 만나 표류하다가 충청도 해안에 상륙했으나 조정에서는 이들이 이미 조선인이 아니라 하여 중국(明)으로 보냄.

* 1609년 : 일본 본도의 사쓰마번의 류쿠국 침공으로 오키나와 열도의 지배권이 일본에 넘어감. 이로 인해 홍길동이 세운 오키나와 열도의 해상왕국도 복속됨.

▶ 오키나와 역사적 흔적

* 하떼루마지마(파조간도)
- 홍길동 도래 기념비(현지에서는 탄생 기념비라고 명기됨)
- 홍길동의 처남인 장전대주의 영웅기념비
- 모자(母子) 이별 제단(홍길동이 그의 어머니와 이별하여 석원도로 진출한 것을 기념)

* 미야코지마(궁고도)
- 동굴 우물 사당(홍길동 집단이 궁고도의 원주민과 처음으로 교류한 장소)
- 상비옥산 유적(도래인 주거지로 조선 양식의 초가집이 8채 보존되어 있다.)

* 이시가키지마(석원도)
- 후루스토 유적(홍길동 집단 거주지로 복원)
- 홍길동 추모비(일본 오키나와현 교육 위원회에서 1953년 건립)

* 구메지마(구미도)
- 우강성, 중성, 구지천성, 지나하성 등 홍길동 집단이 축조한 10여 개의 성과 함께 이곳에서 발굴된 각종 유물이 박물관에 보존되어 있다.

* 오키나와 본도
- 오키나와 현립 도서관에 각종 문헌 자료 보존
- 슈리성을 돌아 나오는 길에 입구에 조선에서 보낸 대장경 경판고 흔적이 오키나와 예술대학 옆에, 당시 심은 것으로 추정되는 나무와 연못이 함께 남아 있다.
- 수리성 공원 관리센터,「정전에 걸려 있는 상진 왕의 편액」
- 오키나와 관광컨벤션뷰로 가이드 맵 2015년 02월 제작된 소책자.